JANA SEIDEL

Mein zauberhaftes Café

GOLDMANN
Lesen erleben

Buch

Alexandra ist Steuerberaterin, akribische Listenschreiberin, liebt ihr Leben in Hamburg und irgendwie wohl auch ihren Freund Lars. Lars liebt Ordnung, Urlaube auf Mallorca und irgendwie auch Alexandra – denkt sie zumindest. Doch plötzlich wird Alexandras Leben völlig aus der Bahn geworfen: Sie verliert ihren Job, erfährt, dass Lars fremdgeht, und dann stirbt auch noch ihre Tante Effie und vermacht ihr überraschend ihr altes Café im Harz. Mangels Perspektiven trifft Alexandra eine äußerst verrückte Entscheidung: Sie nimmt das Erbe an. Mit Zahlen kennt sie sich schließlich aus, also sollte es ihr doch mit links gelingen, die Grammangaben in Backrezepten zu befolgen – beim Backen kommt es schließlich auch auf Präzision an. Dass das nicht ausreicht, wird ihr schnell klar. Zum Glück stehen ihr die quirlige Gelegenheitsjobberin und Extrem-Tierschützerin Carlie sowie deren Bruder, der Landschaftsarchitekt Tom, zur Seite. Und dann wäre da auch noch Effie, die sich noch längst nicht bereit fürs Jenseits fühlt. Als Geist zeigt sie Alexandra nicht nur, wie man süße Versuchungen zubereitet, sondern auch, wie man das Leben und die Liebe genießt …

Weitere Informationen zu Jana Seidel
sowie zu lieferbaren Titeln der Autorin
finden Sie am Ende des Buches.

Jana Seidel

Mein zauberhaftes Café

Roman

GOLDMANN

Dieses Buch ist auch als E-Book erhältlich.

MIX
Papier aus verantwortungsvollen Quellen
FSC® C014496
FSC www.fsc.org

Verlagsgruppe Random House FSC® N001967
Das FSC® -zertifizierte Papier *Holmen Book Cream* für dieses Buch
liefert Holmen Paper, Hallstarvik, Schweden

1. Auflage
Originalausgabe Juni 2014

Dieses Werk wurde vermittelt durch die Literarische Agentur
Thomas Schlück GmbH, 30827 Garbsen.
Umschlaggestaltung: UNO Werbeagentur, München
Umschlagmotiv: FinePic®, München
MR · Herstellung: Str.
Satz: IBV Satz- und Datentechnik GmbH, Berlin
Druck und Bindung: GGP Media GmbH, Pößneck
Printed in Germany
ISBN: 978-3-442-47816-3
www.goldmann-verlag.de

Besuchen Sie den Goldmann Verlag im Netz

Dienstag, 27. August

~~*7.30 Uhr 20 Minuten Pilates DVD durchturnen.*~~

~~*8.10 Uhr Rührei mit Schinken (reines Eiweiß) + Fruchtsaft pressen (kalorienarme Kohlenhydrate).*~~

~~*8.30 Uhr Auf dem Weg ins Büro immer mal wieder den Beckenboden anspannen fürs Core-Gefühl und eine flache Mitte. Dabei Argumente für Gehaltserhöhung noch einmal durchgehen.*~~

~~*9 Uhr Kempowski auf Gehaltserhöhung ansprechen.*~~

~~*12.30 Uhr Würstchenbude links liegen lassen, frischen Salat ohne Brötchen und Croutons im Gemüseladen kaufen, dazu einen Becher Buttermilch.*~~

~~*18.30 Uhr Geschenk für Lars besorgen.*~~

19 Uhr Step-Aerobic.

Das mit dem Step-Aerobic-Kurs ist glatt gelogen. Ich war nur ein einziges Mal in meinem Leben in einer Aerobic-Stunde – dabei habe ich die ganze Zeit verzweifelt auf die Uhr gesehen, weil ich die Schmerzen nicht mehr ertragen konnte. Ich würde eigentlich nie jemanden direkt anlügen. Die Notiz ist nur eine kleine Vorsichtsmaßnahme. Mein Freund Lars ist Buchprüfer beim Finanzamt und ein echter Spürhund, deswegen schreibe ich lieber nur nieder, was er getrost lesen darf. Und er soll nicht wissen, dass ich immer noch jeden Montagabend mit meiner besten Freundin Betty kitschige Vampir-Serien auf DVD gucke. Zum einen kann er sie nicht ausstehen. Was mir egal wäre. Aber neuerdings mäkelt er dauernd an meiner Figur rum und will mich ständig dazu ermutigen, schweißtreibenden Sport zu machen. Fair ist das nicht: Er ist selbst erst vor Kurzem, direkt nach seinem dreißigsten Geburtstag, auf den Sport-Dampfer aufgesprungen. Bloß weil sein blöder Freund Karl ihn an seinem Geburtstag leicht in den Bauch gepikst hat, der daraufhin etwas mehr nachgegeben hat, als es das durchtrainierte Sixpack eines Mittzwanziger täte. Dabei bevorzuge ich eigentlich Formen, die nicht vom Sport verdorben wurden. Und ich habe Glück, auch wenn ich mich nicht sehr anstrenge, bleibe ich schlank – das habe ich von meiner Mutter geerbt. Mit 30 habe ich immer noch Kleidergröße 38, wer will da mosern – abgesehen von Lars, meine ich? Um meine Ruhe zu haben, habe ich ihm erzählt, dass ich die Treffen mit den Mädels zugunsten des besagten Aerobic-Kurses sausen lasse. Weil ich Lars nicht gerne anlüge, schiebe ich zwischendurch, wenn mich das schlechte Gewissen packt, zumindest eine Pilates-DVD ein. Das bringt natürlich nicht viel, wenn man dabei auf dem Sofa sitzend heimlich Schokolade nascht, aber an Lars konnte ich auch noch keine körperlichen Veränderungen feststellen. Andererseits: Mehr nackten Körper, als sein Pyjama preisgibt, habe ich von ihm schon lange nicht mehr gesehen. Aber langjährige Beziehungen beruhen nun einmal eher auf Kameradschaft als auf glühender Leidenschaft.

Natürlich ist Betty noch nicht vollständig bekleidet, als ich um Punkt 19 Uhr bei ihr eintrudele. »Entschuldigung, habe den ganzen Tag im Schlafanzug gearbeitet und nicht auf die Uhr gesehen.«

Ich verdrehe leicht die Augen und schaue auf ihre knitterige Kombi mit Spiderman-Motiven: »Macht doch nichts.«

Betty ist freiberufliche Kinderbuch-Illustratorin und kann deshalb von zu Hause aus arbeiten. Ich glaube nicht, dass ich ohne Strukturen und mein geregeltes Einkommen klarkommen würde, aber für Betty ist es genau das Richtige. Statt Heidenangst zu empfinden, macht ihr das chaotische Leben einen Heidenspaß.

Meine älteste Freundin ist die Einzige, bei der ich meine akribische Pünktlichkeit manchmal für eine Schwäche anstatt für eine Tugend halte. Auch wenn meine Mutter immer betont hat, Pünktlichkeit ist die Höflichkeit der Könige. Es wundert nicht, dass sie von Betty nie begeistert war, die trotz unaufgeräumter Zimmer spielen gehen durfte und mich später zu so schlimmen Dingen wie heimlichem Rotwein-Konsum auf Jugendherbergs-Etagenbetten verleitetet hat. So oft ich meiner Mutter auch nachgegeben habe, an Betty hielt ich standhaft fest.

»Warte, ich ziehe mich kurz an. Such du doch schon mal die Filme raus.« Während Sie auf pinken Socken mit Antirutschnoppen ins Badezimmer hüpft, wühle ich mich durch den chaotischen DVD-Stapel direkt neben ihrem knallgrünen Ledersofa. Bei der Filmauswahl sind wir ziemlich wahllos, nur Vampir-Filme müssen es sein. Das anhaltend große Interesse an den Blutsaugern kommt uns sehr entgegen, denn es sichert den Nachschub. Die alten Christopher-Lee-Schinken, mit denen wir uns früher begnügen mussten, taugen leider eher als Komödien. Auch wenn wir uns die Faszination für die eiskalten Wesen nicht genau erklären können und eigentlich zu alt dafür sind, lässt die Begeisterung nicht nach.

»Vampire sind einfach sexy!«, behauptet Betty immer, die derzeit am liebsten »True Blood« guckt.

»Sie leben ewig. Was man in der Zeit alles schaffen könnte«, seufze ich und nehme, was ich kriegen kann, von mir aus sogar »Twilight«.

»Hat Lars nicht heute Geburtstag?«, fragt Betty verwundert, als sie aus dem Badezimmer kommt. Immer noch im Schlafanzug.

»Wolltest du dich nicht umziehen?«

»Lohnt sich jetzt doch eh nicht mehr. Also, warum feiert ihr nicht zusammen?«

»Er ist auf keinen Fall vor 20 Uhr zu Hause. Aber vielleicht trinken wir dann noch ein Glas Sekt«, murmele ich. Ich weiß, dass sie nicht viel von meiner Beziehung hält. Sie behauptet immer, ich würde irgendwann an Langeweile sterben. Doch Lars ist wirklich ein guter Kerl und gibt mir ein Gefühl von Sicherheit und Beständigkeit. Und diese Eigenschaften werden meiner Meinung nach von der Gesellschaft total unterschätzt. Sie sind sogar so selten anzutreffen, dass man sie guten Gewissens als exotische und aufregende Raritäten betrachten kann. Es hat ein paar Jahre und ein paar Streitgespräche mit Betty gedauert, bis ich diese Theorie entwickelt hatte, doch nun halte ich an ihr fest.

»Und was schenkst du ihm?«, fragt Betty, während sie eine Tüte Chips aufreißt. Sie nimmt sich eine Handvoll und antwortet mit vollem Mund für mich: »Bestimmt eine neue Krawatte – oder etwas ganz Abgefahrenes … einen neuen Bademantel?«

»Nein, einen Reiseführer«, sage ich leicht gekränkt und lehne mit einem Kopfschütteln die Chips ab, die Betty mir hinhält. Lars … also Lars und ich finden es unsinnig, Geld in Geschenke zu investieren, wo wir doch beide genügend verdienen, um uns das meiste selbst zu kaufen. Deswegen gibt es zu festlichen Anlässen immer nur eine Kleinigkeit.

»Du bist doch nicht immer noch auf diesem Rohkost-Trip, oder? An dir ist doch kein Gramm Fett«, seufzt die etwas mollige Betty schwer und greift genüsslich wieder in die Tüte. In Wahrheit würde sie nicht im Traum daran denken, ein Gramm abzunehmen. Wenn sie nicht gerade im Pyjama herumläuft, trägt sie mit bemerkenswertem Selbstvertrauen diese hübschen 50er-Jahre-Kleider, die unten weit ausgestellt und oben tief dekolletiert sind und weiß genau, dass ihr keine Bohnenstange das Wasser reichen kann. Genau genommen sieht sie sogar in dem ollen Schlafanzug bezaubernd aus. Betty hat schon einige Herzen gebrochen, wartet aber derzeit mal wieder auf die ganz große Liebe. Und wie immer wird die sicher bald um die Ecke kommen. Betty stolpert so regelmäßig in große Lieben wie ich über Bordsteinkanten.

»Wieso überhaupt einen Reiseführer, mittlerweile müsstet ihr Mallorca doch in- und auswendig kennen?«, fragt sie.

»Deswegen bekommt er auch einen Menorca-Reiseführer. Dieses Jahr fliegen wir nämlich nicht nach Mallorca«, erkläre ich.

»Warum das, braucht Lars bei der vielen Arbeit plötzlich keinen vertrauten Rahmen mehr, um zu entspannen?« Ich versuche, ihre aufgesetzt schockierte Miene zu ignorieren. Man sollte Freundinnen wirklich nie etwas erzählen, das sie dann als Kanonenkugel gegen einen verwenden könnten.

»Es war sogar seine Idee«, entgegne ich trotzig.

Ich für meinen Teil habe nämlich schon längst aufgegeben, andere Urlaubsziele vorzuschlagen. Deshalb war ich insgeheim genauso überrascht wie Betty jetzt, als Lars auf die Menorca-Idee kam.

»Sehr mysteriös«, murmelt sie gespielt nachdenklich mit dem Zeigefinger an der Unterlippe. »Und schwimmen geht er auch noch. Midlife-Crisis?«

»Ach halt doch die Klappe«, rufe ich lachend. Trotzdem ist es ihr gelungen, das Grübel-Karussell in Gang zu setzen. Denn so langsam frage ich mich auch, was Lars genau meinte, als er sagte, er fühle sich ein wenig in Aufbruchstimmung und wolle mal etwas ganz Neues ausprobieren.

»Okay, okay. Hast du mit deinem Chef über eine Gehaltserhöhung geredet?«, will Betty wissen und betritt bei ihrem galanten Themenwechsel erneut Glatteis. Nur dass ich das Gefühl habe, dass im Zweifelsfall ich darauf ausrutsche.

»Klar. Er meinte, wenn ich mich weiter so gut schlage, sei es nur noch eine Frage der Zeit«, sage ich ausweichend. Ich sehe Betty die Zweifel an, dabei war ich doch im Gespräch mit Herrn Kempowski so stolz auf mein Verhandlungsgeschick.

»Wollen wir nun den Film gucken oder wollen wir den ganzen Abend mein Leben sezieren?«, werfe ich ein. Ich mag es nicht, wenn andere Menschen, und dazu zähle ich sogar meine Freundin Betty, ungefragt ihre Nase in meinen Kram stecken und alles infrage stellen. Das verkompliziert doch die Dinge nur. Außerdem bekomme ich dabei immer so ein komisches Gefühl im Magen, als würde ich die ganze Zeit etwas übersehen.

»Ich mache mir doch nur Sorgen um dich«, erklärt Betty. Bevor ich irgendetwas sagen kann, fährt sie fort: »Du wirkst in letzter Zeit so blass und abgespannt. Und die Gehaltserhöhung hat er dir doch schon vor fünf Jahren oder so versprochen.«

Eigentlich war es vor sechs Jahren. Das ist ein wunder Punkt, denn eigentlich glaube ich, dass ich eine verdammt gute Steuerfachangestellte bin und mehr Geld verdient hätte, als Kempowski zu zahlen bereit ist. Viele Leute zucken erschrocken zusammen, wenn ich ihnen sage, was ich beruflich mache. Steuern scheinen etwas so abgrundtief Böses zu sein, dass man sie am besten nicht beim Namen nennt. Aber was glauben die Leute denn, wo die staatlichen

Leistungen, an denen sie wiederum ganz gerne teilhaben, herkommen? Doch auch wenn keiner sie zu mögen scheint, muss jeder Steuern zahlen. Deswegen gehen Steuerberater nie pleite, sondern erleben eine Insolvenz höchstens mal als begleitender Beobachter.

»Und welchen Film hast du ausgesucht?«, fragt Betty betont fröhlich. Erleichtert sehe ich, dass sie meine Stimmungsschwankung bemerkt haben muss und bereit ist, das Thema zu wechseln. Leider lässt sich die plötzliche Niedergeschlagenheit, die ihre Fragen ausgelöst haben, nicht an- und ausknipsen wie ihr Fernseher. Mechanisch halte ich ihr dennoch die erste DVD hin, die ich greifen kann. Viel lieber würde ich ihr die Chipstüte aus der Hand reißen und alles in mich reinstopfen. Stattdessen wühle ich standhaft in meiner Handtasche nach dem Beutel mit den vorgeschnittenen Karotten.

In einem Punkt hat Betty leider recht, ich fühle mich tatsächlich seit einer Weile ständig tief erschöpft. Dabei habe ich weder übertriebenen Stress noch so wirre Arbeitszeiten wie meine selbstständige Freundin. Und doch ist es mir gerade erst gestern zum wiederholten Male passiert, dass ich abends neben Lars eingeschlafen bin, während er mir noch Anekdoten aus seinem Arbeitsalltag erzählte.

Vermutlich werde ich einfach nur älter. Zu klagen habe ich jedenfalls nicht: Im Gegensatz zu Betty habe ich eine funktionierende Beziehung und muss mir nie Gedanken machen, wo am Ende des einen Monats das Geld für den nächsten herkommt. Nicht mal miese Zeiten könnten mich ernsthaft gefährden. Ich habe ziemlich viel Geld auf der hohen Kante. Lars hat eine Eigentumswohnung. Deswegen konnte ich über die Jahre ein üppiges Sümmchen ansparen. Obwohl ich das ganze Hausgeld für unsere Wohnung allein bezahle, ist das immer noch viel billiger als die Mieten in Hamburg. Zwar verdient Lars fast das Doppelte, aber er stellt schließlich »das Rohmaterial« ,wie er es gerne nennt. Damit meint er unsere vier Wände.

Danke für den Reiseführer, den werde ich gleich im Bett lesen«, sagt Lars und drückt mir einen flüchtigen Kuss auf den Mund. Unsere Sektgläser füllt er nur halb. »Schließlich müssen wir morgen noch arbeiten, und ich bin ganz erschöpft vom Training. Sei nicht böse, wenn ich heute früh schlafen gehe.«

»Nein, das ist schon in Ordnung«, sage ich und schlucke einen kleinen Kloß hinunter. Sicher noch die Nachwirkungen von meinem Gespräch mit Betty, denn eigentlich neige ich nicht zur Gefühlsduselei.

Als wir nebeneinander im Bett liegen und das Licht ausgeschaltet haben, reißt mich das Klingeln von Lars' Handy aus dem seligen Zustand zwischen Dämmern und Tiefschlaf. Ich schrecke hoch und sehe Lars, der sich das Telefon vom Nachttisch gegriffen hat und nun das Display anstarrt.

»Wer ruft dich denn jetzt noch an?«, ächze ich, während ich mich ungeschickt aufrichte.

Lars antwortet nicht gleich.

»Oh nein, ist etwas Schlimmes passiert?«, frage ich plötzlich hellwach. Um diese Uhrzeit kann es sich doch nur um einen Notruf handeln.

»Das glaube ich nicht«, antwortet Lars zögernd und steht auf. »Das ist nur Klaus. Ich rufe ihn mal eben zurück.«

»Um Mitternacht?«

»Stress mit seiner Freundin«, antwortet Lars einsilbig. »Ich kümmere mich mal kurz um ihn. Schlaf weiter.«

Halbwegs beruhigt sinke ich wieder auf mein Kissen. Auch wenn ich nicht begeistert bin, aus dem Schlaf gerissen worden zu sein, freut es mich, dass Lars offenbar seine Hilfsbereitschaft entdeckt hat. Wenn mich etwas an ihm stört, dann vielleicht, dass er immer darauf beharrt, jeder Mensch müsse seine Probleme alleine lösen, um im Leben voranzukommen. Doch zumindest Menschen, die einem nahestehen, haben ab und zu eine helfende Hand verdient, denke ich.

Doch Klaus' Schicksal scheint Lars wirklich an die Nieren zu gehen. Nachdem er sich wieder unter die Decke verkrochen hat, wälzt er sich unruhig hin und her. Egal, was Betty von Lars hält: Er ist doch ein grundanständiger Kerl.

»Konntest du ihm helfen?«, will ich wissen.

»Bitte? Ach so, ja, ja. Schon viel besser.«

»Gut«, seufze ich und kuschele mich zur Feier des Tages enger an ihn. Er zuckt überrascht zusammen, legt dann aber leicht den Arm um mich.

Mittwoch, 28. August

~~*8.30 Uhr Auf dem Weg ins Büro Briefe einwerfen.*~~

~~*8.50 Uhr Treppen statt Aufzug nehmen.*~~

~~*12.30 Uhr Der Würstchenbude standhalten, frischen Salat ohne Brötchen und Croutons im Gemüseladen kaufen, dazu zur Abwechslung eine Schale Hüttenkäse.*~~

13 Uhr Mama anrufen!

Dies ist unser fixes Telefondate. Gegenseitige Zuwendung nach Terminkalender klingt vielleicht nicht sehr anheimelnd, aber wir lassen uns eben beide nicht so gerne überraschend aus anderweitiger Beschäftigung herauszerren. Gerade als ich die Nummer wählen will, klingelt schon mein Telefon. Es ist meine Mutter. Wie ungewöhnlich, sonst rufe ich immer an.

»Effie ist gestorben«, sagt sie. Sie klingt ein wenig aufgelöst, fast so, als ob sich möglicherweise eine Strähne aus ihrer Hochsteckfrisur gelöst haben könnte.

Tante Effie? Ein paar verschwommene Bilder tauchen auf – eine Schaukel unter einem Apfelbaum, ein wehendes weißes Gewand … Aber wir haben die ältere Schwester meiner Mutter mindestens zwanzig Jahre nicht mehr gesehen. Sie war zehn Jahre älter als meine Mutter, müsste also ungefähr 70 gewesen sein, rechne ich mir aus. Warum die beiden den Kontakt abgebrochen haben, wurde in unserer Familie totgeschwiegen. Es gab Andeutungen, man habe sich nicht mehr so gut verstanden. Effie war wohl so etwas wie das schwarze Schaf der Familie, mit einem liederlichen Lebenswandel. Vielleicht hat sie ein Bordell betrieben oder so etwas.

Als ein merkwürdig fremdes Geräusch meinen Gedankenfluss unterbricht, halte ich das zuerst für eine Störung in der Leitung. Es ist aber meine Mutter, die schluchzt. Ich habe sie nur einmal weinen gesehen, und da ist Prinzessin Di gestorben. Die Liebe zu Aristokraten ist ihre wohl einzige Schwäche – so blutleer, unnahbar und schön wie meine Vampire. Hilflos warte ich ab, was als Nächstes passiert.

»Am Freitag ist die Beerdigung. Dein Vater will sich dafür nicht extra einen ganzen Tag freinehmen. Ich verstehe voll und ganz, wenn du das so spontan auch nicht einrichten kannst, aber ich könnte gut etwas Hilfe beim Sortieren von Effies Sachen gebrauchen.« Vielleicht war es doch nur ein Rauschen im Telefon. Ihre Stimme klingt vollkommen gefasst. So gefasst, dass ich mich beinahe dafür entscheide, sie nicht auf die Beerdigung einer fast fremden Frau zu begleiten. Aber es ist mir schon immer schwergefallen, meiner Mutter etwas abzuschlagen. »Natürlich begleite ich dich, Mama.«

Ich bereue die Zusage im gleichen Moment. Und dann ist da plötzlich noch dieser gruselige Gedanke: Zehn Jahre Altersunterschied zwischen den Schwestern? Meine Mutter ist doch wohl noch lange nicht in dem Alter, in dem Menschen sterben? Wir sind vielleicht keine Familie, in der man sich ständig herzt und knuddelt, doch der Gedanke, ganz ohne Blutsverwandte dazustehen, macht mir Angst.

»Woran ist sie denn gestorben?«, frage ich.

»Es war ein Herzinfarkt. Ganz plötzlich. Ich habe ihr immer gesagt, eine Diabetikerin sollte ihr Geld nicht mit süßen Kuchen verdienen. Aber sie war ja so leichtfertig!«

Ich tippe, das süße Naschwerk soll kein Sinnbild für irgendetwas unterhalb der Gürtellinie sein. Tante Effi war Tortenbäckerin? So viel also zum Bordell …

»Wann hast du ihr das gesagt? Ich dachte, ihr hättet gar keinen Kontakt mehr? Und als ihr jung wart, war sie doch bestimmt keine Diabetikerin.«

Meine Mutter hickst, und ihre Stimme zittert ein wenig, als sie abwiegelt. »Wir haben uns immer an unseren Geburtstagen angerufen. Das gehört sich einfach so.«

Natürlich, Geschwister rufen sich an ihren Geburtstagen an, selbst wenn sie sich sonst die Krätze an den Hals wünschen.

»Meine Mittagspause ist in fünf Minuten zu Ende«, stelle ich mit einem Blick auf die Uhr fest.

»Dann beeilst du dich jetzt besser. Ruf mich bitte heute Abend noch einmal an, damit wir alles genau verabreden können.«

Gut, mir bleiben noch drei Minuten Zeit, um in meinen Notizen ein paar Korrekturen einzuarbeiten.

~~*19.50 Uhr Fetten Seefisch (Omega-3), am besten Hering, mit gegrillter Paprika (Vitamin C+E)*~~

~~*20.15 Uhr Die Wirtschafts-Doku im Fernsehen gucken*~~

~~*21.45 Zähne reinigen –Zahnzwischenraumbürstchen nicht vergessen*~~

~~*22 bis 7 Uhr Regenerierender Schlaf*~~

20 Uhr DVD-Recorder zur Aufnahme programmieren.

20.15 Uhr Mama anrufen.

20.30 Uhr Gemüsesuppe aus der Dose am besten mit Linsen (Hülsenfrüchte).

Lars isst ungern nach 21 Uhr, deswegen plane ich lieber ein ganz schnelles Gericht ein. Außerdem messen wir der Nahrungsaufnahme nicht allzu viel Wert bei – wir versuchen nur auf eine vernünftige Nährstoffversorgung zu achten.

Als ich wieder im Büro an meinem Arbeitsplatz sitze, höre ich laute Stimmen aus dem Nebenzimmer. Das ist ungewöhnlich, denn eigentlich ist mein Chef, Dr. Karl Kempowski, von der eher ruhigen Sorte. Doch der durchdringende Bariton gehört zweifellos zu ihm. Mir wird ganz unbehaglich – dies ist das erste Mal, dass ich ihn brüllen höre. Nach einer Erklärung suchend sehe ich mit erhobenen Augenbrauen zu Frau Theobald, der Sekretärin, die gerade den Raum betritt. Doch die zuckt nur mit den Achseln.

»Ich weiß auch nicht, was da los ist. Ich dachte, Sie wären vielleicht eingeweiht.«

Ich lächele sie beschwichtigend an. »Niemals würde Herr Kempowski mir irgendetwas anvertrauen, das Sie nicht schon längst wüssten.«

Geschmeichelt errötet sie. Insgeheim ist sie nämlich in den Chef verknallt, und das vermutlich schon seit dreißig Jahren oder so – beide sind etwa Mitte 50 und ich weiß, dass sie schon immer für ihn gearbeitet hat, nur nicht wie lange das »schon immer« in Jahren gedauert hat. Das Gebrüll geht weiter, aber ich kann keinen verständlichen Satz raushören. Frau Theobalds gerade erst gerötete Wangen werden wieder blass, mit Sorgenfalten auf der Stirn verlässt sie das Zimmer. Den Blick hat sie dabei auf die Wand zwischen Kempowski und mir gerichtet, als erhoffe sie sich, das Mauerwerk würde plötzlich verschwinden.

Was ist denn heute nur mit den Menschen los? Ich schaue aus dem Fenster und fächere mit dem Ausschnitt meiner Bluse Luft in mein Dekolleté. Dies ist der heißeste Augusttag, den ich je erlebt habe, doch in der Ferne ziehen dunkle Wolken auf. Auch wenn ich selbst nicht wetteranfällig bin, habe ich schon öfter beobachtet, dass anhaltende Schwüle merkwürdige Dinge mit den Stimmungen der anderen anstellt.

Endlich öffnet sich die Verbindungstür, und ich höre zumindest einmal einen vollständigen Satz.

»Das kannst du nicht tun!« Das war Kempowski, der mittlerweile ein wenig heiser klingt.

Ganz offenbar kann sein Gesprächspartner doch. Ohne meinen Chef einer Antwort zu würdigen, schlüpft Matthias Zimmermann in mein Zimmer. Als prominenter Hamburger Unternehmer ist er schwerreich. Laut den Tratschblättern in unserem Wartezimmer gehört er aber nicht nur deswegen zu den zwanzig begehrtesten Junggesellen der Stadt, sondern auch wegen seines aparten Äußeren. Nicht, dass ich das nachvollziehen könnte. Sein anzügliches Grinsen ist mal wieder absolut abstoßend. Für ihn muss der Streit wohl besser gelaufen sein als für Kempowski.

»Ich glaube, Sie müssen Ihren Chef ein wenig trösten. Der dreht sonst noch durch.« Mit einem letzten Augenzwinkern in meine Richtung schreitet er zur Tür hinaus.

Ich verzichte darauf, seinen Rücken als Zielscheibe für meinen Brieföffner zu missbrauchen, und genieße für einen Moment die wohltuende Stille. Nach einer Weile schlägt sie aber ins Beunruhigende um. Vergeblich warte ich darauf, dass mein Chef sein Zimmer verlässt, um den Vorfall zu kommentieren. Es ist rein gar nichts zu hören, kein Quietschen von Schritten auf dem Linoleum, nicht das kleinste Atemgeräusch. Mein Bauchgefühl rät mir, dass ich mal nach ihm sehen sollte. Gleichzeitig empfiehlt es mir, genau das zu lassen, weil die Situation unangenehm werden könnte. Ein Unheil verkündendes Klirren nimmt mir die Entscheidung ab. Erschrocken springe ich auf, wofür sich mein Kreislauf mit Sternen vor den Augen bedankt. Es ist einfach zu heiß. Etwas langsamer gehe ich zu seiner Tür. Kaum habe ich die Schwelle übertreten, stehe ich schon in einer Pfütze aus Wasser, oxfordgrünen Glasscherben und geschundenen Blumen. Er hat also tatsächlich die Vase an die Wand geworfen. Sie war der einzige Schmuck seines Schreibtischs, angeschafft von Frau Theobald, um dem Raum eine anheimelnde Atmosphäre zu verleihen. Mir tut unsere Sekretärin leid, hätte er nicht irgendetwas anderes werfen können? Der Anblick dieser Scherben wird ihr sehr wehtun. Doch auch wenn der Verlust der Vase schwer wiegt, ist er wohl kaum der einzige Grund für die ungemütliche Stimmung im Raum. Der kleine Ausbruch muss Kempowski alles abverlangt haben. Er ist zu einer Statue des Glöckners von Notre Dame erstarrt. Mit tief hängenden Schultern schaut er mir direkt in die Augen, ohne mich zu sehen.

»Alles in Ordnung?«, frage ich mit fester Stimme, bevor es zu gruselig wird. Das ist natürlich eine rein rhetorische Frage, denn hier ist eindeutig gar nichts in Ordnung. Doch zumindest hat meine Stimme ihn aufgeweckt. Als hätte man das Uhrwerk an einem Spielzeugkaninchen zu schwach aufgezogen, zuckelt er zittrig um seinen Tisch herum und lässt sich in seinen Stuhl sinken. Ich räuspere mich. »Soll ich vielleicht später noch mal wiederkommen?«

Ich bin schon halb aus dem Raum raus, als ein Gurgeln aus seinem Mund kommt. »Nein, bleiben Sie, Frau Petersen. Wir müssen reden.«

Als ich mich umdrehe, fixiert er mit geschlossenen Lippen die kleine Büro-Golfanlage, seinen Rechner, das Bücherregal – nur mich sieht er nicht an. Diesen Blick zumindest kenne ich. Er verkündet die Art von Unannehmlichkeiten, bei denen sich Kempowski so gerne aus der Affäre zieht. Unangenehme Botschaften zu überbringen oder auch nur Klienten zu bedrängen, endlich ihre Belege für Ausgaben nachzureichen, ist stets meine Aufgabe gewesen. An wen würde er es wohl delegieren, mir etwas Unschönes mitzuteilen?

»Es tut mir leid, Frau Petersen, ich fürchte, Sie müssen

sich einen neuen Job suchen«, rattert er seinen Auftrag herunter. Diesmal schaut er dabei aus dem Fenster. »Würden Sie Frau Theobald bitte für mich vorwarnen? Sie arbeitet seit dreißig Jahren für mich, und ich fürchte, es wird sie vollständig umhauen.«

»Ist gut«, sage ich gleichmütig. Doch dann rastet das richtige Rädchen in meinem von der Hitze aufgeweichten Getriebe ein: Er hat mich gerade gefeuert. Das kann einfach nicht sein. Es wird sich sofort alles klären. Wir haben doch gerade noch über eine Gehaltserhöhung gesprochen. Und was hat Frau Theobald mit der ganzen Angelegenheit zu tun?

»Ich verstehe nicht ganz …«, stammele ich.

Er blickt immer noch starr aus dem Fenster und brabbelt wirres Zeug, das für mich so klingt, als habe er sich mit Zimmermann kräftig in Sachen Steuerhinterziehung geübt. Dummerweise haftet er für die »kleinen Fehler« in den Steuererklärungen, die nun leider aufgeflogen sind. Ausbaden muss er die schmutzige Angelegenheit aber nicht alleine – Frau Theobald und ich gehen mit ihm unter. Angestrengt denke ich nach. Wir Petersens werden nicht gefeuert, wir haben auch keine Probleme, sondern immer eine vernünftige Lösung. Das Mantra meines Vaters ist mir längst selbst in Fleisch und Blut übergegangen.

»Aber dagegen sind wir doch versichert«, sage ich am Ende erleichtert und ein bisschen triumphierend.

»Wäre dies eine Fahrlässigkeit, würde das zutreffen, ja«, entgegnet er müde.

Stimmt, ich hatte vergessen, dass Kempowski mit voller Absicht gehandelt hat. Ich spüre, wie mir Tränen der zornigen Hilflosigkeit in die Augen steigen.

»Heulen bringt nichts, reiß dich zusammen«, höre ich

nun die strenge Stimme meiner Mutter in meinem Kopf. Doch selbst die kann nicht verhindern, dass mir ganz flau im Magen wird. Und dann werde ich wütend, unglaublich wütend. Auf mich. Auf Kempowski. Auf Zimmermann. Auf diese ganze himmelschreiende Ungerechtigkeit. So unfassbar wütend, dass ich kurz davor bin, Kempowski meine Meinung zu seinen üblen Machenschaften zu sagen. Und ich dachte immer, er sei einfach nur ein etwas steifer, aber freundlicher älterer Herr. In letzter Sekunde stoppt mich seine Ehefrau, die in diesem Moment hereingeschneit kommt. Welch passender Moment! Dann kann sie sich jetzt ja um ihren Ehemann kümmern. Zumindest für seine Frau hat er Augen. Er sieht sie so flehend an, dass ich gegen meinen Willen Mitleid empfinde.

»Schatz …«, fängt er an und bricht hilflos wieder ab.

Elvira Kempowski macht keinerlei Anstalten, ihren »Schatz« tröstend in die Arme zu schließen. Eiskalt fixiert sie uns alle beide, als hätte sie uns bei einer verbotenen Umarmung erwischt. Igitt, als ob ich so etwas tun würde.

»Alexandra, würden Sie uns bitte allein lassen.« Obwohl sie nicht hier arbeitet, ist sie die Einzige in diesem Büro, die mich ständig beim Vornamen nennt. Dennoch nutze ich gerne die Gelegenheit zu verschwinden – nur um im Vorzimmer auf die schluchzende Frau Theobald zu stoßen. Verflixt.

»Haben Sie etwa alles mit angehört? … Ich weiß nicht, was ich sagen soll. Tut mir so leid … für uns beide.«

Schniefend und mit geröteten Augen sieht sie mich an. »Diese entsetzliche Frau …« Der Rest geht in einem Tränenmeer unter.

Unbeholfen lenke ich sie zu einem Stuhl und bitte sie, erst mal Platz zu nehmen.

»Ich mache uns erst mal einen Tee«, sage ich schnell. Ich muss einmal tief durchatmen und überlegen, wie ich vorgehe. Mit Gefühlsaufwallungen anderer Menschen kann ich nicht umgehen, habe ich nie gelernt. Bei uns zu Hause war Selbstbeherrschung angesagt – uns selbst und unserer Umgebung zuliebe.

»Sie liebes Mädchen«, murmelt sie, und ich fühle mich erbärmlich, weil ich ja eigentlich nur meinem Fluchtinstinkt nachgebe.

Als die dampfende Tasse vor ihr steht, kann Frau Theobald zumindest wieder in vollständigen Sätzen reden. Ich habe unter ihren unzähligen Teesorten, die nicht nach ihren Inhaltsstoffen, sondern nur nach ihrer Psychowirkung benannt sind, die Sorte »Seelentröster« gewählt. Hoffentlich helfen die Blätter wirklich! Kurz frage ich mich, ob man die vielleicht auch rauchen oder schnupfen kann, damit es schneller ins Hirn geht. Denn eigentlich könnte ich auch eine Prise Trost gebrauchen.

»Sie hat gesagt, ich hätte doch schon immer ein Auge auf ihren Mann geworfen und könne ihn nun endgültig haben. Dieses undankbare Biest. Was glaubt sie denn, wer immer ihre Geburtstagsgeschenke ausgesucht hat – die Blumen, den Schmuck. Da hab ich mich nie lumpen lassen.«

Selbst ein Gefühlslegastheniker wie ich weiß, dass es an dieser Stelle nicht angebracht ist, darauf hinzuweisen, dass es ja gar nicht ihr Geld war, das sie so großzügig für Frau Kempowski ausgegeben hat. Aber in anderer Hinsicht muss es wirklich hart für sie gewesen sein. Denn schließlich hatte die schreckliche Elvira an einem Punkt recht: Frau Theobald ist nun einmal für jedermann offensichtlich in Kempowski verknallt, aber absolut nicht sein Typ. Ihr Herz mag so viel besser sein als das von Frau Kempowski, doch ist ihr Haar weniger blond, ihre Figur ähnelt weniger einer Sanduhr, und mit knalligem Lippenstift würde sie wie ein Transvestit aussehen. Sie ist ein spätes, brünett bis leicht angegrautes Mädchen. Ich werde wohl so ähnlich enden, aber immerhin werde ich Lars haben – wenn ich schon ohne Arbeit dastehe …

Unbeholfen versuche ich weiterhin, Frau Theobald zu beschwichtigen, bewirke aber nur, dass sie sich noch lauter schluchzend in der Toilette verbarrikadiert. Erschöpft lasse ich mich auf meinen eigenen Stuhl fallen und starre auf den Rechner. Zumindest wird im Chefbüro nicht mehr gebrüllt. Eine hohe Stimme äußert scharfe, schneidende Worte.

20.30 Uhr Betty anrufen.

Ich muss unbedingt mit jemandem reden – und zwar nicht mit Lars oder meiner Mutter. Lars werde ich erst einweihen, wenn ich eine Lösung habe, und meine Mutter hat genug um die Ohren. Abgesehen davon weiß ich genau, dass die zwei eine Möglichkeit finden würden, mir die Schuld für mein Job-Desaster zuzuweisen. Ich muss wohl nicht erwähnen, dass beide ein Herz und eine Seele sind? Und meine Mutter würde es zu allem Überfluss meinem Vater erzählen, dem strengen Richter und Arbeitstier, unser aller Vorbild, der nie verstanden hat, warum ich nicht auch Jura studieren wollte. Inzwischen weiß ich auch nicht mehr genau, wie es mir gelungen ist, das abzuwehren. Aber mein Vater hatte mit 50 schon zwei kleine Infarkte hinter sich – und das hat mich irgendwie so sehr abgeschreckt, dass ich die Kraft aufgebracht habe, mich gegen den Willen meiner Eltern für eine Ausbildung zu entscheiden.

Die Frau meines Chefs zischt an mir vorbei. »Tschüss, Alexandra«, flötet sie mit einem maliziösen Lächeln. »Würden Sie sich ein wenig um meinen Mann kümmern? Ich glaube, ihm geht es nicht so gut.«

Verärgert schaue ich ihr nach. Als mich das letzte Mal jemand gebeten hat, sich um meinen Chef zu kümmern, habe ich meinen Job verloren. Darauf falle ich nicht noch mal rein. Am Ende dieses verlorenen Nachmittags, an dem ich zu nichts anderem gekommen bin, als mich um Frau Theobald zu kümmern, weiß ich nicht, wie ich mich von meinem Chef verabschieden soll. Dafür habe ich gelernt, dass es möglich ist, für einen Menschen tiefes Mitleid zu empfinden und gleichzeitig stocksauer auf ihn zu sein.

Dennoch scheint mir Höflichkeit angebracht, zumal die Möglichkeit besteht, dass Kempowski mich über seine Kontakte bei einem anderen Steuerberater unterbringen kann. Arbeitslosigkeit – schon dieses Wort ist in meiner Familie ein absolutes Tabu. So wie wir auch nicht über Hämorriden und Geschlechtskrankheiten reden würden. Wir bewahren Haltung in jeder Lebenslage. Ruhig und gefasst begebe ich mich also in das Zimmer meines Noch-Chefs. Schon in der Tür strömt mir der üble Geruch entgegen. Die schmucke Whiskykaraffe ist vollkommen leer. Kempowski hängt mehr zwischen den Armlehnen seines Stuhls, als dass er sitzt. Wenn das so weitergeht, werde ich innerhalb eines einzigen Arbeitstages meine gesamte Achtung vor diesem Menschen verloren haben.

»Sie sind ja noch hier?«, lallt er.

»Ja, aber ich wollte gerade gehen.«

»Da sind Sie nicht die Einzige. Meine Frau hat mich auch verlassen«, ächzt mein Boss.

Dieser Tag wird immer unwirklicher. Obwohl mich seine Raffgier meinen Job gekostet hat, kann ich auf diesen zusammengesunkenen Kerl nicht mehr so wütend sein, wie er es verdient.

»Das war sicher nur der Schreck. Man wirft doch eine so lange Beziehung nicht einfach so weg. Sie kommt sicher zurück«, tröste ich ihn, ohne wirklich daran zu glauben. Doch eine Auszeichnung für die einfühlsamste gefeuerte Arbeitnehmerin der Welt werde ich wohl nicht erhalten. So wie Frau Theobald reagiert auch Kempowski auf meine wärmend gedachten Worte nur mit einem lauten Schluchzen. Er lässt den Kopf auf die Schreibtischplatte fallen. Und zwar so richtig. Mit einem lauten *Klonk*. »Kommt sie nicht. Sie verlässt mich für ihn«, wimmert er und deutet auf die Tür. Verwirrt schaue ich auf den Türrahmen, bis mir der Gedanke kommt, dass er wohl Zimmermann meinen muss. Er war der einzige Mann, der dieses Zimmer heute verlassen hat. So ein durchtriebenes Miststück. Wenngleich, doof ist sie nicht: Der Ochse ist ausgeblutet, dann zapfe ich doch gleich die bisherige Quelle seines Vermögens an – den wohlhabenden Klienten. Weil ich das besser nicht laut sage, tätschele ich einmal ganz schnell seine Schulter und murmele: »Tut mir echt leid.« Gerade will ich aus dem Raum rennen, als er mich plötzlich am Arm packt.

»Es tut mir wirklich leid für Sie. Die drei Monatsgehälter, die Ihnen nach der Kündigung noch zustehen, kann ich sicher noch zusammenkratzen.«

Er sieht so wahnsinnig erschöpft aus. Ich kann ihm nicht zumuten, noch Geld für irgendjemanden als sich selbst auftreiben zu müssen.

»Ich finde schon etwas. Sie können mich ab sofort von Ihrer Gehaltsliste streichen.« Ich beiße mir auf die Lippe, weil ich einem dummen Mitleidsimpuls gefolgt bin, den ich noch bereuen werde. Spätestens wenn Lars davon erfährt. Berufliche und finanzielle Entscheidungen sollte man wirklich nicht nach einem spontanen Bauchgefühl treffen.

Der Gestank von Whisky und Verzweiflung hat mir die Sauerstoffzufuhr zum Gehirn abgewürgt.

Erschöpft verlasse ich das Zimmer. Ich muss mich erst mal setzen. Doch da fällt mir sofort Frau Theobald um den Hals. Langsam bekomme ich Übung darin. Viel beherzter, als ich es bei Kempowski getan habe, tätschele ich ihr ein wenig die bebende Schulter. »Kümmern Sie sich noch ein bisschen um Herrn Kempowski. Ich mache mir Sorgen um ihn.«

»Aber was wirst du denn jetzt machen, Kind?« So sehr sie sich auch anstrengt, schafft sie es nicht, das Schniefen zu unterdrücken. Ihre Frage hat mich auf dem falschen Fuß erwischt, ich hatte noch keine Gelegenheit, mir Gedanken um mich selbst zu machen. Was mache ich denn jetzt? Muss ich mich nicht sofort arbeitslos melden? Ich denke an zahllose TV-Dokumentationen über Hartz-IV-Empfänger, die den Zuschauern vorführen müssen, dass man mit etwas guter Planung für nur zwei Euro am Tag prima gesund kochen kann. Diese Welt war für mich bislang ebenso exotisch wie die der Berggorillas am Kongo.

Nach kurzem Überlegen höre ich meine erschütternde Antwort: »Ich habe keine Ahnung.«

~~*16 Uhr Zutaten kaufen.*~~

~~*18 Uhr Mit den Vorbereitungen anfangen.*~~

19.30 Uhr Lars bei romantischem Abendessen mitteilen, dass ich keinen Job mehr habe und übers Wochenende verreisen werde.

Die Kerzen habe ich weggelassen, das wäre vielleicht etwas übertrieben und würde nur sein Misstrauen wecken. Dennoch kann sich das Ergebnis sehen lassen: Die Haut des Hühnchens ist wirklich knusprig, auch die Bratkartoffeln sind zum ersten Mal genau richtig. Das Rezept habe ich in einem alten Kochbuch gefunden, das bei uns rumstand. Und ja, ich brauche sogar für Bratkartoffeln ein Rezept. Denn ich koche so gut wie nichts, was nicht in einem handlichen Beutel mit praktischer Zubereitungsanweisung in der Tiefkühltruhe liegt. Das bekomme ich dafür aber richtig gut hin. Meine einzigen Bratkartoffelversuche endeten in einer schwarzen Masse mit rohem Innenleben. Ich weiß, dass das auf Lars' innerer Liste mit Gründen für eine Beziehung mit mir in der Kontra-Spalte steht – das hat er mir mal halb scherzhaft verraten. Manchmal würde ich gerne von ihm hören, was in seinen Augen meine Pluspunkte sind. Mein vom Sport gestählter Körper kann es schon einmal nicht sein. Aber irgendetwas wird da schon sein, sonst wäre er schließlich nicht mit mir zusammen. Ich hoffe, es ist nicht meine aussichtsreiche Zukunft als Steuerberaterin.

Auf Lars Plus-Seite steht seine absolute Verlässlichkeit. Um Punkt 19.20 Uhr kommt er von der Arbeit, um 19.30 Uhr sitzt er am Esstisch.

»Gibt es einen besonderen Anlass?«, fragt er leicht irritiert mit Blick auf das Essen.

Nicht zu seinen Tugenden gehört Begeisterungsfähigkeit.

»Ach, ich wollte nur mal ein Rezept ausprobieren«, murmele ich so, dass es nicht einmal in meinen Ohren glaubwürdig klingt.

Misstrauisch pikst er eine Kartoffelscheibe mit Speckwürfeln und Zwiebeln auf. Ich befürchte, er wittert meinen dreisten Manipulationsversuch.

»Gar nicht mal so übel«, stellt er mit vollem Mund fest.

Erleichtert starte ich mein Beichtprogramm: »Ach, ich muss dir noch sagen, dass ich am Wochenende nicht da bin. Meine Tante Effie ist gestorben. Ich fahre mit meiner Mutter in den Harz zur Beerdigung, und wir werden dann dort übernachten, um schon mal Effies Sachen ein wenig vorzuordnen.« Das war der leichte Teil. Doch wenn ich seinen missmutigen Blick so sehe, verlässt mich gleich der Mut für die Sache mit dem Jobverlust. »Aber am Sonntag sind wir mit Klaus und Bettina zum Segeln auf der Alster verabredet.« Vorwurfsvoll sieht er mich an. »Bist du dann wieder da?«

»Das kann ich noch nicht genau sagen. Aber hast du nicht gerade erst Klaus getröstet, weil die beiden in einer Liebeskatastrophe stecken?«

Überrascht schaut er mich an. Dann fällt es ihm wieder ein. »Ach so ja, doch, natürlich.« Merkwürdig, wieso rutscht er auf einmal so unruhig auf seinem Stuhl herum? Auch dieser aggressive Tonfall ist eigentlich Momenten vorbehalten, in denen er Mist gebaut hat, es aber nicht zugeben will. Nachdenklich sieht er mich an: »Wann kannst du denn genau sagen, wann du wiederkommst?«

Sein gesenkter Blick bei der Frage rührt mich. Ich lese daraus, dass er mich vermissen wird. Abgesehen von seiner gelegentlichen Pedanterie ist er eben doch richtig süß.

»Ich rufe dich am Freitagabend an und sage dir Bescheid, wie es bei uns aussieht. Ich denke aber, dass ich am Sonnabendnachmittag wieder da bin.«

»Dann hast du dir am Freitag einen Tag freigenommen?«

Dieses Mal rutsche ich unruhig auf meinem Stuhl herum. »Genau darüber wollte ich auch noch mit dir reden. Genaugenommen musste ich nicht frei nehmen.«

Jetzt habe ich seine ungeteilte Aufmerksamkeit. Mit dem Mut der Verzweiflung fahre ich fort: »Ich habe nämlich gar keinen Job mehr.«

Entsetzt lässt Lars die Gabel fallen. »Was hast du getan?«

Beleidigt erkläre ich ihm, dass es nicht meine Schuld ist, dass ich bald auf Stellensuche gehen muss.

»Du arbeitest nun schon so lange für diesen Menschen und hast nicht gemerkt, dass er ein Verbrecher ist?«, fragt er immer noch aufgebracht. »Wie stellst du dir das denn jetzt vor?«

Fassungslos starre ich ihn an. Erst in diesem Moment merke ich, wie sehr ich mir etwas aufbauende Unterstützung erhofft hatte. Ich werfe eine der karierten Stoffservietten, die er mir zu meinem letzten Geburtstag geschenkt hat, auf den Tisch und springe auf, bevor mir wieder die Tränen kommen. »Keine Ahnung, tut mir leid, ich bin erschöpft. Ich lege mich ein wenig hin.«

»Weglaufen ist keine Lösung«, mahnt er mich.

Mag sein, aber es ist die einzige, die ich in diesem Moment parat habe.

Donnerstag, 29. August

~~*7.30 Uhr bis 8.30 Uhr siehe Montag, aber kein Pilates, damit die Muskeln sich erholen können.*~~

~~*8.30 Uhr Auf dem Weg ins Bür…*~~

~~*8.30 Uhr Arbeitslos melden.*~~

~~*10 Uhr Mindmap erstellen: die besten Vorgehensweisen, um neuen Job zu finden.*~~

~~*12 Uhr Stellenanzeigen durchforsten.*~~

~~*13 Uhr ?????*~~

Der Tag geht nur quälend langsam rum. Eigentlich liege ich am Ende nur noch auf dem Sofa und steigere mich in mein Elend hinein. Bis ich mich zu einem Akt der Rebellion durchringe. Ich gehe zu Lars' heißgeliebter Vitrine mit den teuren Spirituosen, mit denen er seine Männerfreunde gelegentlich beeindruckt, und nehme den Wodka heraus. Ich habe mal gelesen, dass er das Lieblingsgetränk von Alkoholikern ist, weil man angeblich hinterher nicht riecht. Ich kippe mir ein kleines Schlückchen in eines der sechs Long-Drink-Gläser, gieße noch etwas O-Saft drauf und – um diesen Akt der Auflehnung richtig zu zelebrieren – stelle ich es ohne Untersetzer auf den Couchtisch ab.

Nur genießen kann ich ihn nicht – zu groß die Zukunftsangst und die Sorge, Lars könnte doch eine Fahne bemerken und mich für absturzgefährdet halten.

Diese Furcht zumindest erweist sich als unbegründet – seine kurze Wangenkuss-Begrüßung reicht nicht, um Spuren des Suffs zu ermitteln. War er schon immer so kurz angebunden oder ist irgendetwas im Busch wie Betty anlässlich des Menorca-Vorschlags vermutet hatte? Schluss damit. Ich darf mich jetzt nicht wahnsinnig machen, nur weil ich meinen Job verloren habe. Diesen kleinen Vorsatz vor mich herbetend, liege ich die ganze Nacht wach.

Freitag, 30. August

~~*7 Uhr losfahren.*~~
10.30 Uhr Beerdigung.
11.30 Uhr Trauerfeier.

Am Steuer gelingt es mir kaum, mich wach zu halten. Zum Glück sind die Landstraßen Niedersachsens keine große Herausforderung.

In Osterode halte ich an und schalte mein Navi ein, um nicht am Ende an dem laut Karte lächerlich winzigen Heimatdorf meiner Tante vorbeizufahren. Auf die Beschreibung meiner Mutter »An den Teufelsbädern vorbei noch ungefähr zwei Kilometer geradeaus« möchte ich mich lieber nicht verlassen. Viel los ist hier nicht. Kaum ein Mensch ist auf den kleinen Straßen vor den Fachwerkhäusern zu sehen. Der Morgennebel hat sich noch nicht verzogen. Er verzerrt die Konturen der Bäume am Straßenrand, so dass sie ganz unheimlich aussehen. Auf einem kleinen Berg sieht man die Umrisse einer zerfallenen Ruine auftauchen und wieder im Dunst verschwinden. Kurz hinter Osterode passiere ich die Teufelsbäder, von denen meine Mutter gesprochen hat. Kein Wunder, dass die Menschen hier schaurige Geschichten erfinden. Im Tal liegen mehrere Gewässer umgeben von dichtem Schilf, um das die dichten Schwaben wabern. Doch ich muss zugeben, dass die hügelige Landschaft mit den kleinen Orten, ihren Türmen und Kirchturmspitzen etwas hat. Die höchste Erhebung in der Nähe Hamburgs liegt in den Harburger Bergen. Wobei der Name eine dreiste Übertreibung ist. Der höchste Punkt ist dort kaum 150 Meter hoch.

Der Friedhof liegt noch vor dem Dorf. Ich lasse den Wagen einfach am Straßenrand stehen, zwischen unzähligen anderen Autos. Vor der Trauerkapelle hat sich ein Massenauflauf gebildet. Sind die alle wegen meiner Tante da? Ich finde meine Mutter schließlich in der Trauerkapelle. Sie hat sich in die erste Reihe gesetzt, so dass sie vielleicht noch nicht gemerkt hat, dass die Menschen hinter ihr sie alle anstarren. Ich husche unauffällig zu ihr und fühle mich wie ein Eindringling bei einer intimen Feier. Nach einem kurzen Luftkuss zur Begrüßung setze ich mich neben meine Mutter. Dass wir eigentlich die nächsten Angehörigen sind, ändert nichts an meinem Gefühl, hier nichts verloren zu haben. Schicksalsergeben lausche ich der furchtbar rührseligen Rede über einen Menschen, den ich kaum kannte. Meine Tante muss sehr beliebt gewesen sein, denn die kleine Kapelle platzt aus allen Nähten. Zu meiner Linken schnieft eine ältere Frau schüchtern, aber beharrlich, während ich höflich die Lippen bewege, als würde ich die Lieder kennen und mitsingen. Zu meiner Rechten bewahrt meine Mutter die Haltung. Ob sie sich sonderlich darum bemühen muss, weiß ich nicht, weil sie oft schwer zu durchschauen ist. Ihre Schultern beben ganz leicht und aus den Augenwinkeln tupft sie elegant ein paar Tränen, die ich gar nicht gesehen habe. Wir versuchen uns immer angemessen zu verhalten – und angemessen ist wohl weder haltloses Schluchzen noch vollständige Ungerührtheit.

Ganz und gar nicht angemessen kommt mir hingegen die Kleidung der anderen Trauergäste vor. Ich hätte ein Meer aus schwarzem Chiffon erwartet. Doch diese Zusammenstellung gefährdet schon beinahe das Augenlicht, so kunterbunt ist sie. Von einem Mädchen kann ich meinen Blick gar nicht abwenden. In ihrem wallenden, hennaroten Haar trägt sie lilafarbene Orchideen, die nicht mal nach Plastik aussehen. Durch einen leichten Tränenschleier wirkt ihr Blick so sanft, dass sie mich an eine verträumte Meerjungfrau erinnert, die aus Versehen einen ganz unpassenden Ort für ihren Landgang gewählt hat. Die Illusion währt, bis in ihren Mundwinkeln ein keckes Lächeln aufblitzt, während sie mir zuzwinkert. Schnell schaue ich weg.

Nachdem die üblichen Riten überstanden sind und wir jeder eine Handvoll Erde auf den Sarg geworfen haben, verlassen alle den Friedhof und steuern Effies Zuhause an. Zumindest hat sich der Nebel verzogen. Es ist kein Wölkchen am Himmel zu sehen, dafür ist es schlagartig brüllend heiß. Ob ich mich wohl an irgendetwas erinnern werde? Obwohl ich weiß, dass ich in den ersten Jahren meiner Kindheit jeden Sommer hier verbracht habe, finde ich in meinem Kopf kein einziges passendes Bild. Das Haus zu sehen entpuppt sich deshalb als unerwarteter Schock. Nicht weil ich es erkenne, zucke ich zusammen, sondern weil es meinen Puls völlig ohne Grund höher schlagen lässt. Ich kann nicht erklären, was mich zu diesem lang gezogenen weißen Häuschen mit dem schon etwas angegriffenen Schindeldach hinzieht. Wenn Lars und ich mal in so etwas wie wilden Zukunftsfantasien geschwelgt haben, schwebte uns eine schicke, topmoderne Wohnung direkt an der Alster vor – der gemauerte Beweis, dass man es geschafft hat. Dieses alte Häuschen wäre Lars' Albtraum, eigentlich müsste es auch meiner sein, und schließlich ist es auch der meiner Mutter.

»Natürlich werde ich das Erbe ausschlagen«, murmelt sie unwillig und schaut schaudernd auf das Bauwerk. »Und ich rate dir, das Gleiche zu tun, wenn sie danach an dich herantreten. Ein Verkauf wird dir nie so viel einbringen, wie die notwendige Instandsetzung kostet.«

»Natürlich«, murmele ich reflexartig.

Noch keine Sekunde habe ich daran gedacht, dass der Tod meiner Tante Folgen für mich haben könnte. Dabei ist es doch klar, dass meine Mutter als einzige Verwandte das Haus erbt. Und wenn sie ablehnt, geht es an mich. Verrückt.

Allein die vage Möglichkeit, Besitzerin eines Hauses zu

werden, lässt mich das Objekt mit ganz anderen Augen betrachten. Ich versuche, das warme Pulsieren in meinen Adern zu ignorieren und einfach nur den Wert und die damit verbundenen Möglichkeiten einzuschätzen. Der große, angebaute Wintergarten, in dem der Tresen und die Tische des Cafés untergebracht sind, ist ein Traum. Unter Palmen und anderen exotischen Pflanzen, die ich nicht kenne, sind mehrere Sitzgelegenheiten für die Gäste untergebracht. Davor liegt eine hölzerne Veranda, auf der noch mehr der weißen, filigran verschnörkelten Tische und Stühle stehen. Mich wundert, dass meine Mutter nicht zumindest das finanzielle Potenzial sieht. Denn anders als sie behauptet, ist hier der Lack noch lange nicht ab. Am Haupthaus bröckelt hier und da ein wenig der Putz, und richtig viele Gäste bekommt man nur im Sommer unter, wenn die Veranda zu gebrauchen ist, aber ich sehe keine dramatischen Mängel. Und selbst die würden durch den liebevoll angelegten Garten ausgeglichen.

Von der Auffahrt aus führt ein Spalier aus verschiedenfarbigen Rosen zu einer runden Sandfläche, auf der sich jeweils zwei charmant verwitterte Gartenbänke gegenüberstehen. Von hier gehen zwei Wege ab, von denen einer auf die Veranda führt, der andere in ein winziges Buchsbaum-Labyrinth. Doch Ordnung herrscht nur in diesem Abschnitt. Rundherum wuchert eine verwilderte Wiese mit ein paar verkrüppelten Obstbäumen, die zum Teil abgeerntet, zum Teil von fauligen Kirschen auf dem Boden umgeben sind. Dazu ist Effie wohl nicht mehr gekommen. Seltsam, dass ich ausgerechnet bei diesem Anblick das erste Mal so etwas wie Trauer empfinde. Vielleicht weil die unterbrochene Arbeit der erste greifbare Beleg ist, dass hier tatsächlich jemand gelebt hat und gestorben ist. Jemand, dem all dies hier die Welt bedeutet hat. Der Duft, der in meine Nase steigt, als ich durch den Gang schreite, um auf die Veranda zu kommen, kann nicht nur von den Rosen kommen. Ich schaue auf den Boden und entdecke Lavendel sowie eine kleine cremefarbene Blüte, die nach Lakritze riecht. Schnell drücke ich meine Hand auf den Bauch, um das Knurren meines Magens ein wenig zu dämpfen.

»Was ist das für eine Blume?«, frage ich meine Mutter. Sie schaut mich verdutzt an, fast ein wenig genervt. Ich habe vergessen, dass es in unserer Stadtwohnung nicht einmal Kaktus, Yuccapalme oder Benjamini gab. Diese drei Pflanzen kenne ich zumindest, weil Lars sie in unsere Wohnung gestellt hat. Meine Eltern waren immer zu beschäftigt, um sich um schnöden, dekorativen Schnickschnack zu kümmern.

»Das weiß ich nun wirklich nicht«, lautet so auch ihre Antwort.

»Das ist eine Tagetes«, sagt da eine helle freundliche Stimme hinter mir. Verdutzt sehe ich mich um. Das rotgelockte Mädchen aus der Kirche streckt mir die Hand hin. Ich tippe, dass sie etwa Mitte 20, also ungefähr fünf Jahre jünger ist als ich. Wie langweilig ich in ihren Augen aussehen muss. In dem braven schwarzen Kostüm, mit den glatten aschblonden Haaren, dessen Spitzen in Schulterhöhe akkurat gestutzt sind. Das einzig Auffällige an mir sind die grünen Augen, die von einem Großelternteil stammen müssen. Die Augen meiner Eltern sind blau. Vielleicht hätte ich diesen Vorzug mit schwarzer Wimperntusche betonen sollen.

»Ich bin Carlie«, sagt das Wesen, und ich lasse mir von ihr verdutzt die Hand schütteln.

»Carlie hat sich hier um die Vorbereitungen und die Gästeliste gekümmert«, sagt meine Mutter so würdevoll, dass wohl nur ich aus ihrem Tonfall die Abmahnung an das ungezwungene Mädchen heraushören kann. Doch die leicht gerümpfte Nase, mit der sie ihren Namen ausgesprochen hat, fällt auch Carlie auf. Irritiert zieht sie eine Braue hoch, fährt dann aber munter fort.

»Na ja, ich habe hier immer mal wieder als Aushilfe gearbeitet. Und wir waren Freundinnen, deine Tante und ich. Eine tolle Frau, aber das weißt du ja. Wieso haben wir beide uns denn noch nie getroffen?«, will sie von mir wissen und betrachtet mich neugierig von Kopf bis Fuß.

Auch wenn ich die Ältere und sicher auch die Vernünftigere von uns beiden bin, gelingt es Carlie, mich mit ihrer entwaffnenden Art zu verunsichern. Während ich noch über eine Antwort nachdenke, kommt meine Mutter mir zuvor. »Es hat sich einfach nie ergeben. Wir wohnen ziemlich weit weg und hatten immer zu viel zu tun. Unsere Berufe sind sehr fordernd. Äußerst bedauerlich«, entgegnet sie ohne jedes Bedauern. Sie hat ihr Gesicht verzogen, seit Carlie erwähnt hat, dass sie und meine viel ältere Tante »Freundinnen« waren. Ein bisschen befremdlich finde ich den Gedanken zwar auch, dennoch habe ich den Drang, irgendetwas Nettes zu Carlie zu sagen. Bislang hat sie nichts gesagt oder getan, das den Tonfall meiner Mutter verdient. Ganz im Gegenteil. Es ist eher ein wenig beschämend, dass dieses Mädchen die Gastgeberrolle übernehmen musste, weil sie meine Tante anscheinend so viel besser kannte als wir.

»Du kennst dich mit Pflanzen ja wahnsinnig gut aus.« Was Besseres fällt mir auf die Schnelle nicht ein.

»Eigentlich gar nicht«, sagt Carlie. »Aber mein Bruder ist leidenschaftlicher Gärtner. Da schnappt man einiges auf. Komm mit, ich stelle ihn dir vor.«

Als würden wir uns schon Ewigkeiten kennen, zieht sie so ohne Rücksicht auf Befindlichkeiten an meinem Ärmel. Wehrlos folge ich ihr, schaue aber über meine Schulter entschuldigend zu meiner Mutter, die missbilligend die Stirn in Falten zieht.

Carlie zerrt mich zu einem Mann, der sich gerade ein Blatt an einem der knorrigen Obstbäume ansieht. Ob ich wohl als Kind mal auf einen dieser verzweigten Äste geklettert bin? Wohl kaum.

»Tom, das ist Alexandra, Effies Nichte.«

Verdutzt schaut Tom mich an. Seine dunklen Haare sind ein bisschen zu lang und er trägt ein flamingofarbenes Hemd zu einer nachtblauen Jeans und schafft es trotzdem, dabei verwirrend gut auszusehen. Abgesehen davon wirkt er ungefährlich, deswegen ergreife ich die Hand, die er mir hinhält. Wie seine Schwester zeigt auch er keine Scheu, mich ausgiebig von unten bis oben zu mustern. Grinsend schaut er auf meinen weißen Blusenkragen, der sauber über dem meines schwarzen Blazers liegt, bis es mir vorkommt, als wäre ich diejenige, die in Neonfarben bei einem Leichenschmaus aufgetaucht ist. Bei seinem festen Händedruck kann ich deutlich die Schwielen auf seiner Handfläche fühlen. Verlegen mache ich mich los.

»Ja, ich weiß schon«, Carlie erwidert das Grinsen ihres Bruders. »Ich hätte sie mir auch ganz anders vorgestellt.«

Ich vermute mal, das ist nicht als Kompliment gemeint. Verärgert beiße ich die Zähne zusammen. Es ist nicht gerade angenehm, wenn über einen geredet wird, als wäre man nicht da.

»Hast du deine Tante gut gekannt?«, fragt Tom, ohne auf Carlies Kommentar einzugehen.

»Wieso?«, frage ich vorsichtig.

»Nun, bevor du weiter kritisch auf mein Hemd starrst, lass dir sagen, dass Effie sich Farben und gute Laune für ihre Beerdigung gewünscht hat.« Wie zum Beweis lächelt Tom mich strahlend an – und das sieht kein bisschen künstlich aus.

Ich muss zweimal schlucken, bevor ich darauf etwas entgegnen kann. Plötzlich stecke ich in der Rolle derjenigen, die sich respektlos gegenüber der Verstorbenen zeigt. Dabei habe ich nur ganz brav die Regeln befolgt. Ich mag es nicht, mich in eine Ecke gedrängt zu fühlen. Mir liegt ein schnippischer Kommentar auf der Zunge, von der Art, wie ihn meine Mutter abgesondert hätte. Doch weil die beiden es offenbar nicht böse meinen, besinne ich mich auf meine innere Größe und murmele: »Das wusste ich nicht. Wir kannten uns nicht sehr gut. Leider.«

Das letzte Wort habe ich aus reiner Höflichkeit angehängt. Erst danach geht mir auf, wie ernst ich das meine. Wenn ich mir Carlie und Tom so ansehe, hätte ich gerne die Frau gesehen, die zu diesem Haus und Garten gehört hat – und die sich bunte Farben für ihre Beerdigung wünschte.

»Ich muss dann mal wieder«, sage ich leichthin und mache mich langsam auf den Rückweg. Nette Plaudereien mit Fremden lagen mir noch nie besonders. Nicht weil ich sonderlich schüchtern wäre, sondern weil ich ungern meine Zeit vertue. Doch die ist inmitten des Rests der Gesellschaft nicht unbedingt sinnvoller verbracht. Deswegen verlasse ich einem Impuls folgend den ordentlich angelegten Weg zur Veranda und schlendere durch den Obstgarten, der nach Chaosprinzip gewachsen ist. An einem der Äste ist eine Schaukel angebracht.

Ganz in sich zusammengesunken sitzt dort eine ältere Frau. Ich wette, das schwüle Wetter hat sie in diese erschöpfte Haltung getrieben. Unangenehm kleben die schwarzen Nylons auf meiner Haut. Ich vermisse die kühle Luft in der Kirche. Zum Glück beginnt übermorgen der September, ich konnte Hitze noch nie etwas abgewinnen. Als die Frau mich bemerkt, überzieht ein strahlendes Lächeln ihr Gesicht. Freundlich winkt sie mich zu sich heran. Erschrocken winke ich zurück, als hätte ich die Einladung nicht verstanden, und gehe schnell wieder meines Weges. Für einen einzigen Tag habe ich genügend neue Bekanntschaften gemacht.

Mein Magen zieht sich zusammen. Irgendetwas an dem Bild fühlte sich vertraut an. Vielleicht saß ich auch mal auf dieser Schaukel.

Als könnten ordentliche Strukturen mich vor dem diffusen Gefühl schützen, streben meine Füße wieder dem perfekt angelegten Weg voller Symmetrien entgegen. Im Rondell angekommen, lasse ich mich auf einer der Bänke nieder und wische mir die Schweißtropfen von der Stirn. Wolken sind im Anmarsch. Das ist gut. Bei dem feuchtwarmen Klima ist es kein Wunder, dass ich mich komisch fühle und dass auch die alte Frau mit ihrem Kreislauf zu kämpfen hatte. Ich schaue auf den Garten und spüre schon den leichten Wind in meinem Nacken, der ein Gewitter verspricht. Der Luftzug prickelt auf der erhitzten Kopfhaut, streichelt mein Haar und lässt die Blätter an den Ranken und in den Bäumen rascheln und säuseln. Es ist wirklich schön hier.

Ich bin alles andere als eine Tagträumerin. Und doch scheint mir jede Zelle meines Körpers zuzuraunen: »Dies alles könnte dir gehören.«

Als würde ich das wollen! Im Harz leben! Was soll ich mit einem Café und einem altmodischen Häuschen in der Provinz, in der die Menschen so verrückt sind, dass ich mich scheue, ihnen Gesellschaft zu leisten. Das kommt gar nicht infrage, deswegen verbiete ich meinem Unterbewusstsein den Mund.

Entschlossen stehe ich auf und geselle mich wieder zu den anderen, die mir gar nichts anhaben können, weil ich sie ohnehin niemals wiedersehe. Die Gesellschaft hat es sich inzwischen auf den Stühlen auf der Veranda gemütlich gemacht und sich am Tortenbüffet bedient. Ich frage mich, ob das auch von Carlie vorbereitet wurde. Ich entdecke sie und ihren Bruder, wie sie gerade lachend vor einer Sekt-Pyramide stehen. Besorgt halte ich nach meiner Mutter Ausschau. Sie sitzt ganz allein an einem der Tische.

Ihr Unbehagen ist ihr deutlich anzumerken: Es sitzt in ihren leicht angehobenen Schultern, den hochgezogenen Brauen und den Fingern, die sich in ihrem Schoß so eng verschlungen haben, dass die Knöchel hervortreten. Es ist ihr nicht gegeben, schnell neue Bekanntschaften zu schließen. Aber meine größte Stärke ist das ja auch nicht gerade. Ich werde ihr ein schönes Stück Kuchen holen und mich von jetzt an ganz und gar ihr widmen.

»Wo warst du?«, zischt sie mir zu.

»Ich habe mich verlaufen.« Ich zucke verlegen mit den Schultern, um sie zu beschwichtigen.

»Im Garten?« Sie runzelt die Stirn, nun aber eher besorgt als verärgert. Vermutlich hätte ich lügen sollen. Manchmal klingt die simple Wahrheit einfach zu unglaubwürdig – und in diesem Fall so, als wäre ich ein wenig bescheuert.

»Komm, ich hole dir ein schönes Stück Kuchen«, versuche ich sie abzulenken.

»Du weißt genau, dass ich keinen Kuchen esse.«

Nein. Ich hatte keine Ahnung. Wir sehen uns nie zu Uhrzeiten oder an Tagen, an denen Menschen einen ganzen Nachmittag einfach nur sinnlos verstreichen lassen – den Mund voll Kuchen wie Carlie. Ein Typ, den ich bislang noch nicht gesehen hatte, wischt ihr liebevoll einen Klecks Sahne von der Lippe und küsst sie leidenschaftlich. Bei der Bewegung sind die Ärmel seines kanariengelben Hemds verrutscht, so dass man den Ansatz einer Tätowierung erkennen kann, die sicher den ganzen Arm ziert.

Gegen meinen Willen seufze ich bei dieser offen zur Schau getragenen Liebesbekundung. Lars küsst mich nie in der Öffentlichkeit.

Meine Mutter deutet meinen sehnsüchtigen Blick ganz falsch. »Lass lieber die Finger von der Torte. Ich finde, du hast ganz schön zugelegt.«

Sie hat sich wohl mit Lars abgesprochen. Warum können Mütter nie diskret sein? Falls sie wirklich denkt, ich hätte ungebührlich zugenommen, könnte sie es doch zumindest so leise sagen, dass es nicht die gesamte Gesellschaft hört. Nun starren uns alle an, die gerade in der Nähe stehen. Dies wäre eigentlich der richtige Zeitpunkt für ein hämisches Lächeln seitens der unfreiwilligen Beobachter, aber vor allem Carlie sieht eher schockiert aus. Es ist so peinlich. Ich bin 30. Ich sollte hier nicht stehen wie ein fünfjähriges, gemaßregeltes Kind – unschlüssig, ob ich es wagen kann, mich meiner Mutter zu widersetzen und ein Stück Torte zu verputzen. Eine sonore Stimme erlöst mich aus meinem Elend. Ein älterer Herr mit kurzen weißen Locken und Lachfältchen um die blauen Augen fasst mich an meinem Arm.

»Lexi!«, ruft er.

Erschrocken fahre ich zusammen. Wer oder was ist ein Lexi?

»Mensch, bist du groß geworden.« Ohne Vorwarnung fährt er liebevoll über mein Haar. Vielleicht habe ich ihn doch schon mal gesehen? Es ist nicht nur seine Vertraulichkeit, sondern da ist auch noch so ein verschwommenes Bild. Nur erkenne ich darauf nicht wirklich etwas.

»Guten Tag, Robert«, sagt meine Mutter in höflichem Tonfall, der frei von Freundlichkeit ist.

»Hallo«, entgegnet Robert kurz und wendet sich dann wieder mir zu. »Du erkennst mich gar nicht wieder, oder?«

»Robert war ein Freund deiner Tante«, sagt meine Mutter. »Ihr habt euch kennengelernt, als du noch klein warst.«

»Ihr habt euch beide kaum verändert«, sagt er lachend.

»Wirklich nicht?«, frage ich neugierig.

»Nun, du bist groß geworden. Aber sicher immer noch der gleiche kleine Wildfang, oder?«

Er hält mir seine zur Faust geballte Hand vor die Nase. Verdutzt sehe ich ihn an. Ich erinnere mich nicht daran, ein wildes Mädchen gewesen zu sein. Mein panisch umherschwirrender Blick bleibt an Tom hängen. Er zwinkert mir zu und macht eine kleine Boxbewegung. Verstanden. Also gut. Im Gegensatz zu meiner Mutter bin ich bereit, mich den Sitten dieser Umgebung anzupassen. Ich balle meine Hand zur Faust und knuffe sie so stark ich kann gegen seine.

»Aua«, schreit er und geht in die Knie. Schnell fasse ich den alten Herrn stützend am Arm und schäme mich für das kleine Triumphgefühl, das mich im Moment meines Schlags beschlichen hat.

»Sie ist nicht mehr sechs. Du musst nicht mehr so tun, als könne sie dich niederstrecken«, sagt meine Mutter. Was mir bislang wie die Stimme der Vernunft erschien, klingt plötzlich nach reiner Boshaftigkeit. Durch die Augen der

Umstehenden sehe ich jemanden, der jeden noch so kleinen Spaß im Keim erstickt.

»Ach so«, murmele ich verlegen. »Dann ist ja gut. Ich dachte schon, ich hätte Ihnen wirklich wehgetan.«

Er zuckt zurück. »Du wagst es, mich zu siezen?! Gleich versohle ich dich! Iss mal ein Stück Kuchen, damit du wieder ein bisschen mehr Kraft bekommst. Vielleicht gewinnst du dann beim nächsten Mal wirklich.«

Es wird kein nächstes Mal geben, denke ich. Bevor ich entscheiden kann, ob ich darüber erleichtert oder enttäuscht bin, hat er mich schon zum Kuchenbüffet gezerrt. Was Körperkontakt angeht, sind diese Dörfler wahrhaftig nicht zimperlich. Sollte dies die Reaktion auf Mamas Bemerkung über mein Gewicht sein, ist darin eine kaum verhohlene Kampfansage zu sehen. »Danke. Aber ich habe gar keinen Hunger, ich werde mir nur ein Glas O-Saft nehmen.« Dagegen kann nun wirklich niemand etwas haben, wenngleich Orangen natürlich sehr viel Fruchtzucker enthalten. Mir steht nicht der Sinn danach, zwischen die Fronten zu geraten. Außerdem muss ich nicht auch noch dick werden, wo ich schon keine Arbeit mehr habe.

»Wie du meinst.« Nur seine Stimme klingt gleichgültig, seine Augen tasten meine ab, als suche er darin irgendetwas. Vielleicht sollte ich ihm erklären, dass die Sache mit den Augen als Spiegel zur Seele nur im übertragenen Sinne zu verstehen ist. In Wahrheit sind Pupille und Iris nicht von der redseligen Sorte. »Danke«, sage ich zu der Hand, die mir einen Orangensaft hinhält. Sie gehört zu einem schlanken Unterarm mit einer Pfauenaugen-Tätowierung. Carlie natürlich. Nachdenklich lasse ich meinen Blick über die Köpfe schweifen und suche den grauen Dutt der Frau von der Schaukel. Ich hätte ihr wohl Hilfe anbieten sollen.

»Alles gut?«, fragt Carlie. Es ist schwer, sie nicht zu mögen, stelle ich fest. Weder klang ihre Frage sensationslüstern noch aufgesetzt höflich, sondern einfach nur sehr interessiert. Es käme mir fast wie ein Affront vor, so viel Freundlichkeit mit einer ausweichenden Antwort abzuwimmeln. Deswegen bin ich für meine Verhältnisse äußerst ausführlich: »Ich mache mir nur ein bisschen Sorgen. Gerade habe ich eine ältere Frau auf einer Schaukel im Obstgarten sitzen sehen. Sie wirkte ein wenig schwach. Aber dann hat sie mir fröhlich zugewinkt, und ich habe mir keine Gedanken mehr gemacht. Nur ist sie nicht wieder aufgetaucht.«

»Meinst du, wir sollen mal nach ihr sehen?«

Bei ihrem selbstverständlichen »Wir« macht mein Herz einen kleinen Hüpfer. Es ist fast wie in dem Ferienlager, in dem ich nie war. Zuerst will man partout keinen Fuß hineinsetzen, und dann trifft man ein nettes Mädchen, das mit einem auf Abenteuersuche geht.

»Ich weiß nicht. Vielleicht hat sie nur ein wenig Ruhe gesucht, dann stören wir sie womöglich«, gebe ich zu bedenken.

Verdutzt schaut Carlie mich an, als hätte sie noch nie von Menschen gehört, die sich gerne mal zurückziehen. Wie es wohl ist, in einer Umgebung zu leben, in der sich alle umeinander kümmern und genau darüber informiert sind, wie es den anderen geht? In erster Linie muss es furchtbar anstrengend sein.

»Vielleicht hast du recht«, sagt Carlie zu meiner Überraschung. »Wie hat sie denn ausgesehen? Eigentlich sind alle Gäste da, die ich erwartet habe. Oder hatte Effie noch mehr heimliche Verwandtschaft?«

»Ich glaube nicht.« *Heimliche Verwandtschaft* bin ich also.

Ich schaue mich um. Ein paar der Gäste scheinen mich wiederzuerkennen, doch für mich sind sie alle Fremde. Wenn sich alle sieben Jahre sämtliche menschliche Zellen vollständig erneuert haben, steckt in mir nichts mehr von der »Lexi«, die Robert so herzlich begrüßt hat. »Sie hatte ein altmodisches Blümchenkleid an. Mit einem dieser runden Kragen. Bubi-Kragen heißen die, oder? Sie war ein bisschen mollig und hatte die Haare zu einem Dutt aufgetürmt, aber nicht so einen wie … «, ich sehe mich suchend um.

»Du meinst, nicht dieses strenge Ding, das deine Mutter hat, sondern so einen wilden und wuscheligen Knoten?«, hilft Carlie mir ungeduldig weiter.

»Genau«, antworte ich dankbar.

Carlie betrachtet mich eindringlich. »Und du erinnerst dich gar nicht an deine Tante?«

»Wie kommst du darauf?«, frage ich irritiert.

»Das ist doch ganz offensichtlich, so wie du dich gerade anstrengen musstest, sie zu beschreiben.«

»Aber Effie ist tot.«

»Ganz genau. Dann hast du entweder einen Geist gesehen – oder vielleicht einen sehr plastischen Erinnerungsfetzen. Es ist ziemlich heiß heut, vielleicht eine Art Fata Morgana, so wie in der Wüste?«

Nun ja, wie eine Verdurstende am Rande ihrer Existenz fühle ich mich nicht gerade, und für einen »Erinnerungsfetzen« war die Frau mir etwas zu »plastisch«.

Eher bin ich bereit, daran zu zweifeln, dass Carlie wirklich den Überblick über den »engsten Kreis« hat, der zur Beerdigung geladen wurde. Wer weiß, wer sich da noch zugehörig gefühlt hat, obwohl er nicht auf Carlies Liste steht. Schließlich hat meine Tante schon Bekanntschaften geknüpft, als dieses Mädchen noch gar nicht geboren war.

Ohnehin ist es merkwürdig, dass Carlie so sehr in das Dorfleben verstrickt sein soll. Sie wirkt ganz und gar nicht wie jemand, der sein Leben an einem Ort wie diesem verbringt. Ich sehe sie eher in den angesagten Vierteln einer Großstadt vor mir, wo die Kreativen schon morgens beim hippen Heißgetränk des Monats an der Weltordnung rütteln.

»Ist es nicht seltsam, in einem so kleinen Dorf zu leben?«, frage ich sie neugierig.

»Ich weiß nicht.« Sie denkt eine Weile über meine Frage nach und dreht dabei mit dem Zeigefinger Locken in ihr Haar. »Immer mal wieder denke ich, mir sei hier alles zu eng. Dann ziehe ich für eine Weile woanders hin. Aber ich komme immer wieder zurück. Ich bin glücklich hier. Dies ist mein Basislager, in dem ich mich verwurzelt fühle. Und dass man ab und zu mal rauswill, ist normal, oder?«

Nun muss ich erst mal überlegen. Denn weder fühle ich mich an irgendeinem Ort tief »verwurzelt« noch hege ich jemals Ausbruchsgedanken.

»Mag sein«, sage ich unbestimmt.

»Aber es wäre schon schön, wenn hier noch ein paar jüngere Leute leben würden. Außer meinem Bruder, meine ich. Ihr übernehmt wohl nicht das Café?« Mit seitlich geneigtem Kopf lässt sie flirtend ihre Augenlider flattern.

Ich muss einfach lachen. »Sicher nicht.«

»Schade, aber immerhin weiß ich jetzt, dass du lachen kannst. Solltest du häufiger machen. Das steht dir echt gut, weißt du?«

Das klingt, als würde sie annehmen, dass ich üblicherweise mit einer ähnlich verbiesterten Miene wie meine Mutter herumlaufe, stelle ich ein wenig gekränkt fest. Dabei sagt es rein gar nichts über mich aus, wenn ich heute nicht vor Fröhlichkeit übersprudele. Üblicherweise brechen Menschen nicht in lautes Gelächter aus, wenn sie von einem Verstorbenen Abschied nehmen. Genau das würde ich Carlie gerne mitteilen, aber da ist sie schon wieder verschwunden. Mir bleibt nichts anderes übrig, als mich mit meinem Orangensaft zu meiner Mutter zu setzen. Dabei wappne ich mich für weitere Beschwerden über mein Betragen, aber ihr scheint die Lust daran vergangen zu sein.

»Ich bin so froh, wenn das hier vorbei ist«, seufzt sie schwer.

»Ich auch«, stimme ich zu.

Als endlich auch der letzte Gast gegangen ist, kann ich in Ruhe das Haus meiner Tante durchstöbern. Die Wohnräume liegen hinter dem Café. Eine Durchgangstür führt direkt in die Diele, von der zwei Zimmer abgehen, ein Wohnzimmer und ein Büro. In der Küche, die ebenfalls vom Verkaufsraum abgeht, habe ich einen kleinen, niedlichen Esstisch gesehen, der für höchstens zwei Personen reicht. Offenbar hat Effie immer dort gegessen. Es lässt sich nicht abstreiten, dass sie eine Chaotin war. Wie ungerecht, dass nicht jedem Menschen ein paar Tage eingeräumt werden, um das eigene Ableben ordentlich vorzubereiten. Wenn sie wüssten, dass sie nur noch einen Tag zu leben hätten, könnten sie noch einmal gründlich aufräumen. Das zumindest würde ich tun. Wozu dann noch einen Apfelbaum pflanzen, dessen Triebe man nie zu Gesicht bekommen wird?

Fast ein wenig melancholisch stelle ich fest, dass ich so viel Zeit gar nicht bräuchte. Würde ich morgen völlig überraschend aus dem Leben gerissen, würden meine Verwandten gebügelte Blusen sauber auf Bügeln aufgereiht finden. Nicht eine einzige eigenwillige Ecke, die etwas über den Charakter ihrer Besitzerin verrät, würde ihnen in die Quere kommen.

Wer würde denn überhaupt zu meiner Beerdigung kommen? Meine Mutter, mein Vater, Betty, und womöglich würde mein ehemaliger Arbeitgeber noch ein paar Worte über eine »geschätzte Mitarbeiterin« verlieren. Ganz anders sieht die Sache bei Effie aus. Nicht dass sie in Schmutz gehaust hätte. Abgesehen von dem fürchterlichen Durcheinander ist alles blitzsauber. Ein leichter Duft nach Lavendel und Rosen liegt in der Luft, wo ich viel eher erwartet hätte, dass es nach alter Tante, 30 Jahre ungewaschenen Sofabezügen und vermoderten Büchern riecht. Neben dem Sofa, das aussieht, als würde man darin versinken und nie wieder hochkommen, sobald man sich einmal hineingelegt hat, sind ein paar Bücher gestapelt. Als würde Effie gleich zurückkehren, um nach einem davon zu greifen. Vom Sofa aus kann man aus dem Fenster sehen, in den Obstgarten. Am Ende hast du doch alles richtig gemacht, Effie. In diesem Zimmer einen freien Tag mit ein paar Büchern auf dem Sofa verstreichen zu lassen, muss sich wie ein Kurzurlaub anfühlen.

»Dann wollen wir mal«, sagt meine Mutter, die plötzlich neben mir im Wohnzimmer steht. »Holst du schon mal die leeren Kartons aus dem Wagen, Alexandra?«

Meine Mutter ist kein Freund körperlicher Arbeit, deswegen wird eine Spedition die Hauptarbeit erledigen. Aber als einzige lebende Verwandte fühlt sie sich wohl verpflichtet, zumindest ein bisschen in den Sachen zu wühlen und ein paar Unterlagen durchzusehen. Aber nicht viel landet zum Schluss in den Kartons, die sie mitnehmen möchte. Ich frage mich, wer in diesem Haus leben wird, wenn keiner von uns beiden es will. Es könnte mir egal sein, aber insgeheim hoffe ich, dass der zukünftige Besitzer das Café behält. Es ist so gemütlich und scheint der Platz zu sein, an dem das Herz dieses Ortes schlägt. Je mehr ich von dem Haus sehe, desto weniger verstehe ich, warum meine Mutter bei seinem Anblick ächzt und röchelt. Auch innen ist es keineswegs heruntergekommen. Ich hätte gedacht, dass sie zumindest den Wert sieht, den es auf dem Markt erzielen könnte, wenn sie es verkauft. Sehr ungewöhnlich, dass sie sich ein so üppiges Sümmchen durch die Lappen gehen lässt. Als ich mich nach ihr umschaue, ertappe ich sie dabei, wie sie sich eine Träne aus dem Auge wischt – diesmal eine echte. In der Hand hält sie ein kleines Stück Papier.

»Was ist los?«, frage ich verdutzt.

»Gar nichts«, sagt sie. So leicht lasse ich mich nicht täuschen, auch wenn sie wieder ganz geschäftig und gefasst wirkt. Irgendetwas stimmt hier nicht. Das Stück Papier hat sie schnell wieder in den Karton fallen lassen. Als sie den Raum verlässt, untersuche ich neugierig dessen Inhalt. Obenauf liegt eine alte Fotografie. Sie zeigt eine fremde, leicht mollige, aber sehr hübsche Frau, die lachend ein Kind auf einer Schaukel anschubst. Neben ihr steht meine Mutter. Ich muss dreimal hinsehen, um sie zu erkennen. Sie sieht so viel jünger und fröhlicher aus, als ich sie jemals erlebt habe. Das Kind kreischt vor Vergnügen und fliegt höher, als ich es mich jemals getraut hätte. Dabei kann dieses Mädchen doch nur »Lexi« sein, mein altes Ich, an das ich mich nicht erinnere.

Die drei sehen so einvernehmlich glücklich aus, dass ich mich frage, was sie entzweien konnte. Ich lege das Bild zurück in die Kiste und mache mich auf die Suche nach meiner Mutter. Sie hat sich bereits ihre Jacke wieder übergeworfen.

»Ich glaube, es gibt weniger Arbeit als gedacht. Wir können also heute schon wieder aufbrechen.«

»Soll ich den Karton in den Wagen tragen?«, frage ich hilfsbereit und suche in ihrem Gesicht die sympathische junge Frau von dem Foto. Zu erkennen ist darin jedoch nur der Drang, so schnell wie möglich aufzubrechen.

»Welchen Karton?«, fragt sie. Ihr Blinzeln verrät mir, dass sie genau weiß, worüber ich rede.

»Der Karton im Wohnzimmer mit den Fotos«, versuche ich es noch einmal.

»Ich habe mir überlegt, dass ich eigentlich nichts von dem Zeug brauche, soll sich die Spedition um alles kümmern, sobald wir wissen, ob der neue Besitzer etwas von dem Kram behalten möchte oder nicht.«

»Aber …«

»Lass uns jetzt losfahren, Alexandra.«

Das kann mir nur recht sein, seit ich hier bin, fühle ich mich ganz wirr. Ich möchte schnell wieder zurück zu Lars und in mein vertrautes Leben.

Doch zugleich macht sich beim Gedanken an den Aufbruch eine merkwürdige Enttäuschung in mir breit. Effies und ihr Haus haben eine geradezu unverschämte Neugierde in mir geweckt. Ehe ich richtig darüber nachdenken kann, höre ich mich sagen: »Mama, wir fahren ohnehin mit zwei Autos. Und ich bin völlig erschlagen. Ich glaube, ich bleibe heute Nacht hier.« Im selben Moment frage ich mich, was mich geritten hat, doch nun werde ich keinen Rückzieher mehr machen.

Misstrauisch schaut meine Mutter mich an. »Und Lars?«

»Der rechnet ohnehin nicht vor morgen Nachmittag mit mir.«

Für einen Moment scheint sie zu überlegen, wie sie

mir diesen verrückten Gedanken wieder ausreden kann, doch dann zuckt sie mit den Achseln. »Also gut, wenn du meinst.«

Kaum ist meine Mutter verschwunden, klingelt es an der Tür. Widerwillig öffne ich, eigentlich wäre ich jetzt gerne ein Weilchen allein. Vor der Tür steht eine Frau, die ich bei der Beerdigung ganz sicher nicht gesehen habe. Sie wäre mir aufgefallen in dem eleganten schwarzen Kostüm. Auch ihr kunstvolles Make-up sieht eher nach Großstadt als nach Harzdorf aus. »Hallo, ich bin Beatrix Dallhaus, mir gehört das Hotel auf dem Grundstück nebenan.«

Überrascht schaue ich sie an. Das Hotel ist mir noch gar nicht aufgefallen. Vielleicht weil das Nachbargrundstück durch Effies riesigen Garten vom Haus getrennt wird.

»Hallo«, sage ich und greife die dargebotene Hand. »Ich bin Alexandra Petersen. Effies Nichte.«

»Dann können Sie mir sicher sagen, was nun mit dem Haus geschieht?«

Verdutzt schaue ich sie an. »Ehrlich gesagt, nein. Bis vor ein paar Tagen wusste ich nicht einmal, dass es dieses Haus gibt.«

»Dann standen Sie mit Ihrer Tante wohl in keinem sehr engen Kontakt?«

Ich schüttele den Kopf.

Irgendetwas an dieser Information scheint sie zu freuen, aber vielleicht habe ich mir das zufriedene Lächeln auch nur eingebildet, denn sofort sieht sie ganz bedauernd drein. »Wie schade. Sie war eine so nette Frau. Ich habe sie und dies alles hier immer sehr gemocht.« Ihre weit ausholende Geste soll wohl den Garten mit einschließen.

Ich nicke verlegen. »Vermutlich werden wir das Haus verkaufen«, murmele ich, um überhaupt irgendetwas zu sagen.

»Wissen Sie was?«, sagt sie und fördert aus ihrer Handtasche ein silbernes Etui zutage. »Ich gebe Ihnen meine Karte.«

Mit dem leichten Druck ihres manikürten Zeigefingers lässt sie das Etui aufschnappen und gibt mir eine der Visitenkarten, die sie darin aufbewahrt.

»Melden Sie sich bei mir, sobald Sie wissen, was mit diesem Haus geschehen soll. Es wäre schade, wenn es nicht in liebevolle Hände gerät. Vielleicht würde ich es kaufen.«

Überrascht betrachte ich sie, nehme ihr aber die Karte ab.

»Aus sentimentalen Gründen«, erklärt sie schnell. »Viel Gewinn lässt sich hier nicht erwirtschaften. Aber das ist ja auch nicht alles, nicht wahr?«

Ich schüttele zustimmend den Kopf und bin froh, als sie sich gleich darauf höflich verabschiedet.

Unschlüssig stehe ich ein paar Minuten im Hausflur, bevor ich ins obere Stockwerk gehe, um das Schlafzimmer zu suchen. Ein fremdes Haus für sich alleine zu haben ist aufregend, und fühlt sich fast ein wenig verboten an. In einer Kommode im Flur finde ich hübsche, frische Bettwäsche mit hellblauen Streifen. Die Tür daneben führt ins Schlafzimmer, dessen Wände mit Rosentapeten geschmückt sind. Auf einer kleinen Anrichte steht eine Vase mit getrocknetem Lavendel. Ich kann mir einen Blick in den alten Bauernschrank mit den Schnitzereien nicht verkneifen. Effie hatte eindeutig Geschmack, einen viel zu ausgefallenen für mich, aber auf merkwürdige Weise harmonieren die bunten Farben der geblümten Stoffe unglaublich miteinander. Ich schließe den Schrank wieder. Jedes einzelne Stück in dem Schlafzimmer ist für sich genommen ein wenig kitschig, zusammen ergeben die Teile aber die Illusion, in einem wahnsinnig gemütlichen Landhotel zu sein. Vorsichtig ziehe ich die Bettwäsche ab. Sie duftet zwar so frisch wie der Rest des Hauses, aber der Gedanke, dass vor Kurzem noch Effie darin gelegen hat, behagt mir nicht. Nach vollendetem Werk schüttele ich noch einmal die Decke und das Kissen aus, ziehe den mitgebrachten Schlafanzug aus der Tasche und öffne das Fenster, um die stickige heiße Luft zu vertreiben. Schon weht mir wieder der Duft von Blumen in die Nase, ich werfe noch einen letzten Blick auf den Obstgarten, schlüpfe in meinen karierten Pyjama und lege mich aufs Bett. Nach einer Weile fängt es an zu regnen, und ich genieße den kühlen Wind auf meinem Körper und das gute Gefühl, gar nichts zu tun, ganz ohne schlechtes Gewissen. Erst als das letzte Tageslicht verschwunden ist, fange ich an, meinen Entschluss zu bereuen. Auf dem Land wird es nicht einfach dunkel, es wird zappenduster. In der Stadt brennen rund um die Uhr ausreichend Lichter, um den Weg zur Toilette zu finden, ohne dass man eine Lampe anknipsen müsste. Hier sieht man rein gar nichts, in dieser Nacht nicht einmal Sterne. Dafür hört man von draußen den tosenden Regen, und im Haus selbst knacken die Balken. Schnell schließe ich das Fenster, um zumindest ein paar der unheimlichen Geräusche auszusperren. Dann erst schalte ich die Nachttischlampe ein und sehe mich hektisch um. Für ängstlich habe ich mich noch nie gehalten, doch nun traue ich mich trotz Heißhunger nicht mehr auf die Diele, um mich über die Essensreste im Kühlschrank herzumachen. Dort sind die Fenster viel zu groß und wenn ich sie mir vorstelle, packt mich die uralte Kinderfurcht, plötzlich könnte eine weißgesichtige Gestalt dahinter auftauchen und mich erschrecken. Sei nicht so albern, ermahne ich mich, und stehe auf. Ich schaffe es problemlos bis in den Verkaufsraum und versuche, nicht durch die Fenster des Wintergartens zu schauen, als ich schnell weiter in die Küche husche. Dort schnappe ich mir Brot, Butter und Haushaltszucker. Unter normalen Umständen würde ich so ein Zeug nicht anrühren, aber diese Umstände sind alles andere als normal. Das Kauen auf den süßen Kristallen beruhigt meine Nerven. Bis ich ein Geräusch höre, das wie ein menschliches Räuspern klingt. Mit einem lauten Schrei fahre ich herum und lasse dabei mein Brot zu Boden segeln. Natürlich dreht es sich im Sturz, so dass die bestrichene Seite die Fliesen küsst. So panisch ich auch umhersehe, kann ich nicht ausmachen, woher der komische Laut gekommen sein könnte. Schnell hebe ich mein Brot auf, flitze in mein Zimmer und springe aufs Bett, nachdem ich die Tür abgeschlossen habe. Die Zuckerkrümel werde ich am nächsten Morgen aufwischen, denke ich, und kaue auf dem Brot herum. Dabei muss ich, ohne es zu merken, vor Erschöpfung eingeschlafen sein. Denn es kann ja nur ein Traum sein, dass sich die Frau, die auf der Schaukel saß, auf dem Stuhl neben meinem Bett niederlässt. Der Nachtmahr fühlt sich erschreckend echt an, zumal ich immer noch Zuckerkristalle auf der Zunge spüre. Ich schließe fest meine Augen und zwinge mich, bis zehn zu zählen, bevor ich sie wieder öffne. Niemand zu sehen, stelle ich dann befriedigt fest. Aber was zur Hölle hat mich nur veranlasst, in diesem Haus bleiben zu wollen? Was für eine Schnapsidee. Aus meiner Reisetasche ziehe ich eine Jeans und einen Pullover und streife beides nur schnell über meinen Pyjama.

Dann packe ich schleunigst den Rest zusammen und eile durch den strömenden Regen zum Auto. Ich will sofort nach Hause, wo alles so wunderbar berechenbar läuft und ich eine »Alexandra« und keine »Lexi« bin.

Sobald ich auf dem Fahrersitz Platz genommen habe, zweifle ich allerdings daran, dass es eine wirklich gute Idee ist, mit zerzaustem Haar und einem knittrigen Pyjama unter den Klamotten schlaftrunken durch das Unwetter zu fahren und mitten in der Nacht völlig verstört in unserer Wohnung aufzuschlagen. Schon bei Schauern am helllichten Tag habe ich eine Heidenangst vor Aquaplaning. Resigniert würge ich den Motor wieder ab und gehe zurück ins Haus. Schluss mit den Wirrungen dieses Tages. Ich werde jetzt sofort eine ausgefeilte To-do-Liste für den nächsten Tag schreiben. Wohin es führt, sich einmal kurz treiben zu lassen, zeigt sich ja an meinem jetzigen Zustand. Niemals werde ich jemandem davon erzählen, auch nicht, dass ich die Tür zum Schlafzimmer mit einem so heftigen Ruck aufstoße, dass sie gegen die Wand knallt – nur falls sich jemand dahinter verstecken sollte. Doch als nichts passiert, schließe ich sie so ruhig wie möglich und setze mich auf das Bett.

Sonnabend, 31. August

~~*5 Uhr Sofort bei Morgengrauen abfahren.*~~

8 Uhr Lars mit ein paar Brötchen wecken.

10 Uhr Mit Lars zum Brunch in den Segelclub fahren und kein einziges Mal die Miene verziehen.

16 Uhr Ausgiebige Körperpflege im Bad: rasieren, die Lücken in der Fußnagellackierung ausbessern und hübsche Dessous anziehen.

16.15 Uhr Lars verführen, falls er in Stimmung ist.

17 Uhr Das Internet nach Stellenangeboten durchforsten, notfalls Initiativ-Bewerbungen schreiben – mindestens drei!

Ich bin fast ein wenig aufgeregt, als ich vor unserer Haustür ankomme. Dabei ist es doch nur mein langjähriger Freund Lars, der dahinter auf mich wartet. Doch der vergangene Tag, besonders die vergangene Nacht kamen mir vor, als hätte ich eine Ewigkeit an einem Ort verbracht, der so bizarr war, dass ich mich nun nur noch verschwommen daran erinnere. In all der Aufregung habe ich glatt vergessen, Lars per Telefon über meine Rückkehr zu informieren. Dafür duften die warmen Brötchen in meiner Tüte wunderbar, und er muss nicht allein zu Klaus und Bettina – das wird ihn sicher freuen.

Meine Schuhe sind von meiner Flucht zum Auto in der Nacht zuvor so schmutzig, dass ich sie im Hausflur stehen lasse. Leise schlüpfe ich hinein, um Lars nicht zu wecken. Autsch! Irgendetwas Spitzes hat sich in die empfindliche Mitte meiner Fußsohle gebohrt. Überrascht blicke ich zu Boden und entdecke den pinkfarbenen High Heel, dessen Absatz der Übeltäter gewesen sein muss. Komisch, dass die mitten im Weg rumliegen, ist mein erster Gedanke. Vermutlich hätte jeder andere Mensch die Warnzeichen sofort verstanden, die Pumps, das schwere Atmen, das gut im ganzen Flur vernehmbar ist. Die einzige Erklärung für meine temporäre Blödheit ist, dass das Naheliegende mir so abwegig erscheint, dass es mich als unvorbereiteter Schlag trifft, als ich die Tür öffne.

In unserem Schlafzimmer sitzt ein nacktes Mädchen mit Lacklederhalsband und zwei blonden Zöpfen auf dem Körper eines Mannes. Zwei zuckende behaarte Beine, der Rest seines Körpers wird von ihrem Rücken und dem heftig auf und ab wippenden Hintern verdeckt.

Die zappelnden Füße des Mannes bräuchten dringend eine Hornhautbehandlung, stelle ich pikiert fest. Als endlich das Begreifen einsetzt, geht mir alles Mögliche durch den Kopf. Warum? Schwein! Und mit Blick auf die Zöpfe: Bitte lass sie nicht auch noch minderjährig sein!

»Was machen Sie hier?«, bringe ich nur stammelnd hervor.

Das Mädchen dreht sich mit einem Schrei zu mir herum. Es ist tatsächlich sehr jung, wenngleich wohl eher Anfang 20 als 16. Sie reißt ein Babydoll an sich, um ihre Brüste zu verdecken. Mit einer weiteren ungelenken Bewegung hievt sie sich von dem anderen Körper runter und verkriecht sich unter der Bettdecke. Nun ist nichts mehr zu leugnen. Der splitternackte Kerl, der unter der Baby-Domina gelegen hat, ist Lars. Zu seinem Pech kann er seine Blöße nicht bedecken, denn er wurde mit rosafarbenen Plüschhandschellen an das Bett gefesselt. Mein Lars, den ich in letzter Zeit nur noch im Ganzkörper-Pyjama gesehen habe. Innerlich streiche ich gleich mehrere Vorhaben von meiner To-do-Liste des Tages: ihn mal wieder zu verführen, ihn in den Segelclub zu begleiten und …

Lars, dem gerade noch die Panik ins Gesicht geschrieben stand, sieht nun wütend und ein wenig oberlehrerhaft drein, so gut das einem Mann eben gelingen kann, der mit Plüsch-Handschellen an ein Bett gefesselt ist. Vollkommen ruhig bringt er einen stinknormalen Satz heraus, der mir in einer anderen Situation auch sehr vernünftig vorgekommen wäre. »Wieso hast du nicht angerufen?«

Ich erschrecke vor meinem eigenen hysterischen Lachen und laufe aus der Wohnung, nachdem ich noch kurz in die Vase im Flur gekotzt habe. Vorerst lege ich gleich meine ganze Liste auf Eis und steige wie ein Zombie in die nächste S-Bahn. Mir fehlt ja nun auch der Rechner, um Bewerbungen zu schreiben. Während auf dem Weg zu Betty die vertrauten Bilder an mir vorbeiziehen – die Landungsbrücken – kann ich immer noch nicht fassen, was mir gerade passiert ist.

Und das alles in unserem Bett! Wer weiß, wie oft sie sich schon dort getroffen haben? Und ich habe mich abends dort hineingekuschelt und mich zu Hause gefühlt«, schluchze ich in Bettys Armen, nachdem ich ihr alles erzählt habe.

Dann laufe ich wieder ins Badezimmer. Auch wenn ich nur noch unter Schmerzen Galle spucken kann, muss ich mich trotzdem jedes Mal übergeben, wenn ich in kleinen Filmszenen vor mir sehe, was die beiden in unserer Wohnung getrieben haben.

Wir haben uns ganz gut eingespielt. Als ich das Badezimmer wieder verlasse, hält Betty mir schon ein Taschentuch hin, damit ich Nase und Mund säubern kann.

»Ich sage nur: Menorca und Sport«, murmelt Betty und legt lächelnd den Kopf zur Seite. Als sie meine Miene sieht, schiebt sie hastig hinterher: »Entschuldigung, das ist nicht lustig.«

»Wäre es vielleicht«, gebe ich schniefend zu. »Wenn es nur nicht mein Freund und unser gemeinsames Bett gewesen wären. Ob er überhaupt jemals schwimmen war?«

Ich fasse mir stöhnend an den Kopf. Alexandra, du Dummerchen. Nach seinen Schwimmausflügen war er nicht etwa deshalb so schlecht gelaunt, weil ihm sein neues Hobby keinen Spaß gemacht hätte, sondern weil er bei ihr gewesen ist. Was ihn danach plagte, war wohl eher das schlechte Gewissen als das harte Training. Falls er überhaupt weiß, was das ist und das leidende Getue nicht nur Teil seines perfiden, kleinen Ablenkungsmanövers war.

Ich schlage mir noch einmal mit der flachen Hand gegen die Stirn.

»Hey, wenn du jemanden verprügeln willst, dann ihn. Ich helfe dir auch, wenn du möchtest.« Betty zieht die Hand von meiner Stirn weg.

»Nein, mir ist nur gerade etwas eingefallen. Neulich hat das Telefon nachts geklingelt. Lars geht sonst nie zum Telefonieren raus, aber diesmal hat er es getan. Angeblich hat er mit einem Freund über dessen Beziehungskrise reden müssen. Aber es war wohl eher eine Freundin und unsere Beziehung war es, die eine Krise hatte. Es muss also schon eine Weile laufen.«

»Würde dir ein One-Night-Stand besser gefallen?«

Empört springe ich auf und stemme die Hände in die Taille.

Was für eine dämliche, herzlose Frage von Betty. Von »gefallen« kann in diesem Zusammenhang ja wohl keine Rede sein! Auf welche Art der Partner fremdgegangen ist, ändert wohl kaum etwas an dem miesen Gefühl. Oder doch, vielleicht ein bisschen. Erschöpft setze ich mich wieder hin. »Der wäre vielleicht ein klitzekleines bisschen erträglicher, als die ganze Zeit über nichtsahnend an seiner Seite gelebt und gedacht zu haben, alles sei in Ordnung, während er sich jedes Mal, wenn er mich ansah, gefragt hat, wie lange er die heiße Affäre noch vor seiner langweiligen Freundin verbergen kann.«

»Du bist nicht langweilig!«, protestiert Betty. »Du bist manchmal nur … nun ja … ein wenig steif.«

Ich zucke zusammen. Also doch!

»Aber der Oberspießer in dieser Angelegenheit ist doch

wohl Lars«, fährt Betty hastig fort, als sie meinen Blick sieht. »Sogar diese widerliche Affäre mit einer jüngeren blonden Sexmaus ist auf eine so abartige Art spießig, klischeebeladen, gewöhnlich und langweilig …«

Wie sich Betty für mich in Rage redet, entlockt mir ein kleines Lächeln.

»Warum trennen sich Menschen nicht einfach von ihrem Partner, sobald sie unzufrieden sind?«, frage ich. »Oder zumindest sobald sie anfangen, über Sex mit einer bestimmten anderen Person zu fantasieren. Wissen die denn nicht, dass es viel schlimmer ist, im Nachhinein zu erfahren, dass man schon eine ganze Weile keine exklusive Beziehung mehr führt?« Bei dem Gedanken, dass er mit uns beiden geschlafen hat, wird mir schon wieder übel.

»Sag ich doch. Nicht nur spießig, sondern auch noch feige. Oder vielleicht lässt er sich mit diesem Mädchen nicht so gerne bei seinen Freunden blicken und wollte dich für diesen Zweck behalten? Egal, es wird Zeit, dass du ihn abhakst!«

»Betty«, fange ich schon wieder an zu schluchzen, »das Ganze ist gerade mal eine Stunde her. Ich bin nicht wie du. Ich flattere nicht von einem Mann zum anderen, sage kurz ›hoppla‹, wenn es nicht klappt, und stolpere dann über den nächsten.«

Nun ist es Betty, die mich böse anfunkelt. Das war nicht nett von mir.

»Nein, du kettest dich lieber jahrelang hartnäckig an einen Typen wie Lars, und was hast du jetzt davon?«

Zornig stieren wir uns an, bis ich verlegen aufseufze. Ich hasse es, im Unrecht zu sein, trotzdem weiß ich, was sich gehört. »Entschuldigung Betty, das war ein blöder Kommentar von mir.«

Bettys Blick wird wieder weicher. »Willst du erst mal hier wohnen?«

Als ich sie entsetzt ansehe, stöhnt sie genervt.

»Du störst nicht. Meine letzte Beziehung ist ein halbes Jahr her, und etwas Neues ist absolut nicht in Sicht. Wir beide sind also ganz allein.«

»Nein, nein, das ist es nicht«, sage ich. Ihre Frage hat mich nur auf ein Problem gestoßen, das ich noch gar nicht gesehen habe. Ich verliere ja nicht nur den Mann, sondern auch mein Zuhause. Eine traurige Bilanz zum Abschluss einer turbulenten Woche: Mann weg, Wohnung weg, Job weg. Schnell kläre ich das Missverständnis auf.

»Das ist manchmal so«, erklärt Betty weise. »Manchmal muss im Leben der tapferen Heldin alles den Bach runtergehen, bis sie in eine Zukunft geht, die so viel strahlender ist als alles, was sie jemals erlebt hat.« Versonnen sieht sie aus dem Fenster.

»Du liest zu viele Schundromane«, entgegne ich traurig lächelnd.

»Mag sein. Dafür weiß ich, was wir heute machen. Ich leihe dir einen Pyjama, wir klappen die Schlafcouch aus, lümmeln vor dem Fernseher und trinken ganz viel Prosecco.«

Ich seufze, bin aber viel zu schwach, um mich zu wehren. Betty sucht die neueste Staffel »True Blood« raus. Eine gute Wahl. Darin gibt es vor allem viel Blut und viel Sex und nur wenig verkitschte Liebeserklärungen – die würde ich jetzt nicht ertragen. Ob Lars dem Blondchen romantischen Kram ins Ohr säuselt? In unserem Bett? Mich verrät, indem er ihr sagt, dass sie die wichtigste Frau seines Lebens ist und er sich schon lange von mir trennen wollte? Es ist zu vermuten, dass man seiner Geliebten eher nicht erzählt, dass man seine Langzeitfreundin über alles liebt. Viel eher zählt man wohl die Makel auf. Sicher ist es albern, aber das schmerzt mich am meisten, dass der eine Mensch, bei dem ich hätte sicher sein sollen, mit einer anderen Frau über mich spricht, mit ihr Geheimnisse vor mir hat. Dass er unsere Verbundenheit geopfert haben muss, um einer anderen Gefühle von Nähe zu vermitteln. Ich schluchze schon wieder los. Wortlos streicht Betty mir über die Schulter, während wir uns einen Kampf zwischen Vampiren und Werwölfen angucken. Ich starre auf den Bildschirm und schütte Prosecco hinunter, bis ich total benebelt bin.

»Vielleicht sollte ich mein Erbe annehmen!«, entfährt es mir plötzlich.

»Welches Erbe?«, fragt Betty interessiert.

Ich fasse kurz die Ereignisse der letzten Tage zusammen, lasse aber die Spuknacht aus. Eigentlich warte ich natürlich nur darauf, dass mir jemand diesen Blödsinn gleich wieder ausredet. Da bin ich aber leider an die Falsche geraten.

»Was???«, kreischt Betty. »Irre! Das klingt ja großartig. Aber wieso bekommst du das Haus? Hat deine Tante denn kein Testament gemacht?«

»Nein. Sie war 68 und hat sicher noch nicht ans Sterben gedacht. Jetzt greift die Erbfolge. Meine Mutter hat ausgeschlagen, und nun bin ich an der Reihe.«

»Wieso hat sie denn ausgeschlagen?«, will Betty neugierig wissen.

»Ich weiß es nicht«, gebe ich ehrlich zu. »Ich hätte gedacht, dass sie, wenn sie es nicht aus sentimentalen Gründen behält, zumindest den Verkaufsgewinn will, aber …« Ich zucke mit den Schultern.

»Dann freu dich einfach und nimm es«, sagt Betty.

»Denkst du wirklich, ich sollte in den Harz ziehen?«, frage ich missmutig.

Nun schaut sie doch zweifelnd drein. »Dann sehen wir uns ja kaum noch«, murmelt sie. »Aber ich kann dich ja besuchen kommen und himmlische Wochenenden auf dem Land genießen«, ruft die ewige Optimistin.

Der Versuch, mir dieses alternative Leben vorzustellen, gelingt mir nicht so richtig.

»Ich kann doch nicht einmal backen«, gebe ich zu bedenken.

Ich möchte durch ein Wurmloch gesogen werden und in einem Paralleluniversum erwachen, in dem alles beim Alten bleibt.

»Ein bisschen was kann ich dir beibringen, und eigentlich müsste es dir besser liegen als Kochen«, prustet sie. »Damit ein Teig gelingt, muss man präzise sein.«

Tatsächlich? Präzise? Das klingt nicht schlecht. Das ist etwas, was ich wirklich gut kann.

Sonntag, 1. September

~~*9 Uhr Nach Frühstück mit Betty Zeitung holen.*~~

~~*9.30 Uhr Immobilienanzeigen ansehen.*~~

~~*10 Uhr Anrufen.*~~

~~*10.30 Uhr Stellenanzeigen.*~~

~~*11 Uhr Bewerbungen schreiben.*~~

~~*18 Uhr Lars ankündigen, dass ich vorbeikomme.*~~

~~*19 Uhr Auszug regeln.*~~

Gefunden habe ich weder eine Wohnung – alle waren schon vergeben oder zu teuer – noch einen Job. Doch zumindest habe ich alle Unterlagen fertig zusammengestellt, einen Lebenslauf geschrieben und Bausteine für verschiedene Anschreiben verfasst. Ein Problem anzupacken ist ein gutes Gefühl. Meistens zumindest. Die Lösung des Problems, die mir nun bevorsteht, bereitet mir allerdings Bauchweh.

Mein Puls rast, als ich vor der Tür der Wohnung stehe, die bis gestern mein Zuhause gewesen ist. Ich klimpere mit dem Haustürschlüssel in meiner Hosentasche, entscheide mich dann aber dafür zu klingeln. Schließlich gehöre ich nicht mehr hierher und gewöhne mich besser gleich daran.

Zumindest hat Lars den Anstand, verlegen auszusehen, als er mir gegenübersteht. Ich schaue ihn mir an, den Mann, mit dem ich acht Jahre zusammengelebt habe – und erkenne ihn nicht. Seit ich ihn in flagranti erwischt habe, fühlt er sich wie ein Fremder an. Umso vertrauter sind die Wohnung und der Duft von Lars' Aftershave. Nur die Vase im Flur ist verschwunden mitsamt meinem Mageninhalt, den ich dort hinterlassen habe. Ich versuche, die Tränen zu unterdrücken. Vor diesem fremden Lars möchte ich mir keine Blöße geben. Wenn er mich doch wenigstens mit einem Mann betrogen hätte oder so ähnlich. Dann müsste ich jetzt wenigstens nicht darüber nachdenken, ob ich irgendwie als Frau unzulänglich bin und was dieses kleine Flittchen hat, was mir fehlt. Denn immerhin war er ja bereit, für ein paar Fesselspiele mit ihr, alles zu riskieren. Aber vermutlich liegt darin schon die Antwort. Unser Sexleben war so gut wie eingeschlafen. Morgens komme ich nur schwer in Stimmung, abends fühlt er sich zu erschöpft. Ohne hinzusehen, starre ich immer noch auf den leeren Platz, an dem die Vase stand. Sinnbild dafür, dass sich alles verändert hat.

»Evelyn war es zu ekelig, das Ding abzuwaschen, da hat sie es einfach weggeworfen«, sagt er entschuldigend.

Oh, sie darf sich sogar schon im Haushalt nützlich machen? Ich stelle mir vor, wie sie im knappen Babydoll die Möbel abstaubt.

Lars deutet wortlos auf zwei Umzugskartons im Flur. Sie hat also schon ihre Sachen geholt, bevor Lars und ich uns überhaupt ausgesprochen haben. Betroffen schaue ich ihn an.

»Das ist doch nicht dein Ernst.«

»Meine Idee war es nicht«, sagt er kleinlaut. »Aber komm doch bitte rein, dann können wir über alles reden.«

Zögerlich folge ich ihm ins Wohnzimmer und nehme auf dem Sessel ihm gegenüber Platz. Er rauft sich die Haare. »Ich weiß nicht, was ich sagen soll.«

»Ich auch nicht«, sage ich um Sachlichkeit bemüht. Ich versuche, mich auf irgendetwas zu konzentrieren, das mich nicht zum Weinen bringt. Meine Augen scannen den Raum nach Gegenständen ab, die mir gehören. Das ernüchternde Ergebnis: Dies wird kein sehr anstrengender Umzug. Nicht eines der Bilder habe ich ausgesucht, nicht einmal irgendeines der geschmacklosen Stücke in der Vitrine habe ich beigesteuert. Von mir ist in der Wohnung nichts zu erkennen. Bin ich so langweilig, dass ich nicht irgendeine persönliche Note habe? Kein Wunder, dass Lars sich nach etwas Spannenderem umschaut.

Mehr als ein paar Klamotten und Bücher gibt es nicht zu holen. Ganz schön traurig, wie wenig am Ende bleibt. Andererseits ist es so natürlich unkomplizierter, als wenn wir genau aufschlüsseln müssten, wer welches Teil bekommt, wirft meine pragmatische Seite beruhigend ein.

»Es tut mir so leid. Ich weiß wirklich nicht, wie das passieren konnte. Ich will auch gar nicht, dass sie hier einzieht. Als du gestern weggelaufen bist, ist sie auch verschwunden und kam mit den Kartons wieder. Ich war zu durcheinander, um es zu verhindern. Soll ich sie rausschmeißen?«

»Wozu?«, frage ich verwirrt.

»Du und ich passen doch so gut zusammen!«

»Tun wir das?« Die Frage ist weder rhetorisch noch provokativ gemeint. Ich weiß tatsächlich gerade nicht, was ich denken soll.

»Wenn du willst, sage ich ihr, sie soll den ganzen Mist wieder mitnehmen.«

Der Knoten in meinem Magen platzt. Ich fühle die Wut in mir hochwallen und kann nicht mehr klar denken. Ich brülle erschreckend laut los: »Und wenn ich nicht will, bleibt sie eben hier wohnen? Im Grunde ist es dir egal, wer hier mit dir lebt, oder? Du gibst mir nur einen ganz leichten Vorzug, weil du so ein elender Gewohnheitsmensch bist!« Ich schnappe nach Luft. Gefühlsausbrüche gehörten bislang nicht zu meinem Repertoire.

Er zuckt kurz überrascht zurück. Dann sagt er beherrscht: »Jetzt sei doch nicht albern. Ich finde es nur unsinnig, eine funktionierende Beziehung für etwas aufzugeben, was …«, er deutet in Richtung Schlafzimmer und will damit wohl andeuten: … eine reine Bettgeschichte ist. »Denk doch mal nach, Alexandra, so etwas kommt in den besten Familien vor und bedeutet doch gar nichts. Es ist doch nur logisch, dass man nicht immer nur Hausmannskost, sondern auch mal etwas Exotisches will.«

Entgeistert starre ich ihn an. Eigentlich wollte ich eine richtige Aussprache. Ich wollte jedes gemeine Detail dieser schmutzigen Affäre wissen und mir für die Lücken der Erzählung – welcher Mann würde an dieser Stelle schon die vollständige Wahrheit sagen? – etwas noch Schlimmeres ausmalen. Ich wollte wissen, wo sie sich getroffen haben und wie oft. Wie oft sie es in unserer gemeinsamen Wohnung getrieben haben und wie oft er mich belogen hat. Komischer Drang eigentlich, warum wollen sich Betrogene immer noch mieser fühlen? Vielleicht, weil ihnen das Wissen das Gefühl gibt, wieder ein Stück Kontrolle über die Situation zu bekommen? Ich komme über die Sache mit der Hausmannskost nicht hinweg und sinniere kurz über eine Erwiderung, die ebenso tief unter die Gürtellinie schlägt. Doch auf einmal bin ich so wahnsinnig erschöpft und weiß gar nicht mehr, wozu so eine Aussprache gut sein soll. Ich sehe die Szene im Schlafzimmer vor mir, höre den Blödsinn, den er erzählt, und weiß plötzlich mit erschreckender Sicherheit, dass dies wirklich das Ende ist. Dass ich gar nichts mehr wissen muss. Dass es mir nicht hilft zu erfahren, ob er sie nun drei oder dreißig Mal auf unser Bett geworfen hat. Müde sage ich: »Ich werde morgen Vormittag meine Sachen abholen. Wäre schön, wenn du dann nicht da bist.«

»Wie, das ist alles? Findest du das nicht ein bisschen undankbar?«

»Undankbar?«, irritiert sehe ich ihn an.

»Was ich alles in dich investiert habe. Ich habe dir ein Zuhause geboten, dich wirklich oft zum Essen ausgeführt, und die besseren deiner Klamotten habe ich auch bezahlt.«

»Behalte die Kostüme und verrechne Kost und Logis mit den Jahren, in denen ich das Haushaltsgeld allein gezahlt habe.« Ich straffe den Rücken und gehe zur Wohnungstür.

»Du dumme Kuh«, ruft er mir noch hinterher. »Mit 30 findest du nicht so schnell einen Neuen. Du wirst das noch bereuen. Und lass dir noch gesagt sein, ich bin froh, dass du abhaust. Evelyn sieht eh viel besser aus und im Bett, ich kann dir sagen … «

Ich gehe weiter und begnüge mich mit der Vorstellung, ihm meine geballte Faust mitten ins Gesicht zu schlagen. Eigentlich hatte ich damit gerechnet, ich würde die Wohnung todtraurig verlassen, aber jetzt bin ich nur erleichtert, wieder an der frischen Luft zu sein.

~~9 Uhr Nach Frühstück mit Betty Stellen- und Wohnungsanzeigen durchforsten.~~

~~12 Uhr Mutter anrufen.~~

Obwohl Betty sagt, es mache ihr gar nichts aus, wenn ich noch bleibe, möchte ich nicht weiter ihr Wohnzimmer besetzen. Eigentlich wollte ich meine Eltern fragen, ob sie mich für eine Weile einquartieren würden. Erwartungsgemäß ist meine Mutter nicht begeistert. »Findest du es nicht ein bisschen leichtfertig, dich aus einem Impuls heraus von deinem Freund zu trennen?«

»Aus einem Impuls heraus? Ich habe ihn gefesselt …«

»Keine Details bitte. So etwas kann in langen Beziehungen schon einmal passieren.«

»Wie bitte? Du meinst, ich solle das einfach so hinnehmen?«

»Das natürlich nicht, lass ihn ruhig ein wenig schmoren. Aber du bist jetzt 30. Es ist nicht so, dass der Beziehungsmarkt für dich noch vor geeigneten Kandidaten überquellen würde. Und du hast ja nicht einmal einen Job …«

Mir wird schon wieder übel. Ich widersetze mich ihr ja nur selten, aber das, was sie verlangt, ist eindeutig zu viel.

Glaubt sie wirklich, ich bleibe bei einem Betrüger, damit ich einen Versorger habe, weil ich es nicht schaffe, einen neuen Job zu finden?

»Mama, das mit Lars und mir ist aus und vorbei!«

»Wenn du dir das leisten kannst …«

Ich beiße mir auf die Lippe, um nichts Bissiges zu erwidern. »Kann ich bei euch wohnen?«

Sie zögert.

»Wir können dich ja schlecht auf der Straße schlafen lassen.«

In diesem Moment fasse ich einen Entschluss. Insgeheim weiß ich natürlich, dass Entschlüsse, die man aus Trotz fasst, nicht die besten sind, aber ich kann nicht anders.

»Schon gut, Mama, ich habe gerade eine andere Idee.«

Es kann ja nicht ewig dauern, bis das Gericht mir einen Brief schickt, der mich informiert, dass meine Mutter ihr Erbe ausgeschlagen hat und ich nun an der Reihe bin.

»Was denn? Hoffentlich keine Dummheit?«

»Ich muss jetzt Schluss machen! Bis bald, Mama.«

Ich werde ihr sicher nichts von meinem Plan erzählen. Sie würde es fertigbringen, Effies Haus doch noch anzunehmen und zu verkaufen. Natürlich nur, um mich davor zu bewahren, mich ins Elend zu stürzen. Aber elender als jetzt kann ich mich kaum fühlen.

Montag, 16. September

~~*9 Uhr Nach Frühstück mit Betty die restlichen Ratgeber lesen.*~~

~~*12 Uhr Weiter am Finanzierungsplan arbeiten.*~~

~~*13 Uhr Erkundigen, welche Genehmigungen ich brauche und wo ich sie herbekomme.*~~

Auf so etwas Gewagtes hätte ich mich unter anderen Umständen niemals eingelassen. Mit den finanziellen Mitteln, die ich habe, und der Unterstützung der Bank kann ich mir drei Monate Anlaufzeit leisten. Wenn ich dann nicht einige Kunden habe, bin ich schlagartig insolvent. Das ist nicht gerade viel Zeit. Doch ein Zurück gibt es nicht mehr. Es sei denn, ich verkaufe das Haus doch noch. Denn tatsächlich habe ich mein Erbe angenommen. Meine Sachen sind gepackt. Ich muss nur noch den Mut finden, sie in meine Karre zu werfen und loszudüsen. Sogar Betty ist richtig aus dem Häuschen, so wie ich, nur dass sich in meine Aufregung die blanke Panik mischt. Deswegen klammere ich mich an einem Ratgeber fest, dann zittern die Finger nicht so stark.

»Wieso wirst du es nie satt, all diese Bücher zu wälzen?«, fragt Betty und wirft mit einem Putzlappen nach mir.

Erschrocken kreische ich auf und lasse mein Buch fallen. Genervt hebe ich es wieder auf und schäme mich dafür, so ein Nervenwrack zu sein. »Toll, danke, nun sind da Wasserflecken drauf.«

»Wie schrecklich.«

»Im Ernst, kannst du dich nicht irgendwie anders beschäftigen? Ich mache mir gerade einen Plan.«

»Und, bei welchem Punkt bist du gerade?«

»Erstbelehrung nach Infektionsschutzgesetz. Warum darf ich die nur an dem Ort machen, an dem ich das Café eröffne und nicht hier in Hamburg? Sind die Hygienevorstellungen in den Bundesländern so verschieden?«, denke ich laut.

Betty gähnt gespielt.

Ich hoffe, Carlie willigt ein, weiter als Aushilfe in dem Café zu arbeiten, auch wenn ich dann ihre Chefin bin. Es kann nur von Vorteil sein, wenn ich mir die Unterstützung von jemandem sichere, der sich mit der Umgebung auskennt. Ihrer Begeisterung für das Café nach zu urteilen glaube ich, dass sie mir helfen wird. Am besten nehme ich sie gleich mit zu der »Erstbelehrung« über die Hygienevorschriften. Falls sie sich nicht spontan entschieden hat, Schildkröten in Südafrika großzuziehen.

»Das Wichtigste ist doch wohl: Was wirst du in deinem Laden anbieten?«, unterbricht Betty meine gedanklichen Pläne.

Ich habe einen perfekten, mit Zahlen gespickten Businessplan in der Tasche, der genau vorrechnet, welchen Umsatz ich stündlich machen muss. Dass ich außerdem zwar genauestens über die markenrechtliche Sicherung des Cafénamens Bescheid weiß, aber sonst keinen blassen Schimmer habe, was auf der Speisekarte steht, wollte ich mir eigentlich noch nicht eingestehen. Vielleicht sollte ich Betty bitten, mir die Rezepte für ihre fantastischen Cupcakes zu überlassen, die sie immer mal wieder backt. Oder sollte ich lieber mit etwas Einfachem anfangen? Käsekuchen zum Beispiel müsste doch locker hinzubekommen sein. Solche Klassiker kommen auf dem Land sicher eh viel besser an als die kulinarischen Raffinessen der Großstadt.

»Nun, ich habe schon ein paar Ideen«, rede ich mich heraus, weil Betty sich von mir einfach nicht ignorieren lässt, sondern herausfordernd zurückgrinst. »Aber ich glaube auch nicht wirklich, dass mein Angebot das Entscheidende ist, sondern wie und in welchem Ambiente ich es verkaufe«, erkläre ich Betty.

So viele kleine Geschäfte hat man schon scheitern sehen, weil die Besitzer zwar irre viel Liebe und Kreativität in ihr Angebot gesteckt haben, aber keinen vernünftigen Geschäftsplan in der Hinterhand hatten. Hätten sie sich mal besser mit der gleichen Inbrunst den angeblich so leidigen Details und der Buchführung gewidmet!

»Nee, ist schon klar«, sagt Betty kichernd.

»In jedem Fall wird es eine tolle Auswahl an Kaffeesorten geben«, versuche ich ihren Spott zu ersticken. Den wird eine ganz tolle Maschine zubereiten, die ich in Raten abbezahlen kann. Ich habe schon ein ganz bestimmtes Modell im Auge, das ich in der Schanzenstraße entdeckt habe. Ich war nämlich so umsichtig, die meisten meiner Ratgeber in Cafés zu lesen – denn dort konnte ich viele Ratschläge gleich in der Praxis umgesetzt erkunden. Leider muss ich über der Hälfte der Läden bescheinigen, dass sie keine Zukunft haben, wenn ich die Checkliste meiner Bücher auf sie anwende. Das Gute ist, dass eine Kaffeemaschine für den Anfang ausreicht, weil ich mir bei meiner Zielgruppe keine Gedanken um hochmodernes Teezeug wie Chai-Latte oder Bubble-Tea machen muss. Besser ist wohl, ich habe in irgendeiner Schublade noch einen Beutel Kamillentee übrig, falls einer der alten Damen mal der Magen zwackt.

»Was glaubst du denn eigentlich, was das Wichtigste an einem Café ist?« Mittlerweile trommelt Betty mit den Fingerspitzen ungeduldig auf dem Küchentisch herum.

»Dass es gut läuft?«, frage ich irritiert.

»Ich meinte jetzt eher die Dinge, die du nicht aus Büchern lernen kannst. Wie du allem eine persönliche Note gibst. Wie es dir gelingt, dass die Menschen sich wohlfühlen und wiederkommen, mit welchen leckeren Angeboten du dich von anderen abheben willst …«

»Ach so, du meinst meinen USP?« Erleichtert blicke ich in meine Unterlagen. Zu dem Thema habe ich mir einiges notiert.

»Deinen was?«

»Na, meinen Unique Selling Point, mein Alleinstellungsmerkmal«, erkläre ich. »Darüber habe ich auch schon nachgedacht. Mit etwas Sensationellem kann ich noch nicht aufwarten. Aber erstens habe ich nicht gerade viel Konkurrenz, zweitens ist dies eine Übernahme und mein Café bereits etabliert, und mein Drittens hast du mir selbst geliefert. Du hast doch gesagt, dass es beim Backen auf Präzision ankommt. Und da bin ich unschlagbar«, schließe ich triumphierend und halte stolz meinen Block hoch, auf dessen Zetteln es vor Zahlen nur so wimmelt.

Betty schlägt sich verzweifelt an die Stirn.

»Na gut, Liebes, bleib einfach sitzen. Ich bin gleich wieder da.«

Verblüfft schaue ich ihr dabei zu, wie sie sich blitzschnell den Wohnungsschlüssel greift und verschwindet. Ich nutze die Gelegenheit, meine Nase ganz ungestört wieder in mein Buch zu vergraben, bis mich gerade mal zehn Minuten später eine leicht erhitzte Betty aus der Versenkung reißt. Sie holt aus zwei Papiertüten jeweils einen Muffin und legt beide auf einen Teller. Ich verziehe das Gesicht, weil ich Muffins relativ langweilig finde und zum Frühstück lieber ein herzhaftes Käse- oder Wurstbrötchen essen würde. Aber weil dies so eine nette Geste ist, muss ich wohl in den klebrigen Muffin beißen.

»Welchen würdest du lieber anknabbern?«, fragt Betty mich gespannt.

Ich schaue kaum hoch, murmele nur: »Die sind bestimmt beide lecker, such du dir einen aus und gib mir den anderen.«

Betty schnaubt: »Nein, welchen möchtest du lieber probieren?«

Obwohl ich nicht verstehe, warum sie wegen eines Minikuchens so aufgeregt ist, merke ich, dass sie keine Ruhe geben wird. Deswegen schaue ich mir das Angebot noch einmal an und zeige dann spontan auf das linke Exemplar. Es sieht aus, als hätte jemand Hand angelegt, der sich mit der Materie auskennt. Alles ist perfekt symmetrisch, es gibt kaum aufgeplatzte Stellen.

Betty verdreht die Augen. »War ja klar, dass du den nimmst!«

Meine Güte, ist dies nun eine Muffinwahl oder ein Psychotest? Falls sie mir auch noch den letzten Rest an Freude über das schnöde Backwerk austreiben wollte, ist ihr das gelungen.

»Beiß rein«, fordert sie mich auf.

Beschwichtigend beiße ich in den Teighaufen. Was soll ich sagen? Er schmeckt wie die Dinger eben schmecken – leicht trocken, etwas fade …

»Lecker«, sage ich vorsichtig, weil ich nicht weiß, worauf dies alles hinauslaufen soll, ich aber ihre Gefühle nicht verletzen will.

Bettys Augen funkeln. »Aha, lecker also. Und nun probier diesen.« Sie hält den anderen Muffin ganz dicht vor meine Nase, den mit den vielen unregelmäßigen und aufgeplatzten Stellen.

Ich gehorche und hoffe, dass sie dann Ruhe gibt. Oh, ist der saftig. Ich beiße gleich noch einmal rein. Lecker. Ich schmecke eine Prise Zimt, noch warmen, zerschmolzenen Apfel und etwas Walnuss.

»Der ist echt gut«, sage ich.

Endlich sieht Betty zufrieden aus.

»Doch nicht alles egal und das Gleiche, oder?«

Ach so, das war ein Lehrstück.

»Und der bessere war nicht der, der die perfekte Form hatte, oder?«, fragt sie und klingt plötzlich wie eine ideologisch verbohrte Pädagogin.

Ich schüttele meinen Kopf und komme mir vor wie beim Idiotentest.

»Weil es eben doch nicht nur auf Perfektion und ein letztes Detail hier oder da ankommt. Ein bisschen Fantasie brauchst du schon. Und Liebe für die Sache. Meinst du, die bringst du auf?«

»Willst du mich abschrecken?«

»Nein, ich will nur, dass es klappt. Ganz ehrlich.«

»Na schön. Ich weiß, man soll das lieben, was man hat. Und wenn ich das Café führe, werde ich es eben lieben!«

Betty schlägt sich noch einmal an die Stirn. »Ach deswegen hast du es so lange mit Lars ausgehalten.«

Ich zucke zusammen, muss dann aber doch über diese wirklich anschauliche Erkenntnis meiner Person lachen. Sie hat recht, es fällt mir immer schwerer, mir zu erklären, warum ich meinte, Lars geliebt zu haben. War es vielleicht tatsächlich nur meine Angewohnheit, angefangene Dinge zu Ende zu bringen?

Wir prusten beide los. Wie gerne würde ich ihr die Sorge um mich abnehmen: Mir fehlt vielleicht ihre Fantasie, aber das werde ich durch exzellente Geschäftsführung wieder ausgleichen. Obwohl ich mir dessen absolut gewiss bin, nagt es doch an meinem Selbstwertgefühl, dass alle Welt an meinen Fähigkeiten zu zweifeln scheint. Betty an meinen Fähigkeiten, ein Café zu führen, Lars an meinen Fähigkeiten als Frau, meine Mutter an einfach jeglicher Fähigkeit – außer natürlich Jobs zu verlieren und Männer zu vertreiben.

Freitag, 28. September

~~*8 Uhr In Hamburg losfahren.*~~

~~*10 Uhr Ankunft.*~~

~~*11 Uhr Laufen, denn Läufer sind die besseren Geschäftsführer, siehe »Warum laufen sexy macht und Tofuwürstchen nicht«.*~~

11.45 Uhr Umzugskartons ausladen und auspacken.

13 Uhr Genaue Küchenerkundung, Effies Rezeptbücher durchwälzen, Speisekarte erstellen.

Mit noch tränenfeuchten Augen versuche ich, die Tür meines neuen Zuhauses zu öffnen. Erst beim dritten Versuch fällt mir der Schlüssel nicht mehr aus den Händen. Betty hat mir zum Abschied eine schwarze Tasse überreicht, die ihr Geheimnis erst preisgibt, wenn man etwas Heißes hineinfüllt: Das Schwarz weicht immer weiter nach unten zurück und gibt schließlich den Blick auf ein Foto von uns beiden frei, wie wir lachend an den Landungsbrücken stehen, hinter uns die Schiffe. Es war der Tag, nachdem wir unsere Abi-Zeugnisse bekommen hatten. Fast muss ich lachen, so ungeheuerlich kommt mir der Kontrast auf einmal vor: da die beiden jungen Freundinnen, die ihr Großstadtleben genießen, und hier die erwachsene Frau, der alles abhandengekommen ist und die nun mit dem Rücken zu einer Straße steht, auf der es höllisch stinkt! Und dies ist nicht der vertraute Geruch von Abgasen oder der des Penner-Urins in den U-Bahnhöfen. Hier handelt es sich um den Geruch von Tier-Fäkalien. Vermutlich ist hier am Morgen ein Güllewagen entlanggefahren. Ich schließe die Tür schnell hinter mir und setze mich auf das Sofa. Ich mache die Augen zu und versuche, nicht an Betty zu denken, sondern zu genießen, was ich habe: diese unglaubliche Stille. Wie sehr ein dauernder Geräuschpegel an den Nerven zerrt, merkt man vielleicht erst, wenn man ihm entkommen ist. Bei geöffnetem Fenster hört man nur in der Ferne einen Rasenmäher und ein paar Vögel, die aufgeregt durcheinanderzwitschern. Aber dies ist ein Konzert, das auf mich so beruhigend wirkt wie das Geräusch der rauschenden Brandung am Meer. Hier kann man atmen, denke ich. Zwar war der Duft, der von der Straße kam, ein wenig speziell, aber er würgte einem nicht die Luft ab, wie der einer überhitzten Großstadt. Ich öffne meine Augen wieder und entdecke gleich einen Ehrenplatz für den ersten, eigenen Gegenstand, den ich in Effies Wohnung unterbringe: Bettys Becher. Ich habe gar nicht gemerkt, dass ich ihn immer noch in der Hand halte. Ich denke, auf dem knuffigen Beistelltisch in Elefantenform neben dem gemütlichen Sofa steht die Tasse hervorragend. Noch bewege ich mich mit Scheu durch die Räume, ändere nur hier und da eine Kleinigkeit – aus Respekt vor der Vorbesitzerin.

Lars habe ich nach meinem Auszug aus seiner Wohnung nur noch ein einziges Mal gesehen. Mit Evelyn am Arm war er auf dem Weg zu Bettina und Klaus. Danach ging es mir ein paar Tage sehr, sehr schlecht. Wenn ich daran nur denke, spüre ich wieder die vertraute Übelkeit. Doch vielleicht sollte ich mein neues Leben nicht mit abgrundtiefem Selbstmitleid beginnen. Als ich gerade den ersten Karton aus meinem Auto hole, ruft eine laute Stimme begeistert »Lexi!«, dann höre ich ein Quietschen. Auf dem Gehweg vor meiner Auffahrt hat Carlie eine Vollbremsung mit dem Fahrrad hingelegt. Schwungvoll wirft sie es gegen den Zaun.

»Sei vorsichtig«, rufe ich besorgt.

»Das hält es aus«, sagt sie lachend. »Dann sehen wir dich also doch wieder.«

Ihre echte Freude lässt sich damit erklären, dass sie mich nur ein einziges Mal gesehen hat. Sicher wird sie mich schon bald für fantasielos und pedantisch halten.

»Hallo«, rufe ich ihr zu. »Schön, dich zu sehen! Ich habe mich schon gefragt, wie ich herausfinde, wo du wohnst. Ich wollte dir unbedingt einen Besuch abstatten und dir ein Angebot machen.«

»Nach meiner Adresse hättest du jeden hier fragen können.« Sie grinst. »Aber jetzt bin ich ja da, und du kannst mir ein Angebot machen, das ich nicht ablehnen kann. Dann habe ich also einen bleibenden Eindruck hinterlassen?« Carlie zwirbelt so kokett an einer Haarsträhne, dass ich lachen muss.

»Könnte man so sagen. Eigentlich wollte ich dich fragen, ob du Lust hättest, weiter hier im Café zu jobben? Ich weiß, das kommt etwas überraschend. Wir haben uns nur einmal gesehen, und das ist auch schon wieder einen Monat her, aber …«, weiter weiß ich nicht und finde selbst, dass ich nicht sehr überzeugend klinge.

»Du übernimmst das Café? Im Ernst? Ganz wirklich?«

Weil mein Nicken nach dem ersten Fragezeichen ihr nicht zu reichen schien, bejahe ich alle Fragen sicherheitshalber noch mal in Worten. »Ja, im Ernst und ganz wirklich!«

»Klasse«, ruft sie und fällt mir um den Hals. Verlegen tätschele ich ihren Rücken.

»Sicher hätte ich Lust, hier zu arbeiten. Ich habe gerade nichts anderes, deswegen passt es mir geradezu perfekt. Kann ich sofort loslegen?«

Wenn es nicht so indiskret wäre, würde ich an dieser Stelle gerne ein wenig nachhaken. Irgendetwas muss sie doch machen? Wer hat denn bitte schön so wenige Verpflichtungen, dass er auf der Stelle mit etwas Neuem beginnen kann?

»Soll ich dir helfen?«, fragt Carlie freundlich und geht schon auf meinen Kofferraum zu, um sich einen Karton zu schnappen. »Viel hast du nicht gerade«, stellt sie nach einem kurzen Blick in mein Auto fest. »Wo ist dein ganzes Zeug?«

»Ich bin gerade bei meinem Freund ausgezogen. Das meiste ist bei ihm geblieben«, erkläre ich und beiße mir auf die Lippe. Aber ihre unkomplizierte Art verleitet einen einfach dazu, ihr Dinge zu erzählen, die eine Fremde eigentlich nichts angehen.

»Ach so«, sagt sie nur, und ich bin froh, dass sie es dabei bewenden lässt. Gemeinsam schleppen wir meine wenigen Kartons ins Wohnzimmer und stellen sie neben die anderen, die meine Mutter nach der Beerdigung gepackt hat, ohne sich dann weiter darum zu kümmern.

»Entsorgen« wurde mit einem schwarzen Filzmaler auf die Pappe geschrieben. Traurig blickt Carlie auf den hartherzigen Schriftzug.

»Willst du schauen, ob du irgendetwas davon haben möchtest?«, frage ich ein wenig beschämt über den nüchternen Umgang meiner Familie mit Effies Erinnerungsstücken.

»Im Ernst?« Diese Frage stellt sie mir schon zum zweiten Mal an einem Tag. Sie kennt mich wirklich noch nicht gut.

»Ich meine eigentlich alles ernst, was ich sage.« Und dabei klinge ich so altjüngferlich pikiert, dass wir beide lachen müssen.

Nachdenklich schaut sie wieder auf den Karton.

»Du plauderst nicht gerne über dich, oder? Darf ich dich trotzdem etwas fragen, Lexi?«

Fragend hebe ich meine Augenbrauen.

»Ihr hattet echt nicht viel miteinander zu tun, deine Tante und ihr, oder?«

Ich schüttele den Kopf.

»Mich würde interessieren, warum nicht. Sie war der netteste Mensch, den ich kenne.«

Ich zucke mit den Achseln, erzähle ihr aber nichts von dem Foto, das mich selbst überrascht hat – schließlich kenne ich Carlie kaum. »Ich bin als Kind wohl ein paarmal hier gewesen. Bis ich etwa sechs war. Aber ich erinnere mich kaum daran, auch nicht daran, warum wir nicht mehr hergekommen sind.«

»Wie alt bist du jetzt?«

»30.« Die Zahl geht mir immer noch schwer über die Lippen.

»Ach so. Dann haben wir wohl kaum im Sandkasten miteinander gespielt. Ich war ein ganzes Stück jünger.« Sie sieht nachdenklich aus, dann leuchtet ihr Gesicht. »Aber kennst du vielleicht meinen Bruder noch von früher?«

Über die Möglichkeit habe ich noch gar nicht nachgedacht. Ich schüttele überzeugt meinen Kopf, um dann zögernd einzuschränken. »Ich glaube nicht. Ich war ja auch nur in den Ferien hier.«

Sie schaut auf ein Tischchen in der Diele, in der ich inzwischen meine persönlichen Sachen abgelegt habe. Dann nimmt sie ein Notizbuch in die Hand.

»Und essen willst du gar nicht?«, fragt sie kichernd. Erschrocken reiße ich ihr meine To-do-Liste aus der Hand. »Ich bin es gewohnt, nur schnell etwas zwischen Tür und Angel zu essen.« Ein Sandwich oder einen fertigen Salat – das ist mir einfach nicht so wichtig.

»Und du willst ein Café aufmachen?«, fragt sie mit gespieltem Entsetzen. Im Geiste zumindest sind sie und Betty wohl eineiige Zwillinge, wenn auch mit fünf Jahren Abstand geboren.

»Nur schlechte Pianisten geben ihren eigenen Gefühlen nach, die brillanten beherrschen die perfekte Technik, die dem Publikum die Gefühle entlockt«, fahre ich sie an.

Überrascht zuckt sie zurück.

»Entschuldigung, ich weiß gar nicht, wo das herkam. Das hat meine Mutter glaube ich mal zu mir gesagt.«

»Das kann ich mir vorstellen«, sagt sie mit finsterer Miene, die sich gleich wieder aufhellt. »Dann hast du Klavier gespielt?«

»Ja«, sage ich zögerlich.

Anders als meine Aufenthalte hier habe ich das nicht vergessen, nur bis eben gerade auch nicht daran gedacht. Nach dem Abitur fehlten mir die Zeit und das Klavier. Dabei habe ich wirklich gerne gespielt. Nicht einmal meine Mutter konnte mir die Freude nehmen, egal wie oft sie betonte, dass ich zu den »schlechten«, von Emotionen fehlgeleiteten Spielern gehörte. Wenn ich im Nachhinein darüber nachdenke, wundere ich mich, dass ich nicht eine von denen mit der perfekten Technik war. Immerhin hat mich Betty damals schon mit meiner manchmal etwas steifen Art aufgezogen. Nachdenklich schaue ich auf den Karton mit den Fotos von meiner Tante, meiner Mutter und mir. Steckt womöglich doch noch ein Stück »Lexi« in mir?

»Ich lass dich jetzt mal in Ruhe hier ankommen. Melde dich, wenn du Hilfe brauchst«, sagt Carlie. Verwirrt schaue ich sie an, für einen Moment habe ich gar nicht gemerkt, dass sie immer noch neben mir steht. Seit ich das erste Mal den Fuß über Effies Türschwelle gesetzt habe, geht mir so viel Merkwürdiges durch den Kopf, dass es schon fast beunruhigend ist.

Carlie kritzelt ihre Telefonnummer auf ein zerknittertes Stück Papier, das sie aus ihrer Hosentasche gezogen hat. »Ach, und komm doch heute Abend zum Essen vorbei. Es wäre doch blöd, hier am ersten Abend ganz alleine rumzuhängen.«

Wäre mir die Spuknacht nicht wieder eingefallen, hätte ich vermutlich abgesagt, aber so zögere ich den Moment, in dem ich alleine im Bett liege, gerne hinaus. »Danke, ich komme sehr gerne. Und darf ich dich auch etwas fragen?«

»Alles, was du willst.« Gespannt schaut Carlie mich an.

»Du heißt doch nicht wirklich Carlie, oder? Für was steht die Abkürzung?«

Gequält schaut sie mich an. »Na, für was wohl? Charlotte!«

»Gefällt mir«, sage ich und lache über ihre angewiderte Miene.

»War mir klar! Wäre aber nett, wenn du mich weiter Carlie nennst.«

»Wäre Charlie nicht naheliegender?«

»Vielleicht«, sie runzelt die Stirn. »Aber wie bescheuert klingt der Name denn bitte?«

»Na gut, ich verspreche, dich immer nur Carlie zu nennen, wenn du aufhörst, Lexi zu mir zu sagen. Ich bin Alexandra, in Ordnung?«

»Ich tue mein Bestes.« Sie grinst und lässt mich mit meinen Kartons stehen.

Nachdem Carlie verschwunden ist, lasse ich mich erschöpft auf das Sofa fallen und starre an die Decke. So gut ich kann, drücke ich das Gefühl von absoluter Einsamkeit und Verlorenheit weg.

Allein in meinem neuen, fremden Zuhause. In Bettys behaglicher Wohnung und zwischen all den Ratgebern, erschien mir dies alles hier sehr gut machbar. Doch nun kommt mir mein Vorhaben eher irrwitzig vor. Betty hatte leider recht: Es ist eine Sache, ein halbwegs rentables Café auf dem Papier zu entwerfen, und eine andere, die Leute davon zu überzeugen, es auch zu betreten. Wie soll ich das machen? Wenn ich wie Betty oder Carlie wäre und die Gabe hätte, die Menschen in diesem lockeren Flirt-Ton zu verzaubern, würde ich mir darum weniger Gedanken machen. Doch ich werde wohl immer ein wenig spröde und zurückhaltend sein. Dass ich Carlie als Gäste-Betörerin habe, ist ein Pluspunkt.

Nur, was ist, wenn sie beschließt, demnächst wieder mal aufzubrechen? Was, wenn sie sich morgen entscheidet, mit dem Tattoo-Typen von der Beerdigung einen Bootsverleih auf Papua-Neuguinea zu eröffnen?

Mein knurrender Magen macht mich darauf aufmerksam, dass ich bei meiner sorgfältigen Planung tatsächlich das Essen vergessen habe. In letzter Zeit ist es Betty gewesen, die mich am Laufen gehalten hat, indem sie mir immer wieder etwas Nahrhaftes vorgesetzt hat. Von selbst einen gesunden Appetit zu entwickeln, ist unmöglich, wenn das Leben über Nacht ein chaotischer Scherbenhaufen geworden ist. Wie schön wäre es jetzt, dieses neue nicht alleine beginnen zu müssen. Jemanden an der Seite zu haben, an den man sich in Momenten wie diesen anlehnen kann. Wenn Lars mich nicht betrogen hätte, dann … dann …, ach, dann wäre ich jetzt überhaupt nicht in dieser verdammten Lage. Voller Selbstmitleid schluchze ich los. Hört mich ja keiner. Ich heule, bis es anfängt, in der Brust zu schmerzen und ich durch die Nase keine Luft mehr bekomme.

»Ist ja gut, ist ja gut.«

Ich schrecke hoch. Bin ich etwa so verzweifelt, dass ich mir schon einbilde, eine sanfte, mütterliche Stimme zu hören? Ich sehe mich im Zimmer um und kreische erschrocken, als ich die ältere Frau auf dem Stuhl neben mir entdecke. »Wie sind Sie hier reingekommen?«

»Du hast nicht abgeschlossen«, sagt sie ganz ruhig.

»Ach so«, entgegne ich, schlagartig beruhigt über diese einfache Erklärung. Erst nach ein paar Sekunden geht mir auf, dass das immer noch nicht erklärt, warum sie einfach reingekommen ist.

Die Frau kichert. »Aber ich wäre in jedem Fall reingekommen!«

In ihrem Blümchenkleid sieht sie gar nicht so aus wie eine Gewohnheitsverbrecherin, die stets eine Brechstange und einen Dietrich mit sich führt, um sich Zugang zu fremden Häusern zu verschaffen. Vielleicht hätte ich trotzdem mehr Angst, wenn sie mir nicht so vertraut vorkäme. Ich reibe meinen Tränenschleier weg, um die zarte Gestalt mit einem klaren Blick betrachten zu können. Es ist die Frau von der Schaukel, die ich in meinem Traum wiedergesehen habe. Nun weiß ich auch, warum sie mir im Garten so erbarmungswürdig blass vorkam. Von dieser Frau geht etwas Geisterhaftes aus. Sie ist nicht etwa von einem schimmernden Licht umgeben, sondern sieht aus wie ein Mensch, den man anfassen kann. Fast, wenn sie nicht so durchscheinend wäre. Die Konturen sind nicht klar umrissen. Als wäre das nicht unheimlich genug, bemerke ich das Gruseligste – ihre Schritte machen kein einziges Geräusch auf dem Fußboden. Ich werde also verrückt. Na toll! In meiner Hilflosigkeit fällt mir nichts Besseres ein, als die Augen einfach wieder zu schließen, loszukreischen und auf irgendeine Art von Erlösung zu hoffen. Die ganze Selbstbeherrschung der letzten Wochen fällt restlos von mir ab. Erst als ich völlig erschöpft bin, ohne dass jemand zu meiner Rettung geeilt wäre, öffne ich die Augen wieder. Die Erscheinung sitzt immer noch da und sieht mich ganz ruhig an.

»Du hast früher schon immer einfach losgebrüllt, wenn dir irgendetwas nicht gepasst hat.« Schon wieder dieses Kichern.

Früher? Carlies Worte kommen mir in den Sinn, dass ich mit meiner Beschreibung der Frau auf der Schaukel genau meine Tante getroffen hätte.

»Ich … willst du sagen, dass du Effie bist?«, frage ich und ärgere mich sofort, dass ich überhaupt mit diesem Wesen rede. Kraft meiner Vernunft wird es mir ganz sicher gelingen, mich gegen diesen Blödsinn zu wehren. Ich glaube ganz fest daran, dass die großen Ereignisse im Leben nur wenig mit himmlischen Mächten zu tun haben. Vielmehr ist es eine Frage des Durchsetzungsvermögens und eines starken Willens.

Ich werde das hier nicht zulassen!

»Irgendwie kränkt es mich, dass du mich gar nicht wiedererkennst.« Die Erscheinung zieht einen kleinen Flunsch, lächelt aber gleich darauf wieder liebevoll.

Das hier ist nur eine Projektion. Es gibt eine ganz simple Erklärung dafür. Habe ich mich nicht gerade noch danach gesehnt, dass mir jemand zur Seite steht und mir aufmunternd zulächelt? Nun, da meint es mein Unterbewusstsein wohl so gut mit mir, dass es mir einen erfundenen Freund auftischt.

»Natürlich bin ich Effie!«, beantwortet sie mit Verspätung meine Frage, die ich vor Schreck schon wieder vergessen habe.

Ich strafe dieses Produkt meiner Verzweiflung mit verschränkten Armen und Ignoranz.

»Was hast du jetzt vor?«, fragt das Ding neugierig.

Als ob ich so verrückt wäre, noch einmal meine Stimme zu erheben, um mit dem Hirngespinst zu sprechen. Nach fieberhaftem Nachdenken kommt mir eine Idee. Keine brillante, aber eine, die mich erst mal ablenken wird. Dafür brauche ich nur das Netbook, das mir Lars vor einigen Jahren zu Weihnachten geschenkt hat. Er hatte gerade eine Gehaltserhöhung bekommen und zeigte sich überraschend großzügig. Ich ziehe den handlichen Rechner aus der Kiste mit der Aufschrift »Technik«.

»Willst du mich jetzt einfach ignorieren?«, beschwert sich mein unwillkommener Besuch.

Wortlos wähle ich mich über das Handynetz ein.

»Lexi, schau mich zumindest einmal an.«

»Nenn mich nicht Lexi«, unterbreche ich mein einstweiliges Schweigegelübde. Als ich in das erwartungsfrohe Gesicht mit den verschwommenen Linien sehe, presse ich schnell die Lippen aufeinander und gebe ein paar Wörter in die Suchmaschine ein. Vor mir steht kein Mensch, dies ist eine verdrehte Windung in meinem Kopf. Wenn ich sie anfahre, beschimpfe ich mich demnach nur selbst. Ich bin ganz rational und sehr lösungsorientiert, sage ich mir und beginne den Artikel über Schizophrenie zu lesen, den ich gerade gefunden habe. Egal, worum es geht, Fakten beruhigen mich immer. Deswegen vertiefe ich mich gleich ins Vulnerabilitäts-Stress-Modell und versuche zu verstehen, wie Stress die verborgene Anlage herauskitzelt.

»Du bist nicht krank«, sagt die Erscheinung.

Es ist ganz und gar nicht beruhigend, wenn der einzige Trost von einem Wesen der dritten Art kommt. Ich versuche nachzudenken. Wenn ich davon ausgehe, dass die Erscheinung mir deshalb so vertraut vorkommt, weil ich sie selbst nach einer Vorstellung von meiner Tante erschaffen habe, kann ja der Blick auf eines der Fotos Aufschluss geben. Dann sehen wir weiter.

Ich stiefele zu dem Karton mit den Fotos.

»Langsam mache ich mir Sorgen. Würdest du jetzt bitte irgendetwas sagen, Lex… ich meine Alexandra.«

Das Foto mit der Schaukel liegt nicht mehr obenauf. Seltsam. Außer mir ist doch nur meine Mutter hier gewesen, und die schien kein Interesse an hübschen Schwarz-Weiß-Andenken zu haben.

Ich wühle weiter, bis ich auf eine neuere Aufnahme meiner Tante stoße, auf der sie mit einem fröhlichen Lächeln in der Küche Teig rührt.

»Das Foto hat Carlie gemacht.« Das Ding seufzt schwer. »Ich werde dann wohl nie wieder einen Rührlöffel in Teig tauchen, oder?«

Die Traurigkeit in der Stimme bringt mich fast dazu, es trösten zu wollen. Aber nur fast. Stattdessen halte ich das Foto neben die Erscheinung. Mein Gott, sie sehen genau gleich aus.

Mir kommt eine Idee. Wenn dieser Spuk meinem Gehirn entspringt, kann er nur Informationen haben, die ich auch habe. Ich muss also etwas fragen, auf das ich keine Antwort weiß – und es muss etwas ganz Handfestes und für mich Überprüfbares sein. Mir fällt ein, dass ich noch kein einziges Rezeptbuch entdeckt habe, und ich selbst habe nur eines mit einfachen Grundrezepten für Kuchen dabei. Betty hat angefangen, sie mit mir auszuprobieren. Schließlich gab sie mit dem Ratschlag auf: »Lass dir am besten von dieser Carlie helfen.«

»Na schön, mal angenommen, es gibt dich wirklich, wo hast du deine Rezepte versteckt?«

Kann man an Schizophrenie und Borderline gleichzeitig erkranken? Nur für den äußerst unwahrscheinlichen Fall, dass dies wirklich der Geist meiner Tante ist, versuche ich es noch einmal freundlicher. »Weißt du, ich bin nicht gerade ein Backprofi, ich könnte Unterstützung brauchen.«

»Ich muss dir leider sagen, dass ich gar keine Rezeptbücher habe. Das ist alles in meinem Kopf.«

»War ja klar«, brummele ich.

Das Wesen klatscht in die Hände, ohne dass dabei ein Ton entsteht.

»Merkwürdig«, murmele ich, aufmerksam für alles, was mir einen Hinweis auf Was-auch-immer geben könnte. »Wie kann es sein, dass ich deine Stimme höre, aber nicht die Geräusche, die du machst?«

»Keine Ahnung. Ich habe noch nicht viel Erfahrung mit meiner neuen Erscheinung. Aber ich habe eine Lösung für unser Problem. Vielleicht glaubst du mir dann endlich. Ich erkläre dir einfach, wie es geht. So etwas wie ein Backrezept würde sich wohl niemand selbst erspinnen können, oder?«

Ich denke nach. Gar nicht so doof, der Einfall. »Einverstanden«, murmele ich und sehe perplex, dass die Erscheinung verschwunden ist. Das wäre natürlich eine noch bessere Lösung, denke ich hoffnungsfroh, wundere mich aber insgeheim nicht allzu sehr, das Wesen in der Küche wiederzutreffen. Wäre es echt, wäre dies ein erbarmungswürdiger Anblick: Immer wieder versuchen seine Hände, eine Schublade zu öffnen. Mit jedem misslungenen Griff weicht die Euphorie des Geistes mehr, bis er sich schließlich enttäuscht an mich wendet.

Traurig blickt er zu mir: »Daran muss ich mich wohl gewöhnen. Dann sage ich dir eben, was du tun musst.«

Wenig begeistert lasse ich mich durch die Küche scheuchen, ich sammele Gerätschaften zusammen, verrühre Zutaten, knete Teig und fülle ihn in eine Form. Zwischendurch notiere ich jeden Handgriff, was sich als echte Herausforderung herausstellt. Die Grammangaben, die ich bekomme, sind eher vage und werden während der Zubereitung pausenlos ergänzt von Befehlen wie »noch etwas mehr Mehl« oder »noch ein wenig Milch«.

»Was machst du denn da, Alexandra?«

»Ich notiere mir das Rezept«, gebe ich kleinlaut zu. »Nur für den Fall, dass der Kuchen gut wird und ich ihn noch mal nachbacken möchte.«

Der Geist, der mir immerhin seine Existenz verdankt, verdreht die Augen. »Entspann dich ein klein wenig. Das hier sollte dir eigentlich Spaß machen.«

»Spaß?«, würge ich hervor, während meine neu entdeckte Kratzbürstigkeit wieder der reinen Verzweiflung weicht, die ich inzwischen leider zu gut kenne. »Ich bin dabei, verrückter zu werden als Klaus Kinski in seinen übelsten Zeiten, und daran, dass mir dieses verdammte Backen gelingt, hängt meine Existenz.«

Ich schluchze los. Impulsiv macht es einen Schritt auf mich zu und versucht mich zu umarmen. Ich spüre nichts, nicht einmal einen kleinen Windhauch oder so, dennoch ist schon der Versuch allein tatsächlich ein wenig tröstlich.

»Schon gut, schon gut, Kleines. Wenn es dir wichtig ist, alles schriftlich zu haben, schreibe es ruhig auf. Ich denke ein wenig nach. Ich diktier dir nachher noch die Rezepte für die Kuchen, die sich am besten verkauft haben. Du wirst dann trotzdem noch probieren müssen, aber es wird schon klappen.«

»Danke«, murmele ich. Schweigend folge ich den weiteren Anweisungen und stelle das Gebilde in den Ofen. So genau weiß ich gar nicht, was ich da fabriziert habe, weil ich mich nur auf die einzelnen Schritte und meine Notizen konzentriert habe. Ohne ein weiteres Wort zu sagen, starren wir etwa eine halbe Stunde auf das Ofenfenster.

»Jetzt«, unterbricht es unser gespanntes Schweigen.

»Topflappen?«, frage ich.

»In dem Schrank über dir.«

Ich muss grinsen, als ich das Chaos aus Schüsseln in allen Farben und einem Paar Ofenhandschuhen entdecke.

»Unseren Ordnungssinn haben Mama und ich aber nicht von dir, oder?« Huch, ich scherze mit einem Geist, während ich mir die Ofenhandschuhe überstülpe.

»Wohl kaum.«

Ich sollte nicht mehr versuchen, witzig zu sein, das Gespenst sah bei der Erwähnung meiner Mutter schon wieder so traurig drein, dass es mir die Kehle zuschnürt.

Ich stelle den Kuchen auf den schmalen Tresen, an dem noch vier Hocker stehen. Die Küche hat keine Tür, nur einen Durchbruch, durch den der Wintergarten und der Verkaufsraum samt deprimierend leerem Tresen zu sehen ist. Wieder schaue ich auf den Kuchen. Ob es mir jemals gelingt, die Regale ansehnlich zu füllen? Zumindest dieser Kuchen scheint mir gelungen zu sein. Der Geist steckt einen vorwitzigen Finger in den Fruchtbelag, was echt gruselig aussieht. Er greift nicht etwa durch den Kuchen hindurch, wie ich es von Geistern in Filmen kenne, sondern verschwindet einfach ganz an den Stellen, die er in den Kuchen hineinpresst.

Wehmütig sieht er mich an.

»Daran muss ich mich wohl gewöhnen.«

»Hast du denn Hunger?«, frage ich neugierig, denn der Kuchen sieht so verdammt gut aus, dass ich nun doch geneigt bin zu glauben, dass es hier nicht mit rechten Dingen zugeht.

»Nein«, gibt meine mutmaßliche Tante zu. »Leider rieche ich ihn nicht mal. Ich sehe nur, wie fantastisch er aussieht. Nimm dir ein Stück. Ich würde es dir gerne auf einen hübschen Teller legen und servieren, aber …«

Ich will nicht, dass sie schon wieder traurig wird. Schnell sage ich: »Das ist doch kein Problem.« Ich schneide mir ein Stück ab und lege es auf den Teller. Es duftet köstlich – nach warmem Teig, Vanillepudding und Erdbeer-Rhabarber-Kompott. Ich pikse vorsichtig eine Gabel in mein Werk. Der Boden ist nicht steinhart wie bei meinen vorherigen Experimenten mit Betty. Ich kann mir mit der kleinen Gabel ganz leicht ein mundgerechtes Stück abtrennen. Es schmeckt göttlich. Voller Stolz schenke ich Effie ein strahlendes, dankbares Lächeln. Sie hat es verdient, denn nach diesem Erfolg kann sie nur real sein – also, so real ein Geist eben sein kann.

Effie lächelt. »Es schmeckt dir?«

Ich antworte mit vollem Mund: »Mh, sehr gut!«

»Jetzt erinnerst du mich wieder an die Lexi von früher.«

Böse schaue ich sie an. »Alexandra.«

»Entschuldigung, alte Angewohnheit.«

»Ist schon gut«, sage ich, weil sie mir geholfen hat und ich nicht undankbar sein will. Doch wenn ich den Namen Lexi höre, wird mir mulmig. Er scheint mir zu einer ganz fremden Person zu gehören.

»Wie schmeckt er?«

Sollte Tante Effie vor ihrem Tod dement gewesen sein, hätte ich doch gedacht, dass man als Geist nicht mehr an diesen irdischen Gebrechen leidet. Trotzdem fragt sie mich das Gleiche wie nur wenige Sekunden zuvor.

»Gut«, antworte ich freundlich, als hätte ich das nicht schon gesagt.

»Nein, beschreibe mir den Geschmack, vielleicht kann ich ihn mir zumindest noch vorstellen.«

Dies ist ein sehr leckerer Kuchen, reicht das denn nicht aus?

»Nun, erst mal natürlich nach Erdbeeren und Rhabarber, außerdem nach Creme und Teig«, bringe ich es schnell hinter mich.

»Geht es vielleicht ein bisschen genauer?« Geisterhaftes Stirnrunzeln.

Wieder überlege ich. Ich bin nicht gerade der poetische Typ, der Alltagskram gerne mit ausschweifendem Wortschwulst begegnet.

»Also der Teig ist im Mund krümelig, aber angenehm – er schmeckt ein bisschen nach Mandeln und Zimt. Im Winter würde er sicher gut zu einem Apfelbelag passen.«

Huch, habe ich das gerade wirklich gesagt?

»Bei dir ist also noch nicht alles verloren«, sagt Effie mit einem ermunternden Lächeln. Plötzlich liegt mir ganz viel daran, dass sie mein Vorhaben, ihr Café fortzuführen, gutheißt. Ich habe wohl zu lange kein Lob mehr gehört und bin nun billig zu haben.

»Und das Obst schmeckt herrlich süß, dabei aber auch erfrischend sauer. Es brizzelt ein wenig auf der Zunge. Die Creme aber zergeht darauf, als …«

»Als was?«

Beschämt fahre ich fort: »Als würde sie die vom Obst

aufgeraute Zunge wieder glätten und streicheln, während einem bei dem Vanillegeschmack ganz warm ums Herz wird«, ende ich matt. Das ist mir wirklich schwergefallen.

»Nicht übel«, sagt sie.

Ich schaue auf die Uhr.

»Oh nein, ich muss gleich zu Carlie und habe noch nichts geschafft.«

»Oh, dann siehst du ja auch Tom wieder. Ist er nicht ein charmanter Junge?«

Verdutzt schaue ich Effie an.

»Die beiden wohnen zusammen im Haus ihrer Eltern«, erklärt sie. »Wie findest du ihn?«

»Effie, für so einen Unsinn habe ich erst recht keine Zeit.«

»Du willst erst in zwei Wochen eröffnen, du hast noch viel Zeit.«

»Woher weißt du das?«, quietsche ich. »Kannst du etwa Gedanken lesen?« Dann halte ich es keine weitere Minute mit ihr unter einem Dach aus.

»Nein«, sagt sie. »Manche Dinge weiß ich einfach, aber ich kann nicht erklären, warum.«

»Und kommst du jetzt mit zu Tom und Carlie?«, frage ich zögernd und bin unschlüssig, ob ich das wunderbar oder erschreckend finde. Vielleicht ist es ja nur, weil ich wirklich dringend Hilfe brauche, aber plötzlich gefällt mir der Gedanke gar nicht mehr, sie könne gleich wieder verschwinden.

»Ich weiß gar nicht, ob das geht, aber ich würde zu gerne. Die beiden sind wirklich nett. Vor allem Tom, so ein hilfsbereiter Junge. Und so hübsch.«

Lauernd sieht sie mich an. Na toll. Von allen Gespenstern dieser Welt muss meines ein Kuppel-Geist sein.

»Hm«, mache ich unbestimmt. Ich erinnere mich daran,

dass Tom tatsächlich ein auffallend gut aussehender Mann ist. Das ist aber gewiss kein Umstand, der meine Vorfreude auf den Abend steigert. Ich muss mich jetzt auf meine beruflichen Ziele konzentrieren.

»Kenne ich ihn eigentlich von früher?«

»Also doch neugierig?«

»Geht so«, wiegele ich ab. »Es wäre mir nur peinlich, wenn sich herausstellen sollte, dass er mein bester Spielplatzkumpel oder so war.«

»Nein, ihr habt euch nie kennengelernt.« Ihre Stimme klingt matt.

»Warum sind wir eigentlich nicht mehr hergekommen?«

Sie zögert. Sie zögert lange. Wer hätte gedacht, dass dieses Thema so heikel ist.

»Auseinandergelebt«, sagt Effie, die Hände in den Schoß gelegt und den Blick gesenkt.

Neugierig sehe ich sie an. Anscheinend ist irgendein Familiendrama an mir vorbeigegangen. Gerne würde ich mehr darüber erfahren, aber meine Tante sieht schon wieder so schrecklich traurig aus, dass ich das lieber auf ein anderes Mal verschiebe.

»Ach so«, murmele ich sanft. »Dann gehe ich jetzt mal.«

Kurz bevor ich die Tür erreiche, drehe ich mich noch einmal um, während ich überlege, wie man sich von einem Geist verabschiedet.

»Sehen wir uns später?«, frage ich.

Wehmütig sieht sie mich an. »Ich hoffe doch sehr. Ich kann das leider überhaupt nicht steuern.«

Schön, dass du da bist. Tom ist in der Küche. Fürs Kochen ist er zuständig. Ich bin hier auch nur Gast.«

»Ich dachte, du wohnst hier?«

»Ich nutze das kleine Gartenhäuschen, das Tom mir gebaut hat. Da passen mein Atelier und mein Bett rein. Was braucht man mehr?«

»Was für ein Atelier?«

Jetzt sieht sie etwas verlegen drein. »Ich male. Nichts Großartiges. Mehr so für mich. Ich glaube nicht, dass ich damit jemals Geld verdienen werde.« Ihren fahrigen, abwiegelnden Gesten entnehme ich zweierlei: Es handelt sich bei der Malerei um eine Herzensangelegenheit, mit der sie nur zu gerne ihren Unterhalt verdienen würde. Und selbst Carlie strotzt nicht immer vor Selbstvertrauen – zumindest dann nicht, wenn es ans Eingemachte geht. Schon gleich fühle ich mich ein Stück weniger nervös.

»Willst du nicht Tom Hallo sagen? Dann decke ich den Tisch zu Ende.«

Ich folge ihrer Aufforderung, gehe in die Küche – und entdecke dort Effie.

»Du bist wirklich gekommen!«, entfährt es mir.

»Bis eben gerade war dies mein Haus«, antwortet Tom, den ich nicht sehen konnte, weil die halb geöffnete Tür ihn verborgen hat.

»Äh, ich meine, wieso versteckst du dich denn hinter der Tür …?«

Ein wenig besorgt betrachtet er mich. Kurz fürchte ich, er wolle seine Hand auf meine Stirn legen, um mich auf mögliches Fieber zu untersuchen. Tut er aber nicht.

Effie kichert. »Ich wollte so gerne bei dir sein, dass ich mir ganz genau diesen Raum und dich darin vorgestellt habe. Und flugs war ich hier. Das scheint der ganze Trick zu sein.«

Ich nicke kurz, bin aber nicht so dumm, noch einmal etwas zu entgegnen. Tom muss mich ja nicht gleich für völlig meschugge halten. Unschlüssig betrachten er und ich einander – und wissen offenbar beide nicht genau, was wir nun miteinander anfangen sollen. »Setz dich doch zu Carlie an den Tisch und entspann dich«, unterbricht er dann den peinlichen Moment. »Ich bin gleich fertig und werde den Damen dann im Speisezimmer servieren.«

Er deutet eine galante Verbeugung an, mit der er mich zum Lachen bringt. Dankbar nutze ich die Gelegenheit, wieder zu verschwinden und Carlie Gesellschaft zu leisten, die ich immerhin schon ein klein wenig kenne.

Der Tisch ist eher zwanglos gedeckt, in der Mitte liegt ein Stapel Besteck, so dass sich jeder nehmen kann, was er braucht. Ich wundere mich nur über das Geschirr – es kommt mir zu altmodisch und kitschig für die beiden vor. Es hat einen Goldrand und ist über und über mit einem roten Muster bedeckt, was sich beim genaueren Hinsehen als ein Haufen Vögel auf Ästen entpuppt.

Ich halte meinen Teller hoch und sehe Carlie fragend an.

»So etwas malst du aber nicht, oder?«, versuche ich scherzend meine Verlegenheit zu überspielen. Schon merkwürdig, mit diesen fast wildfremden Geschwistern zu Abend zu essen.

Carlie lächelt. »Meine Mutter hat die geliebt.«

Ich zucke zusammen und senke panisch den Blick. War ja klar, dass ich, wenn ich schon mal einen Scherz versuche, sofort die verstorbene Mutter beleidige. Ich nehme zumindest an, dass sie tot ist, weil Carlie in der Vergangenheit von ihr spricht. Dies wäre der richtige Moment, um betroffen

»Das tut mir so leid« zu sagen. Manch einem, der in solchen Situationen nicht so hoffnungslos mies wie ich ist, mag das simpel und selbstverständlich erscheinen. Aber ich war schon auf dem Schulhof nie der Typ, der spontan die Arme um heulende Klassenkameradinnen geschlungen hat. Peinlich berührt stand ich immer nur abseits. Nicht etwa, weil es mir nicht naheging, sondern gerade weil es mir so naheging. Und echte Gefühle verbirgt man, statt andere damit zu belästigen, so war es zumindest bei uns zu Hause üblich.

Carlie lacht. »Das muss dir jetzt echt nicht peinlich sein. Würde ich bei jemand anderem dieses Geschirr sehen, würde ich auch nach den Fluchtwegen Ausschau halten.«

Erleichtert über ihre unkomplizierte Art lächele ich zurück. In ihrer Gegenwart scheint es so leicht, unbekümmert zu sein.

Und dann rieche ich den Duft. Tom trägt einen großen Topf herein, dicht gefolgt von meiner Tante.

»Oh, das muss einfach wunderbar duften.« Sie klatscht lautlos in die Hände.

Recht hat sie, aber das sage ich nicht. Ich schaue sie nicht einmal an, sondern konzentriere mich auf Toms Handbewegungen. Mit einem Schöpflöffel gibt er das fast lilafarbene Essen auf unsere Teller. Erfreut mache ich Hühnchenteile und Champignons aus, wundere mich aber über die unnatürliche Farbe. Meine Erinnerung trügt nicht, Tom sieht wirklich ziemlich gut aus – auf eine lässige männliche Art, der nicht einmal die grün karierten Ofenhandschuhe etwas anhaben können, mit denen jeder andere sicher lächerlich aussähe.

Meine Tante setzt sich auf einen freien Stuhl neben mich. »Da können wir ja gleich weiterüben, an deiner Geschmackswahrnehmung zu arbeiten«, sagt sie erfreut. »Das ist wichtig, damit du irgendwann eigene Ideen entwickeln kannst.«

»Das sieht wirklich sehr gut aus«, sage ich meine Tante ignorierend zu Tom, der sich mir gegenüber neben Carlie setzt. »Nur ein wenig lila«, schiebe ich besorgt hinterher.

Ohne zu antworten, bricht er mir lachend ein Stück von einer Baguettestange ab und hält es mir hin. »Das ist nur der Rotwein. Haut rein, Mädels.«

Überflüssig, das zu sagen. Carlies Mund ist schon voll. Schnell öffnet sie ihn wieder, um nach Luft zu hecheln. Vermutlich hat sie sich verbrannt. Vorsichtig nehme ich auch einen Bissen. Es schmeckt fantastisch.

»Das ist wirklich gut. Was ist das?«

Mit einem besonders nasalen, französischen Akzent sagt Carlie: »Coq au Vin du Banausin. Toms Spezialgeriescht für besondere ohe Anlässe.«

Geschmeichelt kichere ich. »Es ist auf jeden Fall lecker, dein in Wein ertränktes Huhn, Tom. Ist das eigentlich eine Abkürzung für Thomas?«

»Genau«, sagt er. »Aber ich ziehe Tom vor.«

Was haben die nur alle für ein Problem mit ihren Namen.

Meine Tante seufzt: »Ich würde zu gerne wissen, wie das schmeckt.«

Ich zucke verlegen mit den Achseln. Sie muss doch wissen, dass ich nichts erwidern kann. Aber sie tut mir leid. Ich stelle es mir komisch vor, zugleich dabei zu sein und doch nicht dabei zu sein.

»Wärst du nicht mein Bruder, würde ich dich vom Fleck weg heiraten. War echt saublöd von Sandra, dich abzuschießen. Ich wette, sie sitzt jetzt zu Hause vor einer doofen Tüte Ofenpommes und weiß vor Reue weder aus noch ein.«

»Alexandra. Hast du eigentlich auch Geschwister?«, fragt Tom, Carlies Kommentar ignorierend. Ich bin dankbar, dass er das Thema Exfreunde nicht vor mir vertiefen möchte. Trotzdem komme ich nicht umhin, ihn neugierig anzusehen. Er wirkt tatsächlich nicht wie ein Mann, der von einer Frau verlassen wird.

»Nein. Ich bin Einzelkind.«

»Du Glückliche«, seufzt er gespielt neidisch.

Carlie knufft ihn in die Seite. »Meine Güte, Alex, muss dir als Kind langweilig gewesen sein.«

Sie hat einen neuen Spitznamen für mich. Der klingt allerdings mehr nach einem Kerl. Falls sie erreichen wollte, dass ich »Lexi« für das geringere Übel halte, ist es ihr gelungen.

»Manchmal schon«, gebe ich ehrlich zu.

»Du solltest auch eine kleinere Schwester haben, die dich gelegentlich auf die Schippe nimmt, vielleicht wärst du dann nicht ganz so ernsthaft.« Sie zieht ihr Gesicht zu einem Flunsch und spielt mit überzeugender Mimik einen alten Griesgram.

Wir müssen alle lachen, am lautesten meine Tante. Sie hält sich kurz die Hand vor den Mund, bis ihr einfällt, dass sie ohnehin niemand hören kann. Zum ersten Mal sehe ich Effie so fröhlich, wie sie mir beschrieben wurde, bis jetzt wirkte sie eher melancholisch. Sie scheint nur etwas enttäuscht zu sein, dass sie sich nicht richtig an der Unterhaltung beteiligen kann. Da fällt mir ein, wie ich sie mit einbeziehen kann, gebe aber vor, mich an Tom zu richten.

»Ich koche fast nie. Das hier schmeckt echt gut – ein bisschen nach Herbst, ein wenig erdig – nach Muskat, Rotwein, Pilzen und das Huhn. Eigentlich schmeckt Huhn doch nach gar nichts, aber dieses ist so aromatisch. Wie hast du das gemacht?«

Überrascht von meiner plötzlichen Redseligkeit schauen mich alle drei an. Davon lasse ich mich nicht stören, mir ist nur eines wichtig: das Strahlen meiner Tante. Sie ist sichtlich dankbar für meinen Versuch, auf sie einzugehen.

Das kann Tom natürlich nicht wissen, deswegen freut er sich über das Kompliment. »Hätte ich gewusst, dass du so begeisterungsfähig bist, wenn es ums Essen geht, hätte ich wohl nicht angezweifelt, dass du das Café übernehmen wirst.«

»Ihr glaubt, ich bekomme das nicht hin?«, frage ich.

Carlie schnaubt. »Du bist mit Effie verwandt – natürlich bekommst du das hin. Tom dachte nur, du wärst ein bisschen zu … Autsch! Verdammt, Tom, das tat weh!«

Ich vermute, dass Tom sie unter dem Tisch getreten hat, auch wenn er noch so unschuldig lächelt. Zu spät. Es nagt an mir, dass Tom mir offensichtlich nicht zutraut, Effies Erbe angemessen weiterzuführen.

»Du willst wissen, wie ich das hinbekommen habe?«, wechselt Tom rasch das Thema »Das ist gar nicht so kompliziert, der Trick ist nur, rechtzeitig anzufangen. Ich habe das Fleisch 24 Stunden marinieren lassen – in Rotwein, Knoblauch und den Kräutern, die wir dahatten, Rosmarin, Lorbeer und Thymian. Deswegen schmeckt es so intensiv.«

Wenn er mich schon für begeisterungsfähig hält, sollte er sich mal sehen. Von mir aus könnte er stundenlang über Gewürze und Kräuter reden. Man merkt, dass er weiß, was er tut, und dass er es gerne tut. Das macht ihn so sympathisch, dass ich beschließe, ihm nicht böse zu sein, nur weil er mir nichts zutraut. Wenn ich an den Eindruck denke, den meine Mutter und ich bei der Beerdigung hinterlassen haben müssen, kann ich es ihm kaum verdenken. Ich werde das als Herausforderung verbuchen.

»Da hast du ja echt gut getippt«, sagt meine Tante erfreut, und ich merke, wie mir bei dem Lob wohlig warm wird.

Die beiden Schwestern sind wirklich sehr unterschiedlich. Ich glaube nicht, dass meine Mutter jemals so kleine Erfolge honoriert oder auch nur bemerkt hätte. Gute Noten waren einfach eine Selbstverständlichkeit, schlechte ein peinliches Versagen.

Voller Entsetzen sehe ich, wie meine Tante Anstalten macht, Tom in die Wange zu kneifen. Natürlich verschwindet ihre halbe Hand dort, wo sie ihn berühren wollte.

»Ist er nicht ein Prachtexemplar? Wenn ich in deinem Alter gewesen wäre … ich weiß wirklich nicht, was er an dieser schrecklichen Sandra gefunden hat.«

Mein Kuppelgeist … Hiermit entziehe ich Effie mein Mitleid und hebe es mir für Tom auf, der offenbar in letzter Zeit nicht gerade mit Liebesglück gesegnet war – so wie ich.

Erst da bemerke ich den fragenden Blick von Carlie und Tom. Es ist wirklich nicht leicht, sich auf mehrere Gesprächspartner zu konzentrieren, von denen einer unsichtbar ist.

»Was habt ihr gesagt?«

»Carlie hat mir erzählt, ihr wollt euch in der Stadt eine Art Hackfleischverordnung anhören?«

»Erstbelehrung nach Infektionenschutzgesetz 30 B«, murmele ich.

»Ach so«, sagt Carlie und grinst ihren Bruder an, »stimmt, so hieß das.«

Doch der schaut weiter ganz ernsthaft zu mir. »Dann soll es also bald losgehen?«

»Ich möchte in zwei Wochen eröffnen.«

Sonst sind meine Ersparnisse aufgebraucht, bevor ich auch nur einen Kaffee serviert habe, und ich kann unmöglich meine Eltern um Hilfe bitten. Wenigstens musste ich keinen Kredit aufnehmen: Größere Anschaffungen sind nicht nötig, und Miete muss ich ja nicht zahlen.

»Das würde Effie freuen«, sagt Tom sanft.

»Guter Junge«, seufzt meine Tante selig.

»Das hoffe ich«, antworte ich auf Toms Frage. »Wir kannten uns ja leider fast gar nicht.« Den letzten Teil habe ich zögernd in Effies Richtung gesprochen.

Die ist plötzlich auch ganz ernst. »Ich war vernarrt in dich, als du ein Kind warst und traurig, als ihr nicht mehr gekommen seid. Ich freue mich sehr, dass du das Café übernimmst. Also entspann dich endlich und grübele nicht so viel.«

»Na gut«, sage ich – für einen Moment unaufmerksam.

»Was?«, fragt Tom.

»Ich glaube, ich sollte bald aufbrechen«, entgegne ich und laufe knallrot an. »Aber es war wirklich sehr schön bei euch.«

Das ist kein Stück gelogen, aber mir ist danach, noch ein paar Minuten allein mit Effie zu verbringen. Ich habe das Gefühl, wir sollten uns mal unterhalten. Außerdem soll sie mir ihre Rezepte diktieren, bevor ihr Geist doch noch weiterwandert.

Die beiden Geschwister protestieren lauthals.

»Nicht, bevor du nicht das Dessert gekostet hast und zumindest ein bisschen betrunken bist.«

»Genau«, sagt Tom und füllt mein Glas mit dem leckeren Rotwein.

»Untersteh dich, jetzt zu gehen«, sagt meine Tante. »Ein

bisschen Leben musst du mir und auch dir schon gönnen! Kannst du denn gar keinen Spaß haben?«

»Ich betrinke mich nie«, sage ich würdevoll und stürze den Inhalt des Glases hinunter. Insgeheim freut es mich, dass ich die beiden damit zum Lachen bringe. Dabei habe ich das nicht als Scherz gemeint. Ich habe nur so schnell ausgetrunken, weil ich bald loswill, ohne unhöflich zu sein.

»Hast du eigentlich Effies Garten angelegt?«, frage ich Tom interessiert.

»Ja, und ich sollte mal wieder vorbeikommen. Bei der Beerdigung hatte ich das Gefühl, dass eine der Rosen befallen ist.«

»Aber das gehört doch nicht zu den Aufgaben eines Landschaftsarchitekten, oder? Ich meine, ihr kümmert euch doch um die Gestaltung und das große Ganze und nicht um die Gesundheit des einzelnen Baums?«

Tom schaut mich verblüfft an. »Das stimmt, die meisten kennen den Unterschied gar nicht.« Das war keine Antwort auf meine Frage.

»Er hängt zu sehr an unserem Zuhause. Er könnte richtig viel Geld verdienen, wenn er wollte. Er hat schon wahre Prachtgärten angelegt.«

»Warum hast du damit aufgehört?«, frage ich weiter.

Carlie öffnet schon den Mund, schließt ihn aber wieder, als sie Toms wütenden Blick auffängt.

»Nachdem es mit dieser Sandra aus war, ist er wie ein geprügelter Hund zurück ins Dorf gekommen. Das war das Ende des mondänen Lebens«, sagt meine Tante mit vor Zorn blitzenden Augen. Viele Freunde hat sich diese Sandra offenbar nicht gemacht. Armer Tom. Bei zwei so redseligen Frauen, die ihn schon lange kennen, hat er nicht die geringste Chance, selbst zu entscheiden, was er preisgeben möchte.

»Mir ist es gar nicht so wichtig, wahnsinnig viel Geld zu verdienen«, sagt er leicht verstimmt.

Entweder bemerkt Carlie seinen Stimmungsumschwung nicht, oder es ist ihr egal. »Nein, es ist natürlich viel besser, sich für wenig Geld von durchgeknallten Vollidioten wie Beatrix Dallhaus herumkommandieren zu lassen«, sagt sie.

Mir schwirrt der Kopf. Meine Tante will gerade zu einer Erklärung anheben, aber ich winke schnell ab.

Tom sieht aus, als wolle er auch die Stimme erheben, doch dann sieht er zu mir und reißt sich zusammen: »Sie ist quasi deine Nachbarin. Ihr gehört das Hotel auf dem Grundstück neben deinem. Und so schlimm ist sie gar nicht.«

Bei der Erklärung dämmert mir, dass ich die Frau schon einmal getroffen habe.

Bevor Carlie ihm widersprechen kann, fragt Tom mich: »Und was hast du gemacht, bevor es dich hierherverschlagen hat?«

Ich erkläre es ihnen. Mich wundert es nicht sehr, dass keiner von ihnen über die Lippen bringt: »Das ist aber interessant.« Selbst meine Tante guckt so betreten zu Boden, wie es ein Geist nur vermag.

Ich schaue auf meine Uhr, ohne wirklich auf die Uhrzeit zu gucken: »Oh, jetzt muss ich aber wirklich los. Das war ein schöner Abend, vielen Dank für die Einladung.« Ich denke nach und tue dann das, was ein aufgeschlossener, sozial kompatibler Mensch meiner Meinung nach täte: »Ihr seid natürlich herzlich eingeladen, meine ersten Gäste zu sein. Wie wäre es mit einem großen Probeschlemmen?«

Tom und Carlie sehen richtig erfreut aus.

»Ich esse aber viel. Nicht, dass du auf die Idee kommst, das mit meinem Gehalt zu verrechnen«, sagt Carlie.

Ich lache und verabschiede mich von den beiden. Mein Versuch, ihre Hände zu schütteln, wird natürlich ignoriert, stattdessen umarmen sie mich fest.

Auf dem Weg nach Hause denke ich, dass ich mich eigentlich fürchten müsste, wie ich es sonst im Stockfinstren tue. Doch ich merke zum ersten Mal, wie schön es ist, wenn die Sterne die hellsten Lichter am Horizont sind. Außerdem fühle ich mich durch den Geist an meiner Seite ein wenig behütet, obwohl er wohl schlecht einen Roundhouse-Kick à la »Kill Bill« zu meiner Verteidigung einsetzen könnte. Schweigend gehen wir nebeneinander her. In sicherer Entfernung vom Haus frage ich: »Wirst du jetzt immer bei mir sein?«

»Das weiß ich nicht.«

»Falls wir noch mehr Zeit miteinander verbringen, möchte ich dich um etwas bitten. Erzähl mir über die Menschen hier nur, was mich im Laden weiterbringt. Sonst weiß ich irgendwann gar nicht mehr, was mir offiziell erzählt wurde und was ich eigentlich gar nicht wissen kann – so wie die Sache mit Toms Freundin vorhin.«

Ich sehe, dass sie zu einem neuen Redeschwall ansetzt und unterbreche sie lächelnd. »Nur das, was ich wissen muss.«

»Ich bin eigentlich sehr diskret«, entgegnet Effie gespielt empört. »Ich habe mich nur hinreißen lassen, weil ich Tom so gerne mag und sein Leiden nicht mit anzusehen war.«

Wir gehen friedlich schweigend nebeneinander her. Es ist wirklich ein schöner Abend. Schließlich frage ich: »Hast du denn eine Ahnung, warum du als Geist hier bist?« Und warum du ausgerechnet bei mir auftauchst und nicht zum Beispiel bei deiner Schwester, füge ich stumm hinzu.

»Darüber habe ich mir auch schon den Kopf zerbrochen. Aber ich weiß nicht recht … Nun ja, mein letzter Gedanke als Lebende, an den ich mich erinnern kann, war: Schade, dass ich nicht weiß, was aus der kleinen Lexi geworden ist.«

Ich bin erst so gerührt, dass es mir die Sprache verschlägt. Dann erkenne ich den Haken an der Sache. »Aber du hast mich ja jetzt gesehen. Das wäre dann doch erledigt.«

Ich grübele vor mich hin. »Gibt es noch andere Dinge, die du nicht mehr geschafft hast? Vielleicht sollst du noch irgendetwas ganz Wichtiges erledigen?«

»Nun ja, eigentlich wollte ich ja nicht so mit der Tür ins Haus fallen. Aber es gibt tatsächlich ein paar Aufträge, die ich dir gerne geben würde.«

»Gleich ein paar? Und wieso mir? «

Traurig schlackert sie mit ihren nutzlosen Armen. »Weil ich selbst nichts tun kann. Und da du die Einzige zu sein scheinst, die mich sieht, musst du mir wohl helfen, mich ins echte Jenseits zu katapultieren.« Sie zuckt mit den Schultern.

Der Gedanke, Effie zu helfen, wieder aus meinem Leben zu verschwinden, versetzt mir einen Stich. »Möchtest du das denn? Ich meine, weiterziehen?«

»So toll ist es nicht, nur Menschen beobachten zu können, die mich nicht sehen. Auf Dauer wäre das wohl ein wenig einsam, oder nicht?«

»Na gut, wir können es ja versuchen, ich werde mein Bestes geben. Was steht als Erstes auf deiner Liste?«

»Das Café am Leben zu erhalten – durch dich.«

»Und weiter?«

»Das sage ich dir, wenn wir uns besser kennen«, antwortet sie mit einem schelmischen Lächeln. Wir müssen beide grinsen.

»Kannst du ganz frei entscheiden, wo du auftauchst?«

»Am einfachsten ist es, bei dir zu sein. Das klappt von ganz alleine. Aber vorhin war ich schon vor dir bei Tom und Carlie. Offenbar kann ich auch in Räume kommen, die ich kenne, wenn ich mich ganz und gar auf sie konzentriere.«

Freitag, 5. Oktober

~~6 Uhr Kaffeemaschine testen~~
~~9 Uhr Noch einmal alles durchputzen.~~
~~11 Uhr Das Schild abholen und anbringen.~~
~~14 Uhr Mit Carlie noch einmal alles durchgehen.~~
17 Uhr Mutter anrufen.

Carlie schnaubt genervt, als wir zum fünften Mal die Kaffeemaschine testen. »Ich kann keinen Espresso, Cappuccino oder Macchiato mehr sehen.«

Ich lache. »Nur einen winzigen Schluck noch, wir machen so lange Kaffee, bis er nicht mehr nach neuer Maschine schmeckt.«

Sie schnappt sich meinen Arm und verdreht ihn so, dass sie meine Uhr sehen kann. »Es ist 18 Uhr, wenn du jetzt noch mehr von dem Zeug in dich hineinschüttest, kannst du nachher nicht schlafen und bist morgen völlig fertig.«

Koffein hin oder her, ich bin sowieso viel zu aufgeregt, um zu schlafen. Ich wische noch mal über den Tresen. Das habe ich heute schon mindestens zehn Mal getan.

»Für das und auch die letzten Tage bekomme ich aber Extrageld, oder?« Carlie verschränkt die Arme.

»Ich habe mir etwas viel Besseres überlegt, du bekommst dauerhaft freien Kaffee.«

Wir müssen beide lachen.

»Aber der dröge Teil ist jetzt ja auch überstanden«, versuche ich Carlie zu trösten.

»Dröge« war die leider zutreffende Zusammenfassung der letzten Tage. Tatsächlich hat sie mich zur Stadtverwaltung begleitet und sich über die Hygienevorschriften belehren lassen – selbst ich fand diesen Teil schnarchlangweilig und habe nach ein paar Minuten keine Notizen mehr gemacht, weil uns die meisten Punkte gar nicht betrafen. Dafür war die Inspektion der Räume durch das Gesundheitsamt ein Klacks. Zumindest in diesem Bereich hat Effie streng nach Vorschrift gearbeitet. Nur die Kaffeemaschine hatte das Missfallen des Prüfers erregt, aber da konnte ich ihm zum Glück schon meinen funkelnagelneuen Automaten präsentieren, der allen Vorschriften entspricht.

»Na gut. Du sagst, du hast alles perfekt geplant. Aber hast du nicht das Wichtigste vergessen?«, fragt Carlie. »Versteh mich nicht falsch, ich bin ja immer dafür, alles ohne große Überlegung anzugehen.«

Panisch schaue ich sie an. Habe ich irgendeine Anmeldung oder einen Antrag vergessen? Dann werden sie mir den Laden gleich wieder dichtmachen. Unsicher schaue ich auf meine Liste.

»Hey«, schreie ich erbost, als Carlie mir den Zettel aus der Hand reißt und kurzerhand hinter sich wirft.

»Also schön, was habe ich vergessen?« Ausgerechnet einer Chaotin wie Carlie diese Frage stellen zu müssen, kratzt ein wenig an meinem Stolz.

»Du hast mir erzählt, dass du noch nie in deinem Leben gebacken hast.«

»Das stimmt. Und?«

»Dafür bist du aber erstaunlich entspannt bei dem Gedanken daran, am Wochenende ein Café zu eröffnen. Wäre es nicht das Wichtigste, erst mal einen guten Kuchen zu backen?«

Sie klingt echt genau wie Betty, denke ich zum wiederholten Mal. Tatsächlich wäre ich an dieser Stelle mittlerweile mehr als nur ein bisschen panisch – aber das Backen übernimmt ja Effie insofern, als dass sie die Anweisungen gibt. Deswegen kann ich gelassen abwinken. »Da vertraue ich auf spontane Eingebungen«, sage ich. Ha, ha – ich kann nämlich auch lässig sein.

»Hallo, hallo – wo ist meine pedantische Chefin Lexi und was habt ihr mit ihr gemacht? Spontane Eingebungen? Doch nur, wenn es einen Kuchenback-Chip gäbe, den du dir implantieren lassen könntest.«

Sie bringt mich einfach immer zum Lachen.

Wie gerne würde ich als gelassene Frau von Welt durchgehen, die nur lässig »Hoppla« sagt, wenn das Regalbord mit sämtlichen Tellern von der Wand fällt.

»Na gut, aber gedenkt Alexandra vielleicht noch einen klitzekleinen Testkuchen zu backen? Mir persönlich ist es eigentlich egal. Ich denke nur, dir könnte es etwas ausmachen, wenn die ganzen Klagen wegen Körperverletzung eintrudeln, nachdem steinharte Tortenböden den Kunden die Plomben rausgebrochen haben.« Sie schaut auf ihre Fingernägel und pustet sich eine Locke aus der Stirn.

»Glaub mir, ich habe alles im Griff, Schätzchen«, mache ich ihren Tonfall nach. Noch nie habe ich das Wort »Schätzchen« benutzt. Ich mag, wie ich an ihrer Seite bin. Irgendwie lockerer, sogar die Nackenverspannungen, die mir so lange zu schaffen gemacht haben, sind verschwunden.

»Alles klar.«

»Verlass dich bloß nicht zu sehr auf mich!«, murmelt meine Tante, die ich bis gerade gar nicht bemerkt habe. Ihre Anwesenheit überrascht mich kaum noch. So wie man ja auch nicht vor seinem eigenen Schatten erschrickt. Fragend sehe ich sie an, weil ich nicht laut antworten möchte.

»Wir wissen doch gar nicht, wie das alles hier funktioniert. Vielleicht bin ich ja morgen verschwunden?«

»Das kannst du mir nicht antun«, rufe ich entsetzt.

Carlie fährt erschrocken zusammen und verschüttet etwas von dem Kaffee, den sie uns gerade eingeschenkt hat.

»Was ist los?«

»Ich kann nicht aus Tassen mit Katzen darauf trinken«, behaupte ich schnell nach einem Blick auf die Tassen.

Effie verdreht die Augen.

»Oh, ich fand die eigentlich ganz süß«, sagt Carlie.

»Besser ist es, wir backen jetzt wirklich noch einen Kuchen. Einen ganz anderen«, drängt Effie. »Dann hättest du immerhin schon zwei in petto, die in jedem Fall klappen.«

Nie wäre ich drauf gekommen, ich könnte wirklich ohne meine Tante auskommen müssen. Jede Spur meiner neu erworbenen Gelassenheit ist wie weggeblasen. Zum ersten Mal kommt mir der Gedanke, dass man mit Fug und Recht sagen könnte: Ein guter Kuchen ist wahrhaftig nicht das Unwichtigste an einem Café. Die bahnbrechende Erkenntnis schlägt mir auf den Magen. Schlagartig verspüre ich das Bedürfnis, mindestens zwanzig Kuchen zu backen – nur so zur Sicherheit. Und nachher lasse ich mir von Effie erst mal einen ganzen Haufen Rezepte diktieren!

»Du hast recht, Carlie, lass uns einen Kuchen backen«, sage ich hektisch.

»Alles klar bei dir? Hast du öfter solche Stimmungsschwankungen?«

»Bitte«, sage ich.

»Hey, kein Problem, lass uns loslegen.« Beschämt sehe ich, wie Carlie sich die Mühe macht, den Kaffee aus der Katzentasse in einen neutralen weißen Becher zu füllen, und ihn mir hinhält.

»Besser?«

»Viel besser«, behaupte ich.

Unter Effies Kommando kramen wir die Zutaten zusammen, ich gebe die Befehle an Carlie weiter.

»Das hast du alles im Kopf?«, fragt sie beeindruckt.

»Fotografisches Gedächtnis«, behaupte ich – und ärgere mich, dass ein Geist mich dazu zwingt, ihr ständig Lügenmärchen aufzutischen. Ich habe Carlie erzählt, ich hätte ein Notizbuch mit handschriftlichen Rezepten von Effie gefunden – und diese vollständig im Kopf.

Vielleicht sollte ich, wenn Carlie weg ist, noch ein paar Trainingsstunden mit Effie einlegen.

Ich mische den Teig zusammen.

»Der sieht sehr fest aus«, sagt Carlie kritisch. Ich sehe mich panisch um. Doch als wolle sie mich auf die Probe stellen, ist von Effie keine Spur zu sehen.

»Der ist genau richtig so. Du wirst sehen«, behaupte ich.

Schließlich schieben wir das Werk in den Ofen.

»Oh, eines können wir noch tun, das garantiert zum Gelingen des Projekts beiträgt«, sagt Carlie.

»Was denn?«

»Das sag ich dir, wenn du versprichst, nicht sofort durchzudrehen. Sei ein bisschen offen, ja?«

Mangels Effie bin ich bereit, nahezu alles zu nutzen, was Erfolg verspricht.

»Okay, was meinst du?«

»Magie«, haucht Carlie mit einer unheimlichen Stimme, die Glühbirnen zum Flackern bringen müsste.

»Wie bitte?«, frage ich entgeistert. So verzweifelt bin ich dann doch noch nicht. Ein Geist ist schon mehr Magie, als mein Verstand akzeptieren möchte, wobei ich das nicht direkt als Magie bezeichnen würde, sondern als eben jenes Ding mehr zwischen Himmel und Erde, als meine Schulweisheit sich träumen ließ.

»Du hast mich schon richtig verstanden.«

»Sollen wir ein Neugeborenes in den Teig einbacken, oder was stellst du dir vor?«

»Iihh, ich hätte nicht gedacht, dass du eine so kranke Fantasie hast. Ich meine ein stinknormales magisches Ritual.«

»Stinknormal und magisch schließen sich in meinen Augen aber aus.«

Carlie verdreht die Augen. Gut, dass sie nicht weiß, dass die stinknormale Spießer-Trude vor ihr in einer irren WG mit einem Geist haust. Obwohl, das würde ihr wahrscheinlich gefallen.

»Dann tu es mir zuliebe, ja? Hab doch einfach mal Vertrauen in Energien und Kräfte, die sich nicht so einfach greifen lassen.«

»Na gut. Dann gehe ich mal schnell den Zauberstab holen«, entfährt es mir matt, und ich verschwinde ins Bad, um mir erst mal den ganzen klebrigen Teig von den Fingern zu kratzen. Das stellt sich als nahezu unmöglich heraus, weil sich meine Flüssigseife in Luft aufgelöst hat. Komisch, so etwas passiert mir eigentlich nicht. Ich schaue in das Kabuff unter der Treppe, wo noch ein paar Packungen stehen müssten. Ich kaufe immer auf Vorrat. Nichts ist schlimmer, als morgens aufzuwachen und festzustellen, dass kein Kaffee mehr da ist. Oder auf Toilette zu sitzen und mit dem letzten Blatt Klopapier auskommen zu müssen. Ich stelle fest, dass außerdem meine Creme und mein Duschgel verschwunden sind.

»Sehr seltsam«, murmele ich immer noch, als ich wieder neben Carlie in der Küche stehe.

»Was meinst du?«

»Du hast nicht zufällig fast alle meine Kosmetikprodukte weggezaubert?«, frage ich scherzhaft. Überrascht sehe ich die sanfte Röte, die über Carlies Gesicht wandert. Das gibt es doch nicht. Andererseits. Wenn es Geister gibt, warum nicht auch Hexen, Zauberer, Kobolde ...

Sie hüstelt: »Ich habe die Sachen mit der magischen Kraft meiner Hände direkt in die Mülltonne befördert.«

»Was?«, kreische ich, einerseits erleichtert über die banale Erklärung, andererseits aber auch stocksauer. »Wieso hast du das gemacht? Spinnst du?« Wieso stelle ich überhaupt einer Frau Fragen, die uns erfolgreich zaubern möchte?

Jetzt wird sie auch wütend. »Die Firma macht Tierversuche«, giftet sie. »Ich bringe dir gleich morgen etwas mit, das dich ganz frei von Grausamkeit verschönert und säubert, okay?«

»Was denn? Krötendreck mit Salbeibutter?«

Jetzt funkeln wir uns gegenseitig an – nun ja, wir nähern uns wohl noch aneinander an. Doch als sie verschmitzt grinst, ist mein ganzer Zorn weggeblasen.

»Nein, stinknormale Drogerieware, aber anständige.«

Wenn diese Irrsinnige doch nur nicht so liebenswert wäre.

»Dies ist wohl nicht ganz der richtige Zeitpunkt, um dich zu fragen, ob wir nun mit dem Ritual beginnen?« Bittend schaut sie mich an.

Ich atme tief durch. »Gib mir noch einen klitzekleinen Moment. Lass uns erst mal abwarten, wie der Kuchen wird. Vielleicht brauchen wir ja gar keine Magie.«

Sicher wäre ich mir da aber nicht, Effie ist immer noch nicht wieder aufgetaucht, was mich ein bisschen mutlos macht. Carlie backt sicher besser als ich, aber voll und ganz auf sie setzen möchte ich nicht. Sie scheint mir ähnlich unberechenbar zu sein wie eine Geisterscheinung. Stumm sehen wir beide auf das Guckfenster des Ofens. Das Schweigen ist aber nicht unangenehm. Ganz im Gegenteil. Keine Frage, die Kleine wächst mir ans Herz.

Plötzlich strahlt sie. »Ich habe übrigens morgen Geburtstag, wenn das kein gutes Omen ist.«

»Oh, wie alt wirst du denn?«

»27.«

Aber dann ist sie ja kaum jünger als ich, vielleicht lohnt es sich doch, ihre Creme genauer unter die Lupe zu nehmen?

»Du hast gesagt, wir hätten uns früher nicht gekannt, weil ich so viel älter war«, sage ich empört.

»Du hast gesagt, du warst als Sechsjährige zum letzten Mal hier. Da war ich drei Jahre alt. Halb so alt – wenn das kein krasser Unterschied ist.« Sie grinst.

»Aber du wirst doch an deinem Geburtstag nicht hier arbeiten wollen?«, frage ich und versuche, nicht allzu bang zu klingen. Ich habe kein Recht, ihr den Tag zu verderben.

»Oh, da kommen doch ohnehin alle, mit denen ich feiern möchte. Und als Gastgeberin in meinem Zuhause würde ich doch auch Tortenstücke schneiden und die Gäste betüddeln. Und denkst du etwa, ich raub dir an dem Tag deine Gäste?«

Ich verschränke die Hände. Fast hätte ich sie spontan

umarmt. Seit wann bin ich so impulsiv? Vielleicht stehe ich noch unter Schock. Angst vor der eigenen Courage oder so. Verlegen sehe ich zu Boden.

»Bloß kein schlechtes Gewissen. Es sei denn, du lässt es mich ausnutzen, indem ich dir sage, dass ich mir für meinen Geburtstag einen vollen Erfolg wünsche und Magie sehr viel beitragen würde …«

»Schon gut, schon gut«, ich lache. »Aber ich glaube, der Kuchen ist fertig.«

Wir holen den Kuchen aus dem Ofen und schneiden ihn an. Ein stinknormaler trockener Kuchen. Aber er duftet gut, finde ich.

Ich lege jeder von uns ein Stück auf den Teller. Andächtig blicken wir ihn an. Dann nehmen wir einen Bissen auf die Gabel. Er schmeckt, jubiliere ich innerlich, er schmeckt völlig normal.

Doch Carlie sieht enttäuscht aus.

»Was ist?«, frage ich besorgt.

»Nichts«, sagt sie schnell. »Er ist okay.«

Wenn so begeisterungsfähige Menschen wie Carlie »okay« sagen, muss der Kuchen eine Vollkatastrophe sein.

»Schmeckt er dir nicht?«

Sie überlegt eine Weile.

»Das ist es nicht. Er schmeckt, wie wenn man eben zu Hause selbst einen Kuchen backt. Was ich meine, ist … bitte sei nicht böse, ich weiß nicht, wie ich es sonst erklären soll, aber ihm fehlt die Seele.«

Die Seele? Nichts gegen konstruktive Kritik, aber was soll ich denn mit dieser Info anfangen? Carlie fängt meinen verwirrten Blick auf. »Vergiss es einfach. Es ist nur, wenn man in die Kuchen deiner Tante gebissen hat, ist etwas mit den Leuten passiert, verstehst du? Sie waren immer etwas

Besonderes, auch wenn sie einfach zusammengesetzt waren. Als würde sie einen mit Wärme einhüllen und einen trösten. Ich kann es dir auch nicht genau erklären.«

Traurig schaue ich auf meinen Kuchen. Der Bissen bleibt mir im Hals stecken.

»Ich bin nicht meine Tante«, murmele ich.

»Nein, und das wird auch ganz sicher niemand erwarten. Der Kuchen ist völlig in Ordnung. Wir werden alles nett dekorieren, ein oder zwei Kuchen hinstellen und alles ist perfekt. Das glaube ich wirklich.«

Ich überlege. »Du denkst aber auch, dass sie alle enttäuscht sein werden, oder?«

Sie sieht zu Boden. »Unsinn«, sagt sie. Oh je, wenn ihr schon ihre entwaffnende Ehrlichkeit abhandenkommt, muss es wirklich schlimm stehen.

»Aber ich habe mich genau an das Rezept gehalten.« Doch ich erinnere mich an das letzte Mal, als wir noch das ein oder andere nachgebessert haben. Und Effie konnte meinen ersten Versuch ja gar nicht selbst probieren. Vielleicht fehlte ihm auch, was Carlie die Seele nennt – nur ich habe es nicht bemerkt.

»So funktioniert es aber nicht. Meine Mama hat die weltbesten Karamellbonbons gemacht, nur aus Zucker, Butter und Milch. Ich habe Dutzende von Malen versucht, sie ihr nachzumachen und habe sie genau nach Anleitung gekocht. Aber sie haben nie so geschmeckt. Keine Ahnung. Sicher ist es nur ein winziges Detail, so banal, dass derjenige, der sie macht, gar nicht darauf hinweist.« Carlie seufzt.

Um sie aufzuheitern, biete ich ihr etwas an, das für mich ein absoluter Sympathiebeweis ist – oder egoistische Verzweiflung, wer weiß. »Gut, dann fangen wir jetzt mit deinem magischen Ritual an.«

Sofort strahlt sie wieder. »Au ja … Aber sag meinem Bruder nichts davon, einverstanden?«

»Warum nicht?«

»Er hält nicht gerade viel davon. Ich musste ihm versprechen, damit aufzuhören.«

Das verstehe ich sehr gut, aber warum sollte er es ihr verbieten? Gefährlich ist es ja nun nicht gerade. Im schlimmsten Fall bringt es rein gar nichts.

»Gut, ich verrate nichts.«

Sie streift sich den Pullover über den Kopf. »Zieh deinen Pulli auch aus«, verlangt sie. Verdutzt sehe ich sie an.

»Oh nein, wir werden aber nicht barbusig um ein Feuer tanzen und mit einem Ziegenbock schlafen, oder?«

Jetzt sieht sie überrascht aus. Dann kichert sie. »Lexi, das war ja echt witzig! Aber Blödsinn. Es unterstützt die Wirkung nur, wenn wir jetzt eine Woche lang ein Klamottenstück auf links tragen – und ich dachte, der Pulli wäre dir lieber als die Unterwäsche. Schließlich willst du sicher nicht tagelang in der gleichen Unterwäsche rumlaufen, oder?«

»Nein, wirklich nicht.« Angewidert folge ich ihrem Beispiel und ziehe meinen Pullover aus, nur um wieder hineinzuschlüpfen, nachdem ich ihn umgedreht habe.

»Super. Das war dein erster Schritt in Richtung Glück.«

»Ach ja, ich dachte, das wäre gewesen, als ich dich kennengelernt habe.«

Sie überhört meinen Sarkasmus und sagt nur leichthin: »Da könntest du ausnahmsweise recht haben.«

Da kribbelt wieder das Schamgefühl in meiner Magengegend. Könnte ich Gefühle besser ausdrücken, würde ich ihr sagen, dass ich ihr jetzt schon dankbar bin – wenn auch nicht für ihre Unterstützung magischer Art. Sie wirft einen Blick nach draußen.

»Zunehmender Mond, perfekt«, sagt sie mit Kennermiene. Ich nicke und versuche dabei ernst zu bleiben. Wenn Lars mich hierbei sähe, geht es mir kurz durch den Kopf, dann würde er durchdrehen. Dann fällt mir wieder ein, in welch kompromittierenden Situationen ich ihn schon gesehen habe, und mir ist gar nicht mehr zum Kichern zumute.

»Tu wenigstens so, als seist du mit voller Aufmerksamkeit dabei.«

Dankbar dafür, dass Carlie mich aus meinem vernichtenden Kopfkino reißt, widme ich mich wieder ganz ihrem Ritual.

Sie wühlt in ihrer Baumwolltasche, die sehr bunt ist und wie selbst genäht aussieht.

»Hübsch«, sage ich.

»Danke. Du kannst dir auch eine kaufen. Ich verticke die auf einer Internet-Plattform für Handarbeiten.«

»Wie viele Jobs hast du eigentlich?«

Sie kichert. »Och, ein paar Einnahmequellen kommen schon zusammen, aber nichts, womit man reich wird.«

Sie befördert eine weiße Stumpenkerze ans Tageslicht, die schon etwas abgenutzt aussieht. Mit der Flamme eines Feuerzeugs löst sie den Docht aus dem Wachs, das ihn verdeckt. Dann endlich brennt er.

»Und jetzt konzentriere dich, bitte. Hast du irgendeine besondere Glückszahl?«

Ich schnaube.

»Gut, dann nehmen wir meine. Es ist die Vier. Wir werden uns jetzt an den Händen fassen, in die Kerze gucken und viermal den Spruch wiederholen ›Ich werde Glück und Erfolg haben, immer und überall‹.«

Ich will ihr die Freude nicht verderben, ergreife ihre Hand und sage mit ihr gemeinsam das Sprüchlein vier Mal auf.

Über das merkwürdige Kribbeln, das dabei meine Arme hochwandert, wundere ich mich nicht. So funktioniert sie eben, die Magie, denke ich. Eine mystische Stimmung schaffen, ein Ritual – das kann die Leute schon durcheinanderbringen.

Ich schaue auf meine Uhr. »Das war toll. Wirklich. Aber ich glaube, jetzt sollten wir schlafen gehen, oder?«

»Du hast recht. Tom macht sich bestimmt schon Sorgen. Ich habe ihm gesagt, dass wir gemeinsam noch einen Film gucken können, weil ich sicher früh da bin. Das habe ich ganz vergessen«, gibt sie zerknirscht zu.

»Oh, hoffentlich ist er nicht sauer, dass du ihn versetzt.«

»Unsinn, das passiert ihm auch, wenn er zum Beispiel ganz in sich versunken an einer Pflanze rumhantiert. Sauer ist er höchstens kurz, weil er sich Sorgen gemacht hat. Er ist so, seit …«

Zögernd sieht sie mich an.

Als ich sie nicht ermuntere weiterzusprechen, winkt sie ab. »Egal, das war ein schöner Abend. Morgen treffen wir uns alle hier, ja?«

Ich nicke und drücke sie kurz an mich, als sie mir um den Hals fällt.

Erschöpft lasse ich mich aufs Sofa fallen und stelle fest: Es tut ganz gut, wieder alleine zu sein. Gleichzeitig denke ich, es muss schön sein, mit jemandem vor dem Fernseher abzuhängen, und ich vermisse Betty. Und: War ich schon mal so in etwas versunken wie Tom und Carlie, dass ich die Zeit und Verabredungen einfach so vergesse? Nein, und zwar nicht nur, weil ich es grob unhöflich finde, sondern weil mir nichts einfällt, das mich so begeistert. Ich versuche, einfach durch den Tag zu kommen und die Punkte auf der Liste abzuhaken. Apropos:

17 Uhr Mutter anrufen.

Dieser Punkt ist noch offen – aber vergessen habe ich ihn nicht, auch nicht in den turbulenten Stunden mit Carlie. Nur habe ich mit heimlicher Erleichterung bei meinen regelmäßigen Blicken auf die Uhr festgestellt, dass es dafür langsam, aber sicher zu spät wurde. Und Carlie einfach stehen lassen, wäre ja auch sehr unhöflich gewesen.

Ich starre vor mich hin, zu fertig, um ein Buch in die Hand zu nehmen oder einen Film anzusehen. War ich denn von allen guten Geistern verlassen, als ich gedacht habe, ich könne ein Café eröffnen?

Sicher war ich das, viel schwerer wiegt aber, dass ich auch jetzt nicht auf die guten Geister zählen kann. Effie lässt immer noch auf sich warten. Ich hatte so viel zu tun, dass ich nicht mal Zeit hatte, in Panik zu geraten.

Sonnabend, 6. Oktober

5.15 Uhr Joggen – gibt Energie und einen relaxten Ruhepuls für den ganzen Tag. Diesmal Dehnen nicht vergessen, damit die Achillessehne nicht wieder so schmerzt.

6 Uhr Mit dem Backen beginnen – falls Effie nicht kommt Kuchen kaufen.

9 Uhr Vitrinen füllen.

10 Uhr Letzte Vorbereitungen.

Als der Wecker klingelt, brauche ich mehrere Anläufe, um meine Augen zu öffnen. Ich habe höchstens zwei Stunden geschlafen, weil ich mir so viele Sorgen gemacht habe. Ohne Effie kann ich nicht mit dem Backen beginnen, deswegen habe ich genügend Zeit eingeplant, um von irgendwoher frisches Backwerk zu bekommen. Doch da sitzt sie – auf dem Stuhl direkt neben meinem Bett.

»Effie! Da bist du ja! Hast du mich beim Schlafen beobachtet?«, fahre ich hoch. Warum kann ein Geist nicht so funktionieren, wie es am angenehmsten ist? Anwesend, wenn man ihn braucht, und abwesend in intimen Momenten.

»Hätte ich dich lieber wecken sollen?« Würden Geister Schlaf brauchen, würde ich jetzt sagen, dass sie in dieser Nacht auch zu wenig davon bekommen hat. Sie sieht erschöpft aus.

»Wo warst du gestern?«, frage ich.

»Ich weiß es nicht«, gibt sie zu. »Das ist nicht gut, nicht wahr?«

Das stimmt, Unberechenbarkeit ist ein Boden, auf dem ich mich immer noch unwohl fühle.

»Wie meinst du das? Kannst du dich an nichts erinnern?«

»Ich weiß nicht, wenn ich an die letzten Stunden denke, habe ich nur ein Schimmern, ein Licht vor Augen. Ich kann es aber nicht greifen.«

»So ähnlich ging es mir, als ich zum ersten Mal wieder hier war. Irgendetwas in mir erinnert sich an Dinge, aber ich kann die Bilder nicht festhalten.«

»So ähnlich«, erwidert Effie zögernd.

»Dieses Licht … Meinst du, das ist das gleiche, von dem die Menschen erzählen, die dem Tod ganz nahe waren? Vielleicht warst du einfach … na ja … mit einem Fuß auf der anderen Seite.«

»Das wäre möglich. Nur warum sollten die anderen gleich an diesen Ort gehen können, und ich muss mit einem Fuß hierbleiben?«

»Das ist die Sache«, murmele ich nachdenklich. »Vielleicht gehen ja gar nicht alle endgültig. Wer weiß das schon. Aber es muss einen Grund haben, dass du noch so deutlich hier bist …« Schwierig, mit einer Toten über den Tod zu sprechen, man will ja nicht unhöflich wirken.

Sie guckt mich nachdenklich an.

»Du hast eine Ahnung, stimmt's?«, frage ich.

Sie schaut zu Boden.

»Warum willst du es mir nicht sagen?«, frage ich drängend. Sie sieht so erschöpft und traurig aus, dass ich nicht weiterbohren mag. »Ich mache uns erst mal einen Kaffee«, lenke ich rasch ab. »Entschuldigung. Ich meinte, ich mache mir einen Kaffee. Kommst du mit?«, schiebe ich schnell hinterher, als ich ihre noch geknicktere Miene sehe. Mit Unbehagen nehme ich zur Kenntnis, dass ich den ersten Punkt auf meiner Liste schon einmal abhaken kann – unerledigt. Hoffentlich ist dies kein schlechtes Zeichen für den restlichen Verlauf des Tages.

In der Küche versuche ich, sie gleichzeitig über die Sache mit der Seele auszuquetschen und wie es mir gelingt, meine Backwaren ein wenig aufzupeppen. Beides geht anfangs eher zäh voran, weil Effie in leicht abwesender Stimmung ist. Erst als ich so tue, als würde ich einen halben Messbecher voll Salz statt Zucker in die Rührschüssel schütten, fährt Effie erschrocken hoch. »Lexi! Halt! Was machst du da?«

Gespielt verdutzt schaue ich auf die halb geleerte Tüte Salz neben dem Messbecher und sage: »Ups.«

Prüfend sieht sie mich an. Dann lacht sie schallend. »Hast du mich gerade tatsächlich auf den Arm genommen? Nicht schlecht, und ich dachte schon, wir müssen noch einmal ganz von vorne beginnen.«

»Vielleicht nicht ganz von vorne, aber ich glaube, du

wirst mir ganz schön unter die Arme greifen müssen«, stelle ich bang fest.

»Das mache ich doch gerne«, sagt Effie und lächelt mich so warm an, dass ich gleich zuversichtlicher werde. »Und mit dem Salz hast du gar nicht ganz falschgelegen.«

Geduldig erklärt sie mir, warum an alle Süßspeisen etwas Salz gehört. Klar bin ich in den Rezepten schon auf die »Prise Salz« gestoßen. Aber was die in einer Torte zu suchen hat, stand dort nicht.

»Salz ist nicht einfach nur salzig«, sagt Effie. »In der richtigen Dosis schwächt es Bitteres ab, verstärkt Süßes und verbindet Aromen zu einem harmonischen Ganzen. Gib am besten immer etwas Salz an Kuchen, Pudding oder Karamell, auch wenn es nicht im Rezept steht. Etwas Salz bewirkt, dass die Süße tief in die Geschmackszellen eingeschleust wird.«

»Und wie sieht die richtige Dosis aus?«

»Das findest du schon noch heraus.« Fröhlich zwinkert sie mir zu. Ich verdrehe die Augen, bin aber insgeheim froh, dass sie wieder guter Stimmung ist.

Zum Glück weiß Effie auch, wie man aus einem eingesunkenen Schokokuchen noch perfekte Trüffel zaubern kann, die ich anschließend zum Teil in Kokosraspeln rolle und zum Teil mit dunkler Kuvertüre überziehe. Effie hat recht, auf einer Glasetagere machen sich die schwarzweißen Stücke hervorragend. Der Rest des misslungenen Schokokuchens wird zu Krümeln, die mein nächstes, gelungeneres Exemplar hübsch verzieren. Bei einem weiteren Kuchen habe ich wieder weniger Glück. Er ist deutlich geschrumpft. Mir läuft vor Anstrengung und Hitze der Schweiß über die Stirn, und am liebsten möchte ich in Tränen ausbrechen. Doch Effie ist in Hochform.

Sie lässt mich eine Karamellglasur anrühren – natürlich mit einer Prise Salz –, mit der ich ein hellbraunes Ringelmuster auf den Kuchen zaubere. Auf den oberen Rand kommen einmal ringsum kleine Spritzer Erdbeersahne.

»Et voilà!«, ruft Effie entzückt. »Nun kannst du ihn als kleine französische Delikatesse verkaufen.« Und so geht es in einem fort.

Da jeder Schritt meine volle Konzentration fordert, kann ich das große Ganze erst am Ende in Augenschein nehmen. Überrascht schlucke ich. Vor mir stehen Träume aus Zucker, Mehl und Sahne. Ich entdecke pastellfarbenes Baiser auf Aprikosenfüllung. Üppige Verzierungen aus Karamell und Schokolade. Und da ist ja noch die Etagere, auf der meine Trüffel jede Menge Zuwachs bekommen haben. Sie ist nun mit entzückenden Kleinigkeiten gefüllt, die keiner mehr als die traurigen Beweise meines Mangels an handwerklichem Können erkennen würde.

»Oh Effie«, ich seufze glücklich und erleichtert. Für mehr fehlen mir die Worte.

»Ja, ich finde auch, dass wir uns wacker geschlagen haben.« Zufrieden schaut sie sich unsere Ergebnisse an. »Du musst unbedingt alle für mich probieren, falls etwas übrig bleibt.«

Ich fange gerade an, die Vitrinen zu füllen – es ist 10.05, ich laufe also endlich wieder in der Spur – da stehen schon Tom und Carlie auf der Matte, um mir zu helfen. Sie haben Robert im Schlepptau, den älteren Herrn von der Beerdigung. Ich erwidere kurz Carlies ungestüme Umarmung und halte dann den beiden Männern nacheinander meine Hand hin.

»Ui, sind wir förmlich geworden.« sagt Robert, als er mit ironischer Verbeugung meine Hand ergreift. »Kleine, süße

Lexi, willst du mich nicht einfach wieder Bob nennen? So wie früher?«

»Du bringst sie in Verlegenheit«, mahnt Carlie ihn zu meiner Überraschung, was mich nur noch röter werden lässt.

Tom räuspert sich: »Gut, dann die Männer an die Werkzeuge und die Frauen an den Herd, würde ich vorschlagen.«

Mir liegt schon eine bissige Bemerkung auf der Zunge, die ich aber schnell hinunterschlucke – schließlich ist es echt nett von den beiden, mir zu helfen. Es ist nur kein gutes Gefühl, auf andere angewiesen zu sein. Und dass Bob jetzt auch noch mitgekommen ist, um der »kleinen, süßen Lexi« unter die Arme zu greifen, obwohl ich ihn kaum kenne … Der Gedanke rührt mich, macht mich aber auch verlegen. Schließlich bin ich gar nicht mehr das Mädchen, das er kannte

Während Bob und Tom ein paar Macken in den Tischen und Stühlen ausbessern, will Carlie mir helfen, das Backwerk ansprechend zu arrangieren. Als sie es sieht, stößt sie einen spitzen Schrei aus. »Wann hast du das denn gemacht? Die sehen ja wunderbar aus. Und wie die duften. Die sehen kein bisschen schlechter aus als Effies. Ich bin total baff, das ist der Wahnsinn … Aber ich hätte dir doch helfen können!«

»Quatsch«, wiegle ich ab und unterbreche ihren Redestrom mit einer Umarmung. »Alles Liebe zum Geburtstag! Glaubst du etwa, ich würde dich an so einem Tag um 6 Uhr aufstehen lassen? Außerdem ist es doch gar nicht so viel.« Lässig deute ich auf die Backwerke, als hätte ich die mal eben so aus dem Ärmel geschüttelt. Als ich Carlies Grinsen sehe, frage ich mich aber doch, ob man mir meine tiefe

Befriedigung und Erleichterung über diesen Erfolg nicht allzu deutlich ansieht,

Es ist Viertel vor elf. Gleich geht es los. Ein letztes Mal atme ich tief durch und sehe mich um.

»Oh, wie schön.« Staunend sehe ich, dass Tom die Tische mit kleinen Wildblumensträußen geschmückt hat. Ich schenke uns allen einen Kaffee ein, bevor wir uns hinsetzen.

»Nun«, sagt Tom, nachdem er genippt hat. »Es ist doch schon mal beruhigend, dass deine Maschine einen exzellenten Kaffee macht, was soll da noch schiefgehen.«

»Du kannst meinen auch noch haben«, stöhnt Carlie und sieht angewidert in die Tasse. »Ich glaube, ich kann nie wieder Kaffee trinken.«

»Du hast meine Schwester von der Sucht befreit. Wie hast du das gemacht?«, sagt Tom mit gespielter Ehrfurcht. Sein Lächeln ist genauso entwaffnend wie Carlies, so dass ich es einfach erwidern muss.

»Es geht los«, flüstert Bob und schlagartig drängen sich Menschen auf die Veranda. In meinem Magen ballt sich alles zusammen, und am liebsten würde ich die anderen drei an den Händen fassen. Ich hätte gedacht, dass nach und nach ein paar Neugierige eintrudeln, aber nicht, dass sich der ganze Ort verabredet, gemeinsam in das Café hereinzuplatzen.

In meiner anfänglichen Schockstarre lasse ich es sogar über mich ergehen, dass mich einige der Besucher umarmen und küssen. »Die kleine Lexi, bist du aber groß geworden«, höre ich mehr als einmal. Gerührt sieht Effie dem Treiben zu. »Sie mögen dich«, haucht sie begeistert.

Unsinn, möchte ich erwidern, sie mögen dich und übertragen deine Herzlichkeit auf mich. Die erwachsene Alexandra kennen sie doch gar nicht. In der ganzen Aufregung vergisst Effie leider auch unsere Regel, mir nur das zu erzählen, was ich wissen muss. Sie unterhält mich mit Anekdoten über die Gäste, die ich gerade begrüße, bis mir der Schädel dröhnt.

»Die Ärmste, seit ihr Mann sie verlassen hat, verlässt sie kaum noch das Haus, und sie fällt immer mehr in sich zusammen«, erfahre ich etwa über eine ältere Frau, die mit ihren hängenden Schultern und der leisen monotonen Stimme nahezu unsichtbar ist.

»Und die beiden sind das unglücklichste Paar, das ich kenne. Sie ist sich ganz sicher, dass ihr Mann eine Affäre hat, traut sich aber nicht es anzusprechen, weil sie Angst vor den Konsequenzen hat.« Ich schaue zu einer hochgewachsenen Blondine, die eigentlich ganz und gar selbstsicher und zufrieden wirkt. Doch als ich genauer hinsehe, erkenne ich, dass ihr Lächeln eine Spur eingefroren wirkt. Der Mann an ihrer Seite kommt mir vage vertraut vor. »Ist das nicht der Pfarrer?«, zische ich.

»Genau«, antworten Effie und Carlie wie aus einem Munde. Erschrocken zucke ich zusammen, weil ich schon wieder alle Vorsicht habe fahren lassen, um mit Effie zu sprechen.

»Mir ist mulmig«, murmele ich Carlie zu.

»Lampenfieber. Denk dir einfach, du wärst ein Schauspieler auf der Bühne.«

Ich weiß nicht warum, aber irgendwie hilft Carlies Tipp mir. In den nächsten Stunden bin ich nicht mehr ich selbst, sondern so voller Adrenalin, dass ich eine offene und fröhliche Alexandra zum Vorschein bringe, die alle Gäste mit einem freundlichen Lächeln bedient. Ich betrachte mich selbst von außen und bin erstaunt über die sympathische Person, die ich da sehe. Fast als hätte man seinen Körper verlassen und müsse nun zusehen, wie jemand anders das Kommando übernimmt.

»Wenn du so weitermachst, bekommst du morgen eine Kiefersperre«, sagt Tom irgendwann grinsend, als ich mit meinem Dauerlächeln an ihm vorbeihusche.

»Du hast recht«, lache ich. Beim Auseinanderziehen der Zähne spüre ich, wie mein Kiefer sich gleich viel lockerer anfühlt. Überrascht schaue ich auf die Kaffeetassen auf Toms Tablett. Wieder einmal beschämt er mich – es war gar nicht geplant, dass er uns auch beim Bedienen zur Hand geht.

Entsetzt sehe ich, wie meine Tante Anstalten macht, ihm auf den Hintern zu hauen – und ihre Hand verschwindet. »Lass dich von dem Bengel nicht verunsichern«, sagt meine Tante, sieht dem »Bengel« dabei aber liebevoll hinterher. »Du schlägst dich prima.«

Ich muss kichern. Tom dreht sich um und beäugt interessiert mein Mienenspiel ins Leere hinein – zumindest muss es so auf ihn wirken.

»Nein, ich habe keinen Geist gesehen. Nein, ich werde auch nicht verrückt. Ja, ich genieße meinen großen Tag sehr, vielen Dank der Nachfrage«, beantworte ich all seine ungestellten Fragen, bevor ich darüber nachdenken kann. Als ich ende, halte ich bestürzt die Luft an.

Tom bricht allerdings nur in schallendes Gelächter aus, und Effie verdreht die Augen. »Fang einfach wieder an zu grinsen«, befiehlt sie. Dann entfährt ihr ein entsetztes Quietschen, bei dem sich die Härchen auf meinen Armen aufstellen. »Wer zur Hölle hat die denn eingeladen?«

Gespannt blicke ich in Richtung Tür. Noch nie hat sich Effie negativ über einen anderen Menschen geäußert. Ich erkenne Beatrix Dallhaus, die Hotelbesitzerin und Toms Chefin.

Sie schwebt auf mich zu und reicht mir die Hand. »Wie schön, dass wir jetzt Nachbarinnen sind. Konkurrenz belebt das Geschäft.«

Ihr Mund lächelt, aber ihre Augen sehen mich nicht einmal richtig an. Ich ahne, dass wir keine Freunde werden.

»Hallo«, sage ich unsicher. »Sie sind nicht böse, dass ich Ihnen das Grundstück nicht verkauft habe?«

»Unsinn. Das hätte mir gefallen, aber es reicht mir, dieses Café in guten Händen zu sehen. Falls Sie mal einen guten Tipp brauchen, kommen sie doch einfach zu mir.«

Meine Tante macht Würggeräusche. Allgemein scheint Beatrix Dallhaus nicht viele enge Freunde zu haben. Ich frage mich, ob sie wegen ihrer distanzierten Art nicht etwas zu streng beurteilt wird. Ich weiß aus eigener Erfahrung, dass man es nicht leicht hat, wenn einem die Begabung für den zwischenmenschlichen Bereich fehlt.

Endlich hat sich der Ansturm gelegt. Mit dem Tresen als Bollwerk zwischen den vielen Menschen und mir beobachte ich meine Gäste, die sich mittlerweile alle einen Sitzplatz gesucht haben. Ich freue mich über die Atempause. Doch irgendetwas zerrt an meinem Ärmel. Es ist Carlie, die an den Tresen gelehnt auf dem Fußboden hockt.

»Hey, Zeit, um einmal kurz abzutauchen.« Sie hat den Mund voll Kuchen. Ich lasse mich neben sie sinken.

Sie bricht mir etwas von ihrem Stück ab, das sie nicht auf einen Teller, sondern einfach nur schnell auf eine Serviette geworfen hat. Ich schiebe es in den Mund und fühle mich sofort viel besser, als ich auf den süßen Krümeln herumbeiße. Schlagartig fällt mir ein, dass dies nicht nur für mich ein aufregender, besonderer Tag ist. Wie egoistisch von mir zuzulassen, dass sie ihren Geburtstagskuchen zusammengekauert unter dem Tresen isst, hinter dem sie die ganze

Zeit geschuftet und ein paar meiner Patzer ausgeglichen hat.

»Tut mir leid, Carlie, deinen Geburtstag hast du dir bestimmt anders vorgestellt, oder? Vielen Dank für deine Hilfe! Das werde ich dir nicht vergessen, aber nun geh doch zu den anderen und lass dich ein wenig feiern.«

»Ich finde es hier aber viel lustiger«, behauptet sie, schiebt mir noch ein Stück Kuchen zu und wirkt dabei so aufrichtig, dass ich es ihr abnehme. »Ich feiere meine Geburtstage nie groß, weißt du? Deswegen finde ich es hier ganz angenehm.«

»Ich hätte gewettet, du bist der Typ, der es unter hundert Gästen und zehn pinkfarbenen Cremetörtchen nicht macht«, sage ich ehrlich überrascht. Dass ein Mädchen, das eine solche Begabung für andere Menschen hat, ihren Geburtstag lieber allein unter einem Tresen verbringt, hätte ich nicht gedacht.

»Oh, ich mag all die Leute, die hier sind, wirklich gerne. Und ich weiß, dass sie mich auch mögen. Aber das heißt nicht, dass wir engste Freunde sind oder ich nicht gerne mal ein Stündchen allein verbringe. Außerdem vermisse ich an Festtagen unsere Eltern immer ganz besonders, deswegen finde ich es prima, hier bei dir beschäftigt zu sein.«

Sie legt ihren Kopf auf meine Schulter. Gerührt von der Geste und davon, dass sie ihren Geburtstag ausgerechnet mit mir hier auf dem Fußboden verbringen möchte, bringe ich endlich die simple Formel zustande. »Das tut mir leid – das mit deinen Eltern.«

Dass sie wirklich tot sind, habe ich mittlerweile von Effie erfahren. Aber weil sie zu dem Zeitpunkt immer noch beleidigt darüber war, dass ich ihr Indiskretion unterstellt hatte, hat sie mir keine Details verraten.

Carlie seufzt und nimmt meine Hand. »Danke, Lexi. Aber wo sind eigentlich deine Eltern? Ich hatte den Eindruck, dass deine Mutter ein echter Fan von mir war.« Sie kichert, der schwierige Moment ist also überstanden.

»Die haben keine Zeit«, sage ich verlegen.

»Um zu kommen, wenn ihre Tochter ein Café eröffnet?«

Angestrengt überlege ich mir eine gute Ausrede, weil ich auf keinen Fall bemitleidet werden möchte. Leider fällt mir keine ein. Ich weiß nicht einmal, ob ich meinen ersten richtigen Arbeitstag wirklich gerne unter ihren missbilligenden Augen verbracht hätte. Vermutlich hätten sie nur die Gäste verschreckt. Aber trotzdem hat es mich gekränkt, dass sie auf meine Einladung nur mit einer so höflichen wie knappen E-Mail-Absage reagiert haben.

»Warum sollen sie ihre Arbeit vernachlässigen, nur um mir bei meiner zuzusehen? Außerdem halten sie nicht so viel von diesem Projekt hier.«

Empört richtet Carlie sich auf. »Wäre ich deine Mutter, wäre ich mächtig stolz auf dich!«

»Danke, Mama«, versuche ich mit einem müden Lächeln einen kleinen Scherz.

Carlie ignoriert den matten Versuch. »Und was ist mit deiner Freundin Betty, von der du erzählt hast?«

»Die hat leider einen neuen Freund und ist mit ihm im Liebesurlaub auf Kreta.« Es muss sehr schnell gegangen sein mit den beiden. Bevor mich Bettys Postkarte »Mit Sebi auf Kreta. Herrlich. Ich liebe ihn« erreichte, hatte ich noch nie von dem Knaben gehört.

»Wie schade für dich.« Carlie schaut mich bedauernd an.

»Dafür habe ich ja dich«, sage ich.

Ein schriller Schrei lässt uns beide zusammenzucken. Wir springen gleichzeitig auf.

»Was ist denn los?«, fragt Carlie mich.

Um den Ernst der Lage einschätzen zu können, suche ich den Raum ab. Dann sehe ich Beatrix Dallhaus, die von ihrem Platz aufgestanden ist und vor lauter Schrecken nur noch ein Wort rausbringt: »Ratten.«

Mein Blick folgt ihrem. Zu meinem Entsetzen huschen wirklich zwei pelzige Viecher den Boden entlang. Nach und nach fangen alle Frauen an zu kreischen. Stühle und Teller fallen zu Boden.

Erbost steht meine Tante als Einzige ganz ruhig mitten im Raum und hat die Fäuste in die Taille gestützt. »In meinem ganzen Leben hatte ich noch nie Ratten in meinem Café. Da stimmt doch irgendetwas ganz und gar nicht.«

Bevor ich diesem Gedankengang weiter folgen kann, ist völliges Chaos ausgebrochen. Die Hotelbesitzerin hat mittlerweile einen ihrer Pumps ausgezogen und ihn als Waffe eingesetzt. Eine der Ratten liegt zermatscht am Boden. Wie ekelhaft, denke ich, obwohl ich ihr wohl dankbar sein sollte, weil sie mir in gewisser Weise ja hilft, das Problem zu lösen. Spontan zu reagieren, war noch nie meine Stärke, hilflos beobachte ich das Treiben und weiß nicht, was ich tun soll. Carlie stürmt derweil beherzt auf die Rattenmörderin zu und schubst sie so unsanft, dass sie zu Boden geht. »Das war ein Lebewesen, Sie doofe Kuh.«

Oh mein Gott! Ich fürchte schon, dass Carlie auch gleich einen Schuh auszieht und nach dem »Auge um Auge«-Motto mit Beatrix Dallhaus verfährt, da rettet mal wieder Tom die Lage, der auf seine Arbeitgeberin zuhastet und ihr auf die Beine hilft. Wütend funkelt er Carlie an.

»Darüber reden wir später, meine Kleine.«

»Ich bin schon lange nicht mehr klein, und du bist nicht mein Vater«, faucht sie zurück.

»Dann benimm dich nicht so«, entgegnet er mit einer stoischen Ruhe, die Carlie nun doch ganz verlegen dreinblicken lässt.

Da betritt ein neuer Gast das Café und macht keinerlei Anstalten, wieder zu gehen – obwohl der Raum gerade wie ein Kriegsgebiet wirkt. Er sieht sich suchend um. »Wo ist Alexandra Petersen?«

»Hier«, erwidere ich mit kläglichem Stimmchen.

Er schaut mich milde interessiert an und sagt dann sehr trocken: »Betriebskontrolle.«

Dies ist der Moment, in dem ich in eine Art innere Ohnmacht falle. Ich sinke zwar nicht mit geschlossenen Augen zu Boden, aber dennoch bekomme ich nicht mehr mit, was um mich herum passiert. In meinen Ohren rauscht es laut, und der Raum kreist um mich herum. Aus dem Nichts greift Toms Hand nach meinem Arm und platziert mich an einem der Tische. »Setz dich hin, und atme tief durch. Ich mach das schon.«

Nach und nach komplimentiert er die Gäste hinaus und unterhält sich angeregt mit dem Typen, der von der Lebensmittelbehörde oder so ähnlich stammt. Ich bekomme gerade noch mit, dass Ratten nach irgendeinem Seuchenschutzgesetz meldepflichtig sind. Wird der Laden jetzt dichtgemacht?

Eine ältere Dame setzt sich zu mir. Ich erkenne sie wieder. Es ist die mit den hängenden Schultern, die immer noch ihrem Mann hinterhertrauert. Als könne mich die Anekdote trösten, erzählt sie mir, wie ihr Mann immer Ratten getötet und in die Toilette geworfen hat.

»Sehen Sie denn nicht, dass ich gerade ganz andere Probleme habe?«, fauche ich.

Sie schrickt zurück. »Ihre Tante hat immer … «, setzt sie

vorsichtig zu einer Erwiderung an und bringt damit das Fass zum Überlaufen.

»Ich bin aber nicht meine Tante!« Unter meinem bedrohlichen Knurren zuckt sie zurück. Dann strafft sie beleidigt die Schultern und zieht ihr Kinn hoch. »Da haben sie vollkommen recht«, sagt sie laut und verlässt empört das Café.

»Nun, du hast definitiv etwas bei ihr ausgelöst«, sagt Effie. »So einen geraden Rücken habe ich bei ihr in den ganzen letzten Jahren nicht gesehen.«

»Und du schleich dich nicht immer so an«, zische ich, obwohl mich alle hören können. Alle – das sind mittlerweile nur noch Carlie, Tom und Bob, wie ich sehe. Was ist mit dem Kontrolleur passiert?

»Verzeih, aber ich kann leider nicht mehr laut aufstampfen, um auf mich aufmerksam zu machen«, sagt Effie.

Ich verzichte darauf, ihr zu antworten, zumal die anderen mich jetzt schon äußerst besorgt betrachten. Tom macht als Erster Anstalten, auf mich zuzugehen. Am liebsten würde ich sie alle anschreien, sage aber nur ganz ruhig: »Es tut mir leid, aber ich wäre euch sehr dankbar, wenn ihr jetzt alle gehen würdet.«

Carlie macht den Mund auf, um etwas zu erwidern, aber Tom unterbricht sie. »Ruh dich erst mal aus. Wir sprechen morgen über alles.«

Erschöpft sehe ich dem Trupp beim Abziehen zu. Dann gehe ich mit meinen Klamotten direkt ins Bett und unterziehe die Decke über mir einer genauesten Untersuchung.

»Wir finden schon eine Lösung«, sagt Effie, geht auf mich zu und versucht vergeblich, meine Hand zu greifen.

»Ein bisschen Privatsphäre wäre jetzt schön«, sage ich und starre, nachdem sie verschwunden ist, weiter an die Decke. Den ganzen Rest des Nachmittags, die ganze Nacht.

Wie kann es sein, dass alles schiefgegangen ist? Der Tag war bestens geplant. Auch dass ausgerechnet heute ein Kontrolleur auftauchen musste, lässt mich fassungslos zurück. Ich wusste, dass ich mit einem unangekündigten Besuch rechnen muss, aber doch nicht gleich am ersten Tag!

Ich beschließe, eine Liste zu machen. Für den nächsten Tag werde ich nur das Notwendigste planen, ich kann mir einfach nicht vorstellen, wie es weitergeht, aber ich muss alle Menschen aufschreiben, bei denen ich mich jetzt entschuldigen muss. Die Hotelbesitzerin, die Frau ohne Mann, Effie …

Sonntag, 7. Oktober

~~*6.30 Uhr Chaos beseitigen.*~~

~~*10 Uhr Laden öffnen.*~~

Eine Stunde lang sitze ich am Tresen und warte auf Kundschaft, bis mir klar wird, dass ich mit den Ratten und meinem zickigen Auftritt am Ende der Veranstaltung meinen kompletten Effie-Bonus verspielt habe. Kein einziger Gast steckt seine Nase durch die Tür. Dabei hat meine Konkurrenzanalyse ergeben, dass dies das einzige Café in der Gegend ist, wenn man einmal von dem im Hotel absieht, in dem aber ausschließlich Touristen sitzen. Nun vielleicht sind Effies Gäste jetzt übergelaufen. Das Hotel hat vier Sterne, dürfte also frei von Ungeziefer sein. Von Carlie weiß ich, dass die Einwohner hier früher ihren Brotbedarf gedeckt haben, weswegen ich den Morgen damit verbracht habe, im Dorf nebenan Brot und Brötchen zu besorgen. Eigentlich sollte ich die ja selbst backen oder zumindest frische Teiglinge verwenden. Doch dank umfassender Recherche weiß ich, dass man die billigsten Teiglinge für fast alle Backwaren am besten aus Warschau liefern lässt. Klingt aufwändig, aber man braucht nur alle paar Wochen Nachschub, weil den Dingern irgendwelche Aminosäuren beigemischt werden, die die Waren acht Wochen haltbar machen. Effie hat mich zwar wegen der Teiglinge ausgeschimpft, aber ich denke, als kleiner Kompromiss gehen die in Ordnung – außerdem scheinen das alle so zu machen. Und immerhin gibt es frischen Kuchen.

Traurig blicke ich auf die Auslage, die ich heute Nacht noch bestückt habe, weil ich nicht schlafen konnte. Ich musste auf Anleitungen aus dem Internet zurückgreifen, weil es mir gelungen ist, selbst meinen Hausgeist mit meiner schlechten Laune und meinen Beschimpfungen zu vertreiben.

»Hast du dich beruhigt?«, fragt da eine Stimme neben mir.

Ich versuche, mir nicht anmerken zu lassen, wie dankbar ich Effie für ihre Rückkehr bin, deshalb grummele ich nur. »Den Laden kann ich wohl bald wieder dichtmachen.«

»Und dann möchtest du wirklich die Stellenanzeigen nach Jobs bei Steuerberatern durchforsten? Das war nur ein kleines Missgeschick. Das bekommen wir doch spielend wieder hin, du und ich.« Aufmunternd stupst sie mir in die Seite. Aber natürlich spüre ich nichts. Es wäre schön, wenn sie recht behielte. Aber ich zweifele daran, dass es uns gelingt, diese vermaledeite Situation zu retten. Hamburg zu verlassen und in der Einöde ein Café zu eröffnen, war eine echt dumme Idee. Warum also gebe ich den Irrtum nicht einfach zu und packe meine Sachen?

Weil ich mir eingestehen muss, dass mir ganz mulmig

wird bei dem Gedanken, mein zauberhaftes Café zu verlassen und wieder in einem winzigen Büro mit Blick auf grauen Asphalt im Kunstlicht zu hocken.

»Nun ja, das war aber auch ein sehr spezieller Tag.«

»Ja, schon komisch mit den Ratten. Ich habe hier noch nie eine gesehen. Seltsam, dass ausgerechnet gestern welche aufgetaucht sind. Und dann auch noch so publikumswirksam.«

»Jetzt sag nicht, das war ein Wink des Schicksals, der mir irgendetwas Tiefergehendes sagen soll«, brummele ich.

»Nein«, sagt sie nachdenklich. »Aber ich frage mich, ob das wirklich alles nur Zufall gewesen ist.«

»Was sollte es denn sonst sein?«, frage ich überrascht. Doch sie gibt mir keine Antwort, sondern guckt nur grüblerisch drein.

»Ich war gemein zu der Frau gestern, oder? Ich meine die, die von ihrem Mann verlassen wurde.« Verlegen beiße ich mir auf die Lippe. Fehler zuzugeben gehört zu den Stärken, die in meiner Familie nicht weit verbreitet sind.

Überrascht schaut Effie mich an. »Du meinst Gerda? Sehr freundlich warst du nicht gerade. Dabei ist sie eigentlich wirklich sehr nett, nur etwas traurig.«

»Gibt es irgendetwas, das sie besonders gerne mag?«, frage ich zerknirscht.

»Da wäre vielleicht etwas. Aber nein, das ist zu kompliziert … Sie wird dankbar für jede Kleinigkeit sein, die du ihr bringst. Schon dass du dich entschuldigst, ist mehr Aufmerksamkeit, als sie von den meisten Menschen gewohnt ist.«

Das ist so traurig, dass ich mich endgültig wie der letzte Unmensch fühle. »Spuck's schon aus. Trau mir ein bisschen etwas zu.«

Effie zieht die Augenbrauen hoch.

»Na ja, wenn du mir hilfst, sollte es doch ein Leichtes sein«, sage ich schnell und versuche ein charmantes Lächeln.

»Gerda schwärmt immer noch von der einzigen Reise, die ihr Verlobter je mit ihr gemacht hat. Eine Reise nach Paris. Sie sind über die Brücken geschlendert, und er hat ihr eine ganze Tüte Mandelbaiser geschenkt. Davon schwärmt sie immer noch.«

»Du meinst Macarons?«, frage ich eifrig. Die kenne ich aus den Hamburger Delikatessenläden. »Ich weiß, wo man die bekommt.«

»Und ich dachte schon, du wolltest selbst Hand anlegen«, sagt Effie ungewohnt spöttisch.

»Die kann man doch gar nicht selbst machen«, behaupte ich störrisch.

»Und was glaubst du, wie die in die Läden kommen? Vom Himmel gefallen? Ihr Städter, was denkt ihr eigentlich? Das Fleisch wird in der Tiefkühltruhe gezüchtet, und die Backwaren kommen in der Plastikverpackung zur Welt.«

Ich weiß, ich muss nicht jede Herausforderung annehmen, dennoch sage ich: »Na gut, dann lass uns loslegen.« Seit wann lasse ich mich so leicht provozieren? Vielleicht hätten meine Eltern einfach nur sagen brauchen »Studier auf keinen Fall Jura«, und ich hätte mich umgehend eingeschrieben? Wer hätte gedacht, dass doch noch so viel vom Trotzkopf Lexi in mir steckt.

»Damit habe ich keine Erfahrung, die habe ich auch noch nie gemacht«, gibt Effie zu.

»Macht nichts, wir schaffen das schon.«

Zumindest wird mich das von meinem eigenen Elend ablenken. Gerdas Geschichte hat mich wieder an Lars und mich erinnert. In einer Sekunde denkt man noch, man sei die Hauptfigur in der Liebesgeschichte, in Wahrheit hat man nur die Nebenrolle in einem Affärendrama. Eilfertig hole ich mein Netbook. Das wäre doch gelacht, wenn Google mir kein Rezept für Macarons liefert.

Sag ich's doch. Ich bekomme Treffer im höheren sechsstelligen Bereich.

»Hat sie eine Lieblingssorte?«, frage ich.

Effie verdreht die Augen. »Ohne das Gerät würdest du keinen Tag überleben, oder?«

Darauf gehe ich gar nicht ein, sondern speichere schnell das Grundrezept ab. Der Rest sind dann offenbar nur Aromen und Lebensmittelfarbe.

Da kommt mir eine Idee. Der Wunsch, nicht über mich selbst nachzudenken, dafür aber Gerda eine Freude zu machen und es Effie zu zeigen, entlockt ungeahntes, schöpferisches Potenzial.

Ein weiterer Suchbefehl liefert mir die Antwort auf die Frage nach dem richtigen Aroma: Für Wärme und Leidenschaft steht Zimt, Vanille für Zärtlichkeit und Liebe. Das dürften ja wohl die Empfindungen sein, nach denen Gerda sich sehnt?

Effie nickt begeistert, als ich ihr meine Erkenntnisse mitteile. »Die Idee gefällt mir richtig gut! Toll gemacht, Lex… Alexandra.«

Mit stolz geschwellter Brust strahle ich sie an. Geleitet von purer Euphorie springe ich weiter durch die Küche, um nach vielversprechenden Zutaten zu suchen, aus denen ich kleine Wunder fertigen kann. Und diesmal tue ich das nicht, weil die Erstellung von Backwerk nun einmal die Grundvoraussetzung ist, um ein Café zu führen, sondern weil ich wirklich Lust habe, meinem Einfall Taten folgen zu lassen.

»Und wie färben wir sie dann? Rot?« Effie reibt die Hände aneinander und lacht befreit. Ausnahmsweise habe ich sie mit meiner Begeisterung angesteckt anstatt anders herum.

»Gute Idee! Das ist doch die Farbe der Liebe, oder?«

» Ich bin dabei! Zumindest habe ich schon alle möglichen anderen Arten von Baiser hergestellt, deswegen kann ich dir vielleicht wirklich helfen.«

Effie erklärt mir, wo ich alles finde, wie ich Mandeln mit dem Mörser zermahle, weil sie so angeblich viel besser schmecken als fertig gemahlene Mandeln, wie wichtig die präzise Menge an Eiweiß ist, damit die empfindlichen Teile keine Risse bekommen, wie lange ich rühren muss, damit der Zucker gerade aufgelöst, der Teig aber nicht zu flüssig wird. Das ist richtig anstrengend, aber am Ende betrachte ich das Ergebnis – die gleichmäßigen Kreise, die ich auf dem Backblech mit einem Esslöffel verteilt habe – und finde es wunderschön.

»Ich glaube, das wird was«, sage ich stolz zu Effie.

Liebevoll blickt sie mich an. »Das glaube ich auch, ganz sicher.«

Meine Wangen fangen vor Röte an zu brennen, an Lob habe ich mich immer noch nicht so richtig gewöhnt. Als ich gerade das Blech herausgenommen und zum Abkühlen beiseitegestellt habe, betreten Carlie, Tom und Bob das Café.

»Was duftet hier so gut?«, fragt Carlie neugierig.

»Hallo!«, rufe ich begeistert.

»Wieso bist du denn so gut gelaunt?«, will Carlie wissen. Misstrauisch beäugt sie mich. »Bist du denn gar nicht sauer? Eigentlich wollte ich mich wegen gestern entschuldigen. Aber auch nur, weil Tom mich gezwungen hat.«

Sauer wegen gestern? Ich war so versunken, dass ich

nicht einmal mehr an die Verzweiflung von gestern gedacht habe. Ich glaube, ich habe mich noch nie so sehr in einer Sache verloren, dass ich zu denken aufgehört habe. Zu blöd, dass mein Geschäft schon ruiniert ist, wo ich gerade anfange, den Spaß daran zu entdecken.

Sofort sinkt meine Stimmung wieder in den Keller.

»Schon gut. Hättest du nicht einen meiner Gäste niedergeschlagen, wären da immer noch die Ratten.«

»Ich muss schließen, oder?«, frage ich Tom, der im Gegensatz zu mir die Nerven hatte, mit dem Kontrolleur ein längeres Gespräch zu führen.

»Nein«, sagt er lächelnd. »Musst du nicht.«

»Nein?«, frage ich überrascht.

»Ich habe gesagt, dass du rein gar nichts dafür kannst. Die Ratten seien die Haustiere meiner ungezogenen kleinen Schwester gewesen, an denen sie so sehr hängt, dass sie vor Kummer meine Chefin niedergeschlagen hat, nachdem diese die Viecher plattgemacht hat.«

Sprachlos schaue ich ihn an. Dann umarme ich ihn einfach. Und danach Carlie.

»Eigentlich wollten wir dir helfen, das Chaos zu beseitigen, und dich ein wenig aufrichten. Aber offenbar hast du beides ganz prima allein hinbekommen.« Tom grinst und schaut auf die Macarons. »Die duften aber gut. Die hast du ganz alleine gemacht?«

Schon wieder bringt er meinen Gefühlshaushalt völlig durcheinander.

»Ja, die habe ich selbst gemacht«, sage ich. »Na ja, mit Hilfe des Internets.«

Effie schnaubt beleidigt.

»Und mit Hilfe der genialen Rezeptsammlung meiner Tante natürlich«, füge ich schnell hinzu.

Effie lächelt glückselig.

»Die sehen klasse aus.« Bevor ich auf seine überraschte Äußerung einen schmollenden Kommentar abgeben kann, macht er einen Gedankensprung. »Aber komisch war das schon«, sagt Tom. »Die Sache mit den Ratten und dem Kontrolleur gestern, der zufällig ausgerechnet an diesem Tag auftaucht.«

»Das Gleiche hat Eff… ich meine, darüber habe ich auch schon nachgedacht.«

Bob betrachtet mich nachdenklich. Komisch, je häufiger ich ihn ansehe, desto vertrauter kommt er mir vor, dabei habe ich ihn erst drei Mal gesehen – wenn man die Vergangenheit nicht einbezieht. Er ist der typische, gütige Lieblingsonkel, den ich bislang nur aus Romanen kannte. Bestimmt hat er mir früher immer die allerleckersten Bonbons mitgebracht und dafür jede Menge Ärger von meiner Mutter einkassiert.

»Meinst du, jemand könnte dir schaden wollen?«, fragt er und runzelt besorgt die Stirn.

»Ich kenne hier doch noch niemanden. Deswegen glaube ich eher an einen wirklich doofen Zufall.«

»Ich kann mir auch nicht vorstellen, dass jemand Alexandra schaden möchte«, sagt Carlie. »Und eigentlich sind wir doch hier, um sie aufzumuntern. Wir wollten dir nämlich vorschlagen, dass du dir von Tom die Gegend zeigen lässt, während Bob mir netterweise hilft, hier alles in Ordnung zu bringen. Jetzt hast du uns den Spaß schon abgenommen. Aber wie wäre es, wenn ich hier die Stellung halte und du trotzdem spazieren gehst? Ich wette, du hast hier noch nichts gesehen und kannst etwas frische Luft sicher gut gebrauchen! Und ich würde nicht mal Geld dafür nehmen.«

»Und mich braucht ihr jetzt wohl gar nicht mehr«, ruft Bob gespielt empört.

Ich verfalle mal wieder in meine Denkstarre, die sich immer meiner bemächtigt, wenn man von mir verlangt, spontan und flexibel zu sein. Ich habe eigentlich keine Lust, mit Tom spazieren zu gehen, und finde es auch verantwortungslos, den Laden in der Not alleine zu lassen.

»Ich habe dir doch gesagt, es ist eine verdammt schlechte Idee, sie zu überrumpeln«, sagt Tom zu Carlie.

Carlie stöhnt. »Tja, du hattest recht. Ohne die hier geht es nicht«, sagt sie, während sie meine Liste des Tages vom Tisch nimmt und hochhält. »Langweilig«, ergänzt sie und betrachtet ihre Fingernägel.

Schneller als ich es denken kann, höre ich mich mit in die Hüften gestützten Händen und zornfunkelnden Augen sagen: »Carlie, falls ein Gast kommt, schlag ihn bitte nicht gleich nieder, Tom, ich gehe mit dir spazieren, sobald ich diese Macarons fertig gestellt habe, und Bob …«, ergänze ich einer plötzlichen Eingebung folgend. »Ich wäre dir sehr dankbar, wenn du Gerda die Macarons mit lieben Grüßen und einer Karte von mir bringen könntest. Und jetzt setzt ihr euch alle nach draußen, trinkt einen Kaffee und lasst mich hier noch fünf Minuten in Ruhe, alles klar?«

Tom und Carlie schauen sich an und grinsen. »Bravo!«, ruft Bob und klatscht in die Hände. »Das ist die alte Lexi!«

Irgendwie fühle ich mich ausgetrickst, als ich die drei mit einem triumphierenden Grinsen den Raum verlassen sehe.

Ich hole noch einmal tief Luft und bereite dann die Füllung für die Macarons vor – ich habe mich für eine Mischung aus Brombeermarmelade und Zimt entschieden, die Vanille hatte ich schon mit dem Zucker für die Teigdeckel gemörsert.

»Hast du irgendwo vielleicht eine kleine Klarsichttüte, etwas Geschenkband und eine Pappkarte?«, frage ich dann Effie.

»Habe ich«, sagt sie fröhlich. »Komm, ich zeige dir, wo.«

Als ich alles Notwendige zusammenhabe, tüte ich die Macarons ein, kringele das Geschenkband mit einer Scherenkante und loche die Pappkarte in der Ecke, um sie an die Tüte zu binden.

»Wie heißt sie denn mit Nachnamen?«, frage ich Effie.

»Du kannst sie Gerda nennen.«

»Damit warte ich, bis sie es mir selbst angeboten hat. Also wie?«

»Meinst du, du schaffst es heute noch mal, diesen Kommandotonfall wieder abzulegen? Dann verrate ich dir, dass sie Aukrug heißt.«

Verlegen schlucke ich. Sie hat recht, ich klinge wie ein Feldwebel. Zum Ausgleich schreibe ich die Karte fünfmal neu, bis Effie ihren Inhalt nicht mehr zu steif findet, was bedeutet, dass wir uns doch auf Gerda einigen.

»Liebe Gerda, ich bitte Sie, mir mein schreckliches Benehmen zu verzeihen, das nur der Aufregung geschuldet war. Sie und ich hatten recht: Ich bin leider nicht meine Tante. Aber in Zukunft möchte ich Sie genauso herzlich willkommen heißen. Ich würde mich wirklich freuen, wenn Sie mir die Chance dazu geben und meinem Café wieder einmal einen Besuch abstatten. Alles Liebe, Alexandra.«

»Und du willst ihr die Kekse wirklich nicht selbst bringen? Ich komme auch mit«, bietet Effie an.

»Nein«, sage ich zögernd. »Ich glaube, Bob sollte das tun – das sagt mir mein … Bauchgefühl. Lass uns selbst mal die Macarons probieren.« Ich halte ihr eines der fünf

Exemplare hin, die ich zurückbehalten habe. »Falls sie schmecken, gebe ich den anderen Ungläubigen da draußen auch noch etwas ab.«

»Du hast fünf überbehalten? Das heißt, eine davon ist für mich?«

»Na klar, ohne dich hätte ich das doch nie hinbekommen«, gebe ich kleinlaut zu bedenken, während ich ihr einen Macaron hinhalte. Gerührt tut sie so, als würde sie danach greifen und ihn in den Mund schieben. Dann schaut sie erwartungsvoll zu, wie ich mir das kleine knallrote Wunder selbst einverleibe. Zusammen mit meinem eigenen. Und, was soll ich sagen, sie schmecken köstlich. Ich bin ganz begeistert. Selbst ich schmecke, dass sie nicht so seelenlos wie meine Kuchen sind. Ich bin so überzeugt von den kleinen Dingern, dass ich ohne zu zögern hinauseile, um die anderen an meinem Glück teilhaben zu lassen.

»Bitte sagt eure Meinung aber ganz ehrlich.«

Bob, Tom und Carlie greifen zu.

Tom blickt misstrauisch auf die rote Makrone: »Giftige Farbe!«

Selbst Carlie und Bob blicken zweifelnd drein. Beleidigt schaue ich in die Runde. »Sagt, der, der lila Hühnchen serviert.«

Nach den ersten Bissen ist meinen Probanden die Verblüffung ins Gesicht geschrieben. Sie schmecken ihnen! Jetzt verstehe ich, was Betty meinte. Dies ist das erste Mal, dass ich etwas gebacken habe, weil ich es unbedingt wollte. Mit Bauchgefühl – und nur etwas Recherche, aber das ist ja wohl nicht verkehrt. Zu sagen, ich hätte es mit »Liebe« zubereitet, wäre vielleicht etwas hochgegriffen, aber ich habe es mit Begeisterung getan, und es hat gewirkt. Ich leiste Abbitte – eine Prise Magie ist vielleicht doch bei guter Backkunst dabei. Ob mir so ein Coup noch einmal gelingt?

»Die sind echt …«, fängt Carlie an.

»Unglaublich lecker!«, ergänzt ihr Bruder. »Kann ich noch einen haben?«

»Nein«, sage ich streng. »Der Rest ist in dieser Tüte, und Bob wird sie zu Gerda bringen.«

»Aye, aye, Ma'am«, sagt Bob und nimmt mir die Tüte aus der Hand. »Bin schon unterwegs. Vielleicht bietet sie mir ja einen der leckeren Kekse zur Belohnung an.«

Mit einem Augenzwinkern verabschiedet er sich und schwingt sich auf sein Fahrrad.

Allein mit Carlie und Tom weicht die neue Selbstsicherheit. Ich habe Angst, gleich mit Tom alleine gelassen zu werden. Vielleicht finden wir ohne Carlie als verbindendes Element gar kein Gesprächsthema, so dass er mich schließlich auch als hoffnungslose Langweilerin abschreibt, nachdem ich gerade ein paar Bonuspunkte eingeheimst habe.

»Vielleicht ist es doch besser, ich bleibe hier und …«

»Unsinn«, ruft Carlie und schiebt mich auf die Straße, auf der Tom sein Auto geparkt hat, während ihr Bruder mich an meiner Hand dorthin zieht. Mein erster Impuls ist, sie zurückzuziehen, aber dann lasse ich ihn gewähren. Eigentlich fühlt es sich nämlich ganz gut an.

»Viel Spaß«, ruft Effie und winkt.

»Du kommst nicht mit?«, rufe ich entsetzt über meine Schulter.

»Na ja, einer muss ja auf das Café aufpassen«, sagt Carlie irritiert. »Keine Sorge, mein Bruder ist ganz in Ordnung, auch wenn man das nicht immer gleich merkt.« Neckend streckt sie ihm die Zunge raus.

Effie, die natürlich weiß, dass mein Flehen eigentlich

ihr galt, zuckt nur grinsend mit den Achseln und winkt mir zum Abschied zu. Frustriert stapfe ich neben Tom her zu seinem Auto. Er lässt meine Hand los und öffnet die Beifahrertür. Ein echter Gentleman. Sobald wir im Auto sitzen, setzt das gefürchtete Schweigen ein. Vielleicht fällt ihm auch gerade auf, dass wir noch nie ein Wort unter vier Augen gewechselt haben. Mit einem schiefen Lächeln fragt Tom: »Irgendwelche Musikwünsche? Lieblingsbands? Ein paar CDs habe ich.«

Nicht einmal Lieblingsbands habe ich vorzuweisen, ich leidenschaftsloses Ding. Wenn Lars und ich Musik hören wollten, lief meist das Radio. »Hast du vielleicht etwas von Schubert?«, ist das Erste, was mir einfällt. Das war mein Lieblingskomponist und großes Vorbild, als ich noch Klavierstunden hatte. Klinge ich jetzt wie eine alte Dame?

Zu meiner Überraschung lacht er. »Du wirst dich wundern, damit kann ich tatsächlich dienen. Du bist also insgeheim Romantikerin?« Er greift in sein Handschuhfach und streift dabei mit dem Unterarm meinen Bauch. Und auch wenn es mir peinlich ist, das zuzugeben: Die unbeabsichtigte Geste fühlt sich verdammt aufregend an. Schnell versuche ich meine Fassung zurückzugewinnen. »Nein, ich schätze nur sein Werk«, sage ich schnell

»Ich schätze nur sein Werk«, äfft er mich nach. Habe ich wirklich so blasiert geklungen? Er greift eine beschriftete CD heraus und legt sie ein. Schon bei den ersten Takten bereue ich meinen Entschluss. Ich hatte ganz vergessen, wie wehrlos Musik macht, die einen wirklich berührt. War die Landschaft immer schon so schön, die Hügel im Vergleich zum platten Land rund um Hamburg so reizvoll? Musik verändert immer gleich den Blick auf die Umgebung, wie der Soundtrack erst die Bedeutung der Bilder in einem Film mitbestimmt: Ein Mann und eine Frau fahren durch einen wunderschönen Herbstwald in Rot, Gold und Braun. Ob sie sich wohl noch küssen? Es ist, als würden sich selbst die fallenden Blätter am Takt der Musik orientieren – als hätten sie unendlich viel Zeit, segeln sie zu Boden. Ich schlucke, peinlich berührt über den Gang meiner Gedanken.

»Darf ich mal gucken, was du sonst noch so hast?«

Er nickt. Eifrig durchwühle ich das Handschuhfach und finde dort eine interessante Mischung.

»R.E.M?«, frage ich.

»Das sind die Besten.«

Mir fallen ein paar Titel der Band ein, die ich auch gerne mag, aber die sind mir ebenfalls zu gefühlvoll. Erleichtert greife ich zu, als ich eine »Rage against the Machine« finde. Als Tom die ersten Klänge von »Killing in the name of« hört, lacht er so laut auf, dass ich mich ertappt fühle.

»Gut, dann bist du eben eher eine von den Harten.« Er grinst. Als ich nicht antworte, sieht er mich aus finster zusammengekniffenen Augen an und skandiert laut: »Never do what they told ya.«

Ich muss lachen. Gleich fragt er mich noch, ob ich insgeheim eine Rebellin bin. Doch da hält der Wagen schon, und Tom stellt den Motor ab. »Wir sind da.«

»Wo eigentlich genau?«, frage ich.

»Am Liebesbankenweg – der müsste einem Schubert-Fan doch gefallen.«

Ich seufze schwer, was Tom schon wieder zum Lachen bringt. Irgendwie fühle ich mich nicht ernst genommen.

»Mach dir keine Sorgen. Ich wusste nur nicht, wie fit so eine Flachländerin ist. Der Weg hat kaum Steigungen und ist trotzdem hübsch.«

»Wanderst du viel?«

»Ich biete sogar Wandertouren an.«

»Ein wandernder Landschaftsarchitekt, der derzeit als Gärtner arbeitet also?«, murmele ich belustigt. Dann fallen mir Carlie und ihre zig Einnahmequellen ein. »Was macht jemand wie du eigentlich in so einem kleinen Harzdorf?« Das ist mir rausgerutscht, bevor ich darüber nachdenken konnte.

»Was macht eine Steuerfachangestellte denn hier?«

Touché – darauf fällt mir so schnell keine schlagfertige Antwort ein, zumindest keine knappe.

Tom zuckt mit den Achseln. »Das Leben halt. Keine Ahnung. Ich habe für große Projekte gearbeitet und in großen Städten gelebt. Ich war nicht richtig glücklich. Hier gefällt es mir wohl besser. Ich mache, was sich ergibt und woran ich Freude habe. Derzeit mag ich es, Leuten die Gegend zu erklären, in der ich mich zu Hause fühle, und Bäume gedeihen zu lassen.«

Und dann war da ja noch diese Sandra, denke ich, genauso wie bei mir da mal ein Lars war. Ein Harzdorf für gebrochene Herzen.

Ich frage mich, wie Carlie und er so leben können – in wechselnden, nicht gerade gut bezahlten Jobs. Keine Aufstiegsmöglichkeiten, keine Sicherheiten, immer wieder an neue Umstände gewöhnen …

Als könne er meine Gedanken lesen, sagt er: »Du wirst sehen, man hat viele Freiheiten, wenn man keine Miete zahlen muss. Zum Beispiel die Freiheit, nicht bis zum Umfallen in stickigen Büroräumen zu arbeiten, nur für die Anerkennung von den falschen Leuten oder das bisschen mehr Kohle, das man nicht genießen kann, weil dafür keine Zeit bleibt.«

Ich höre da eine leichte Verbitterung raus. Aber statt

nachzubohren, denke ich schweigend über das nach, was er gesagt hat, während ich durchs Herbstlaub stapfe. Eigentlich habe ich keine Ahnung, warum man unbedingt Beförderungen oder mehr Geld braucht, als man für das tägliche Leben benötigt. Man will doch einfach vorankommen im Leben, und das Gefühl sollte irgendwie messbar sein, oder nicht? Ich denke an meinen Workaholic-Vater und meine Co-ehrgeizige Mutter und bin mir auf einmal nicht mehr so sicher. Ich habe meine Mutter in unserer Alstertal-Villa nie so lächeln sehen wie auf dem Foto in dem Blümchenkleid neben der Schaukel. Ich mache mir eine gedankliche Notiz, weil ich meinen Block im Haus vergessen habe: endlich Effie nach Vorfall mit meiner Mutter befragen.

»Jetzt schau nicht so ernst drein, schließlich soll ich dich aufmuntern«, sagt Tom.

Beharrlich ignoriere ich die Enttäuschung, die sich bei diesen Worten in mir breitmachen will. Mir doch egal, dass er nur im Auftrag Carlies mit mir spazieren geht. Eigentlich wollte ich ja auch gar nicht.

»Hey, hallo«, ruft er hinter mir.

Ich drehe mich um. Eine Ladung Laub klatscht mir ins Gesicht. Wütend gehe ich auf ihn los, nehme eine Handvoll Blätter und werfe sie in seine Richtung. Doch das Laub, das ich erwischt habe ist staubtrocken und deshalb viel zu leicht, um als Wurfgeschoss eingesetzt zu werden. Ein leichter Windstoß greift es sich, wirbelt es einmal umher und weht es direkt auf mein eigenes Haupt. Tom lacht Tränen und unfreiwillig muss ich in das Gelächter einstimmen. Mit gespielt pikierter Miene zupfe ich mir Blätterreste aus den Haaren.

»Ich glaube, da musst du noch ein wenig an deiner Technik feilen. Oder sehe ich etwa aufgemuntert aus?«, grummele ich.

»Eigentlich schon. Du solltest öfter über dich selbst lachen«, sagt er mit einem schiefen Lächeln. »Aber was würde dich denn wirklich glücklich machen?«

»Nun, vielleicht ein überzeugender Plan, wie ich den Laden zum Laufen bringe«, sage ich seufzend.

»Ganz einfach«, sagt er. »Mit Geduld und Hingabe.« Er schaut mir so tief in die Augen, dass ich für eine Sekunde vergesse, dass wir über den Laden reden. Geduld und Hingabe. Geduld und Hingabe, pocht es in meinen Hirnwindungen wie ein Mantra, das von mir angenommen werden möchte. Mir war bis eben nicht aufgefallen, dass Toms Augen grün sind, ich hatte sie für blau gehalten. Sie sind aber nicht graugrün wie meine, sondern richtig tiefgrün. Ich drehe mich schnell um und murmele nur: »Na, wenn das so einfach ist.« Betreten gehe ich weiter.

»Vielleicht solltest du auch lernen, mal abzuschalten, die Dinge nicht zu überdenken, sondern auf dich wirken zu lassen. Schau dich um, ist deine neue Heimat nicht verdammt schön?«

Wir haben den ersten Aussichtspunkt erreicht, und ich kann es nicht leugnen. Durch Fenster aus Ästen und flammenfarbenen Blättern sehe ich auf das Tal mit dem kleinen Kirchturm. Es ist ein bezaubernder Ausblick.

»Ganz nett«, brumme ich.

Er schubst mich spielerisch. Diesmal knuffe ich ihn grinsend zurück.

»Wollen wir uns einen Moment hinsetzen?«, fragt er.

»Wieso nicht … «, sage ich so lässig wie möglich, obwohl mir ein bisschen kribbelig bei dem Gedanken wird, mit ihm gemeinsam auf die romantischen Hügel und das Tal zu schauen. Nicht, dass es sich unangenehm anfühlen würde, mit ihm schweigend dazusitzen. Nur beschleicht mich die Wahnvorstellung, er könne meine Hand nehmen. Und die Ahnung, dass ich mich gar nicht wehren würde. Dabei liegt seine Hand ganz ruhig und nur ein wenig verfroren auf seinem Knie.

»Ehrlich gesagt bin ich nicht nur hier, um dich aufzumuntern. Ich habe Carlies Vorschlag genutzt, weil ich mit dir über etwas reden möchte.«

Mein Magen schlägt endgültig Purzelbäume. Ich hasse es, wenn mich komplizierte Gespräche unvorbereitet treffen. Und seinem Tonfall nach will er mich nicht fragen, ob ich Stiefmütterchen oder Primeln bevorzuge.

»Na dann«, sage ich wenig aufmunternd. »Was gibt es denn?«

»Es geht um Carlie.«

Erleichtert atme ich auf. Oder bin ich doch etwas enttäuscht?

»Schieß los.«

»Carlie ist nie so ganz über den Tod unserer Eltern hinweggekommen. Vielleicht, weil sie noch so jung war.«

Mein Herz krampft sich vor Mitleid zusammen, ohne dass ich in der Lage wäre, das laut zu äußern. Was sagt man in solchen Momenten? Bevor ich eine der üblichen Beileidsbekundungen brabbeln oder fragen kann, was passiert ist, redet Tom schon weiter.

»Danach hat sie mit diesem ganzen Magie-Quatsch angefangen. Sie ist sich so sicher, dass sie einen Weg findet, mit den beiden im Jenseits zu kommunizieren.«

Panisch schaue ich mich um, weil ich an Effie denken muss. Doch er missversteht meinen Blick und sagt schnell: »Carlie ist nicht verrückt, sie ist die beste Schwester, die man haben kann, und ich liebe sie wahnsinnig. Aber manchmal *macht* sie mich auch wahnsinnig«, sagt er grinsend.

Was wäre wohl gewesen, wenn ich noch einen Bruder und eine Schwester zum Liebhaben, Ärgern und Herumalbern gehabt hätte? Ich glaube, das hätte mir gefallen. Ich glaube, dann würden mir manche Dinge nicht so schwerfallen.

»Was ich eigentlich sagen wollte: Mir ist aufgefallen, dass du vorhin deinen Pullover falsch herum getragen hast, wie es Carlie manchmal tut, wenn sie auf eine glückliche Fügung hofft.«

Von hinten durch die Brust ins Auge – war ja klar, dass meine Wenigkeit irgendwann noch ins Spiel kommen musste. Ich fühle mich ertappt und erröte.

»Ich denke mal, dass du nur mitspielst, um Carlie einen Gefallen zu tun.«

Ich gebe einen nichtssagenden Laut von mir, der hoffentlich Ja oder Nein bedeuten kann. Er weiß also, dass wir »gezaubert« haben, aber er denkt doch wohl nicht, wir hätten versucht, Tote herbeizubeschwören?

»Ich will nicht, dass es wieder losgeht mit dem ganzen Magie-Kram. Sie hat eine ganze Weile nicht mehr darüber geredet. Nicht, dass es wieder von vorne losgeht.«

»Ach so, alles klar, ich verspreche, keine magischen Handlungen mehr mit Carlie vorzunehmen«, sage ich schnell und hoffe, dass das Thema damit abgeschlossen ist.

»Ich habe mir schon gedacht, dass du nicht der Typ bist, der an Gespenster und Magie glaubt«, sagt er und grinst mich offen an. Ich möchte zustimmend kichern, bekomme aber nur ein Gurgeln heraus. Natürlich glaube ich nicht an Geister, ich lebe nur zufällig mit einem zusammen.

»Ach so – und dann wollte ich dich noch vorwarnen. Carlie hat eine ganz tolle Idee, mit der sie Gäste anlocken will«, sagt Tom und hebt gespielt verzweifelt die Schultern an.

»Oh, nein. Soll ich nackt aus einer selbst gebackenen, pinken Torte hüpfen?«

Verblüfft guckt er mich an, dann lacht er laut los. »Mich hättest du dann jedenfalls als Dauergast.«

Nachdenklich schaue ich geradeaus und überlege, ob es schlau ist, unseren kleinen Flirt weiterzuführen. Ich kann ja nicht wirklich schon über Lars hinweg sein. Und Tom ist der Typ, der vielleicht morgen schon wieder als Landschaftsarchitekt nach New York zieht – mit Frauen wie Sandra, die ich mir schon allein deshalb glamourös vorstelle, weil es ihr gelungen ist, einen Mann wie ihn in tiefe Niedergeschlagenheit zu stürzen.

»Und was würde Sandra dazu sagen?«

Sollte es tatsächlich gerade so etwas wie eine romantische Stimmung zwischen uns gegeben haben, habe ich sie erfolgreich zerstört. Das verraten mir seine zusammengezogenen Brauen.

»Dass meine Schwester auch nie den Mund halten kann«, grummelt er.

»Aber …« Ich beiße auf meine Lippe. Beinahe hätte ich Carlie in Schutz genommen, mit dem Hinweis, dass Effie bei dem Abendessen ja keinen Deut verschwiegener war.

»Bevor der ganze Tratsch bei dir ankommt, gebe ich dir lieber eine kurze Zusammenfassung der eigentlich nicht sonderlich spannenden Ereignisse«, sagt Tom mit gequältem Lächeln.

Als ob die Gefahr bestünde, dass irgendjemand in diesem Ort mit mir tratscht. Dennoch hänge ich an Toms Lippen, als er mir von seiner gescheiterten Beziehung mit Sandra erzählt. Ich spüre sogar den fiesen Stachel der Eifersucht, als ich mir die Frau bildlich vorstelle: kreativ, schön, erfolgreich.

Die Architektin und der Landschaftsarchitekt hatten wohl große Pläne für die Zukunft. Sie jetteten durch die Gegend, betreuten gemeinsam erfolgreiche Projekte und weil sie auch optisch etwas hermachten, sicherte ihnen das die Aufmerksamkeit der Medien. Schnell wurden sie das Vorzeigepaar des noblen Karma-Konsums: Grünes, nachhaltiges und sauteures Wohnen ist schwer gefragt.

Während ich Tom zuhöre, merke ich, wie ich immer ungnädiger darauf warte, dass es endlich zum bitteren Finale kommt, in dem diese ach so perfekte Welt zerschlagen wird. Gleichzeitig schäme ich mich für den Impuls, denn Tom ist der netteste, interessanteste Mann, den ich seit Langem getroffen habe. Er hätte Glück verdient. Doch Sandra strebte schließlich nach immer mehr Konsum und immer weniger Karma.

»Und ich habe mich bei jedem Händeschütteln mit all diesen wichtigen Leuten immer leerer gefühlt. Mir war nach einem Stück Natur, das nicht von Menschenhand künstlerisch umzirkelt ist. Irgendwann konnte ich die Fragen in meinem Kopf nicht mehr ignorieren: Was machst du hier eigentlich? Macht dich das glücklich?«

»Hm«, sage ich nachdenklich. »Klingt in meiner Situation gerade ein bisschen nach Luxusproblem.« Was würden andere Menschen für eine solche Chance geben? Wer sagt denn, dass ein Beruf pausenlos erfüllend sein muss. »Und du hast einfach alles hingeworfen?«

Tom lächelt und schüttelt den Kopf. »Nun, ich würde das anders sehen. Ich würde sagen, ich bin in mich gegangen, habe mir überlegt, was ich will, und habe mir dann ein

Leben gebastelt, das in den Augen der anderen vielleicht nicht perfekt ist, mich aber glücklich macht.«

»Und was war mit Sandra?«, frage ich neugierig.

»Unsere Leben hätten zusammen nicht funktioniert«, sagt er ausweichend. Verständnislos schaue ich ihn an.

»Wie du willst«, sagt er. »Sie ist komplett ausgerastet, hat geschrien, geweint und mich schließlich vor die Wahl gestellt: entweder so mit ihr weiterleben wie bisher, oder wir gehen getrennte Wege. In ihren Augen war ich ein Versager.«

»Und du hast dich für dies hier entschieden?«

Er lächelt gequält. »Nun, eine lange Frist hat sie mir nicht gelassen. Zwei Wochen später hat sie mit einem Kunden geschlafen. Danach hat sie mir gestanden, dass sie das nur getan hat, um mir zu zeigen, was ich verliere, wenn ich nicht nachgebe. Spätestens da war mir klar, dass sie nicht die Frau fürs Leben ist.«

»Bereust du, dass du gegangen bist?«

»Nein. Ich hätte gerne in Ruhe eine Entscheidung getroffen. Sandras Betrug hat meinen Ausstieg so beschleunigt, dass ich selbst nicht mehr wusste, ob das nun eine Flucht oder eine bewusste Wahl war. Heute weiß ich aber, dass ich mich in jedem Fall so entschieden hätte. Ich war in sie vernarrt, aber hinterher ist mir aufgegangen, dass ich sie nie richtig sympathisch fand. Das ist schon merkwürdig …«

Ich weiß nicht, was ich dazu sagen soll. Ich überlege, ob ich schon mal so Hals über Kopf in jemanden verknallt war. Bei Lars kann ich nicht wirklich über rasende Anziehungskraft sprechen. Uns hielt wohl eher Bequemlichkeit zusammen, denke ich traurig und fühle mich um eine Erfahrung betrogen. Wieder einmal fällt mir auf, dass ich ihn gar nicht vermisse. Was sagt das über mich aus, dass ich nicht wirklich in ihn vernarrt war, ihn im Nachhinein wohl auch nie sympathisch fand und trotzdem so lange bei ihm geblieben bin?

»Und was hat dich nun wirklich hierherverschlagen?«, fragt er plötzlich.

Erschrocken sehe ich ihn an. Ich überlege kurz, ihm zu erzählen, dass ich schon immer gerne ein Café in der Provinz führen wollte. Andererseits will ich ihn für seine Ehrlichkeit nicht mit einer so wenig glaubwürdigen Lügengeschichte abstrafen. Wer würde mir das in meiner momentanen Lage schon abnehmen?

»Och, dasselbe«, sage ich stattdessen leichthin und mache eine wegwerfende Handbewegung, um meiner eigenen Liebestragödie nicht zu viel Bedeutung beizumessen.

Tom durchschaut mein pseudolässiges Gehabe sofort. Als wir uns ansehen, müssen wir gleichzeitig loslachen. Nach diesem Eisbrecher gibt es kein Zurück. Ich erzähle ihm alles. Leider kann ich Lars und mich wohl nicht als glamouröses Traumpaar der Finanzwelt ausgeben, dafür trumpfe ich aber mit einer spektakulären Schlussszene auf, mitsamt Plüschhandschellen und Kotz-Vase.

»Was das Ende angeht, hast du definitiv den Hauptpreis für Dramatik gewonnen!«, sagt Tom und klopft mir halb tröstend, halb belustigt auf die Schulter.

Wenn ich daran denke, wie beschämend und widerlich sich die Geschichte angefühlt hat, bin ich dankbar, sie ihm nun erzählt zu haben. Mich mit ihm darüber lustig zu machen, zieht den schlimmsten Stachel.

»Und, bist du hier glücklich mit dem, was du machst?«, fragt er interessiert.

Komisch, genau die gleiche Frage habe ich mir bei seiner Entscheidung gestellt, alles hinter sich zu lassen und hierherzuziehen. Diese tiefe Zufriedenheit, die von ihm ausgeht, die so völlig unabhängig von dem Lob und der Anerkennung anderer ist.

Sandra hat sich geirrt. Er ist ganz sicher kein Versager, nur weil er dem glamourösen Leben den Rücken gekehrt hat. Ganz im Gegenteil – er hat eine schwierige Entscheidung getroffen und damit richtiggelegen.

»Nicht jeder kann eine Bestimmung haben.« Ich sehe zu Boden.

»Nein, aber jeder sollte in seinem Leben und seiner Haut glücklich sein.« Ob ihn wohl irgendetwas wirklich aus der Fassung bringen könnte?

Ich sehe ihn wieder an, bis mir der Blickkontakt zu intensiv wird und ich fürchten muss, rot zu werden. Auch er sieht wieder geradeaus auf die Landschaft in Ocker, Weinrot und Grün. Das nutze ich für einen verstohlenen Seitenblick. Dieser Mann war vor einer Stunde noch ein quasi vollständig Fremder. Das kann ich mir kaum noch vorstellen. Ich weiß nur nicht, ob ich dieses Gefühl von Nähe gut oder schlecht finde. Er ist ohne Frage sehr attraktiv. So attraktiv, dass er sich bestimmt sowieso nicht ernsthaft für mich interessiert. Anders als die Frauen in seinem Umfeld – Carlie und Sandra zum Beispiel – bin ich ja nicht sehr aufregend und verzehre mich auch nicht gerade nach einem Leben voller Abenteuer. Er würde sich mit mir zu Tode langweilen und irgendwann merken, dass uns nur unser geteiltes Pech in der Liebe einander nähergebracht hat. In einer Stadt wie Hamburg, die überfüllt ist mit attraktiven, jungen Singlefrauen würde er mich höchstwahrscheinlich nicht einmal wahrnehmen. Hier gibt es eben nur kaum junge Frauen.

Der Gedanke ernüchtert mich. »Mir wird kalt«, sage ich.

»Wollen wir zurückfahren?« Diesmal weiche ich seinem prüfenden Blick aus.

»Na klar«, sagt er und steht auf.

Während der Autofahrt sagt keiner von uns ein Wort. Das Schweigen ist umso beredter, weil wir nicht einmal mehr das Radio einstellen. Plötzlich bin ich froh, wieder in mein neues Zuhause zu kommen, egal was für Baustellen auf mich lauern. Als Carlie mit fliegenden Locken auf mich zustürmt, drücke ich sie kurz und impulsiv an mich.

»Habt ihr euch gestritten?«, fragt Effie besorgt, die direkt hinter Carlie steht.

Überrascht schaue ich sie an und schüttele dann leicht den Kopf. Anscheinend spüre nicht nur ich die leichte Anspannung zwischen Tom und mir. Gut, dass sie zumindest meiner sichtbaren Freundin nicht aufzufallen scheint.

»Ich habe eine ganz tolle Idee«, ruft Carlie begeistert. »Wir machen einfach noch mal ein Eröffnungsfest. Und zwar in vier Wochen, denn da ist …?« Sie sieht uns erwartungsvoll an.

Auf der Suche nach einer Antwort, die in Carlies Augen sehr naheliegend sein muss, blicke ich Hilfe suchend zu Tom.

»Na, Samhain«, ruft Carlie empört, bevor ihr Bruder mir einen Hinweis geben kann.

»Ich habe versucht, dich vorzuwarnen, aber dann sind wir irgendwie vom Thema abgekommen«, sagt Tom mit einem Lächeln, das ein seltsames Ziehen in meiner Magengegend auslöst.

»Ich stehe immer noch auf dem Schlauch«, gebe ich bedröppelt zu.

»Ihr Banausen kennt diesen Tag wahrscheinlich als Halloween.«

Ich ignoriere Carlies angewiderten Gesichtsausdruck und freue mich darüber, dass ich mit diesem Begriff tatsächlich etwas anfangen kann: in Kürbisse geschnitzte Fratzen und als Dracula verkleidete Kinder, die ständig »Süßes, sonst gibt's Saures« brüllen. Nur was dieses Wissen meinem Laden nützen soll, geht mir nicht auf. »Ja und?«

»Na«, entgegnet Carlie in einem Oberlehrerinnen-Tonfall, den ich bei ihr noch nie gehört habe. »Falls es dir noch nicht aufgefallen ist: Du lebst nun in der deutschen Sagen-, Märchen- und Hexenregion schlechthin. Da wäre es doch nicht ganz dämlich, genau darauf Bezug zu nehmen. Wir feiern noch mal eine große Eröffnung, werben in allen umliegenden Dörfern und legen auch in den weiter entfernten Tourismuszentralen Flyer aus. An dem großen Tag backen wir dann Kuchen mit Spinnen aus Marzipan und Zuckerguss darauf, Gespenster aus Baiser und Muffins in Form von Gehirnen. Dazu servieren wir blutrote Cocktails. Und Tom hat ganz bestimmt noch irgendwo eine wunderhübsche, fleischfressende Pflanze. Guck nicht so ängstlich, Lexi, das wird total stilvoll.«

»Stilvoll?«, frage ich zögerlich. »Das klingt eher nach Rocky-Horror-Show.«

Carlie verdreht die Augen. »Du hast wirklich keine Fantasie. Überlass mir die Deko.«

»Die Idee ist doch gar nicht so schlecht«, sagt Tom und legt einen Arm um meine Schulter.

»Einverstanden«, sage ich, zu verwirrt von der plötzlichen Berührung, um mich noch gegen irgendetwas zu wehren. Warum sollte ich Carlie ausbremsen, wenn ich keine bessere Idee habe? Und wenn der Laden dann nicht läuft, muss ich das Haus verkaufen, füge ich innerlich hinzu. Meine Eltern werde ich sicher nicht anbetteln.

»Aber Lexi hat mit ihrem Einwand recht«, sagt Tom zu meiner Überraschung. Tja, den Spitznamen habe ich nun wohl sicher. »Vielleicht sollte man mehr in Richtung altmodische Gruselstimmung statt Horrorshow gehen? Die meisten Menschen, die hier leben, sind schon ein wenig älter, und wir wollen sie ja nicht abschrecken. Denn die Leute, die Lexi braucht, damit das Alltagsgeschäft läuft, sind nun mal nicht die 13-jährigen Starbucks-Kundinnen.«

»Schon gut, schon gut. Schränkt mich ruhig in meiner Kreativität ein. Und wie nett, dass ihr mir so viel schlechten Geschmack zutraut.« Carlie seufzt so schwer, dass wir lachen müssen.

Gegen meinen Willen fange ich an den folgenden Tagen an, zunehmend Hoffnung in Carlies Plan zu setzen. Das bedeutet auch, dass ich ihr in ihrer Begeisterung viel freie Hand lasse. Ich verhindere nur in letzter Sekunde, dass sie mit Kunstblut eingefärbte Bonbons an die teuren Flyer heftet.

Während sie das Fest vorbereitet, versuche ich, mir nicht so viele Sorgen über die Zukunft des Cafés zu machen, und arbeite stattdessen an meinen Backkünsten. Leider werde ich dabei nur selten von zahlenden Gästen unterbrochen. Sie bleiben immer noch aus. Sicher liegt das nicht nur an den Ratten, sondern auch an mir, denke ich traurig. Und wenn ich nun nie der Typ sein werde, der Menschen in ein Café lockt? Und schon wird die Hoffnung wieder zu Verzweiflung. Nur Effies Aufmunterungen halten mich davon ab, mir eine Hamburger Tageszeitung zu kaufen und dort die Stellenanzeigen zu durchforsten. So ungerne ich das auch zugebe: An diesen Tagen ist Effies Gesellschaft das

Einzige, was mich davor bewahrt, wahnsinnig zu werden. Und das, wo ich doch einmal dachte, sie sei ein Beleg für das Gegenteil.

Auch Bob hält mir die Treue und wird so nach und nach tatsächlich zu dem Lieblingsonkel, den ich nie hatte. Täglich schneit er herein und schüttet so viel Kaffee in sich hinein, wie in seinen hageren Körper geht. Wohin die drei Stücke Torte wandern, die er täglich ordert, vermag ich nicht zu sagen.

»Lecker«, sagt er immer wieder mit vollem Mund und beharrt darauf, den vollen Betrag zu zahlen.

»Das musst du wirklich nicht«, sage ich mehr als einmal. Als Besitzer eines Fahrradladens hat man sicher nicht viel Geld zu verschwenden, und ich will nicht, dass seine völlig unverdiente Sympathie für mich ihn in die Pleite treibt.

»Ich komme wirklich gerne«, beruhigt er mich. »Hier ist es, als wäre sie noch da, verstehst du?«

Er schaut ins Leere – und es ist so traurig, dass er nicht sehen kann, dass Effie genau dort sitzt. Sie freut sich immer so, wenn er vorbeikommt und zupft an ihrem Kleid herum, bis ihr einfällt, dass sie unsichtbar ist. Fast könnte man meinen, sie wären ineinander verliebt.

Meine Tante fasst sich dieses Mal bei seinen Worten an den Hals, in dem zu Lebzeiten nun sicher ein dicker Kloß gesessen hätte. Beklommen sehe ich zu, wie sie ihre andere Hand vergeblich auf seine zu legen versucht und dann schluchzend den Raum verlässt.

Ich bin so gebannt von der intimen Szene, dass ich für einen Moment vergesse, dass Bob sie ganz anders erlebt als ich. Und ich zucke heftig zusammen, als er sich plötzlich mir zuwendet.

»Die Gäste kommen sicher noch. Lass ihnen etwas Zeit.«

»Ich hätte Gerda nicht so anblaffen dürfen …«, sage ich zerknirscht.

»Wohl nicht«, murmelt er bedächtig. Dann überzieht plötzlich ein Lächeln sein Gesicht. »Aber ich glaube, diese kleinen, bunten Dinger, die ich ihr vorbeibringen sollte, haben Wunder bewirkt.« Grinsend deutet er zur Tür in meinem Rücken.

Herein tritt – ich mag es kaum glauben – Gerda. Nur, dass sie nicht so aussieht, wie ich sie in Erinnerung habe. Sie hat irgendetwas mit ihren Haaren gemacht, die jetzt in weichen Wellen bis zum Kinn fallen. Sie schlurft nicht, der Rücken ist gerade, und mit dem Hauch von altrosa Lippenstift sieht sie gar nicht mal so übel aus. Bob muss ein gutes Wort für mich eingelegt haben.

Nun ist es an mir, mein Benehmen ihr gegenüber auszubügeln. Ich stehe auf und lächele sie an. »Hallo, wie schön, Sie zu sehen! Ich hoffe, die Macarons haben Ihnen geschmeckt … Ich möchte mich gerne noch einmal persönlich entschuldigen, bitte verzeihen Sie mir.«

Zögernd ergreift sie die Hand, die ich ihr hinhalte. Erleichtert biete ich ihr einen Platz an.

»Ja, Gerda, hier ist noch ein Platz frei«, sagt Bob. Seine Lippen sind gespitzt, als wolle er pfeifen, stelle ich grinsend fest. Dann ist ihm ihre Veränderung wohl nicht entgangen. Und habe ich richtig gesehen, dass Gerda leicht errötet ist? Wer hätte gedacht, dass Bob so ein Schwerenöter ist.

»Na ja, einen Moment könnte ich mich ja vielleicht dazusetzen. Aber eigentlich wollte ich fragen, ob du noch ein paar von diesen besonderen Keksen hast?«

»Sie haben Ihnen also wirklich geschmeckt?«, rufe ich entzückt. »Leider waren es die einzigen. Aber ich habe eine wunderbare Blaubeer-Baiser-Torte.«

Enttäuscht wendet sie den Blick ab. Zugleich sinkt sie wieder in sich zusammen – wie die alte Gerda. Als wäre ein Funken in ihr erloschen. »Dann … ein anderes Mal vielleicht.« Abrupt steht sie auf und verlässt das Café.

Betroffen sehe ich ihr nach. Wie sehr wünschte ich, noch ein paar von den Macarons zu haben. »Sie mochte sie«, sage ich strahlend zu Effie, die sich beruhigt hat und uns wieder Gesellschaft leistet. »Dabei waren die doch nichts Besonderes«, füge ich schnell bescheiden hinzu. »So eine riesige Torte ist doch viel aufwändiger und schwieriger zu backen.«

Bob, der denkt, der Kommentar wäre an ihn gerichtet, zuckt die Schultern. »Ganz im Gegenteil, diese Dinger waren wirklich etwas ganz Besonderes!«

Doch Effie lächelt mir zu. »In ihnen scheint deine persönliche Magie zu stecken, du solltest diese Gabe nutzen.«

Genervt widerspreche ich ihr: »Mit Magie hat das ganz sicher nichts zu tun.«

Verblüfft schaut Bob zu mir hoch. Peinlich berührt stammele ich ein paar unzusammenhängende Silben vor mich hin.

Effie ist ganz aufgeregt. »Nein, es war etwas anderes. Du hast wieder ausgesehen wie Lexi – deine Augen haben geblitzt, deine Wangen waren gerötet, und du hast voller Ideen gesteckt. Das ist die Magie, die entsteht, wenn man das tut, wofür man gewissermaßen bestimmt ist. Nenn es von mir aus ›das gewisse Extra‹. Das fehlt den Kuchen, die du pflichtbewusst vor dich hingebacken hast, egal wie akribisch du dabei vorgegangen bist.«

Bei ihren Worten durchfährt mich ein aufgeregtes Kribbeln. Ich würde so gerne antworten, will aber nicht auch noch Bob als Gast vergraulen. Doch der macht schon

Anstalten zu gehen und hat mir mein Geld auf den Tisch gelegt.

»Danke«, sage ich und wir umarmen uns zum Abschied kurz.

»Tschüss, Bob«, murmelt meine Tante und schaut ihm wehmütig hinterher. »Hast du nicht auch das Gefühl, dass sich zwischen Gerda und Bob etwas anbahnt?«

»Kannst du das Kuppeln nicht lassen?«, frage ich lächelnd.

»Sie haben beide einen netten Menschen um sich verdient. Aber in diesem Fall hast du gekuppelt. Du hast schließlich Bob den Auftrag gegeben, Gerda deine tollen Kekse zu bringen«, sagt sie kichernd.

Ich überlege, ob sie vielleicht recht hat. Ich weiß nicht, welcher Instinkt mich verleitet hat, Bob zum Boten zu machen.

»Falls es dir gelungen ist, hättest du schon mal einen meiner Aufträge an dich erfüllt. Und das sogar ungefragt.« Sie lächelt mir strahlend zu.

»Und was soll ich jetzt tun? Nur noch Macarons anbieten? Ich weiß gar nicht, ob ich die noch mal genauso hinbekommen würde und bin mir sicher, dass Macarons nicht ausreichen, um die Kosten zu decken.«

Effie verdreht die Augen. »Stell dich nicht dumm. Erkenne die Zeichen und denke ein bisschen nach. Das kannst du schließlich so gut.«

Ratlos sehe ich sie an. Mit einem Mangel an Zeit fürs Grübeln kann ich mich leider nicht rausreden. Meine anderen beiden Stammgäste, Tom und Carlie, schauen erst am Abend vorbei. Ich bedaure, dass ich Carlie kaum noch zu Gesicht bekomme. Als Geschäftsführerin war ich allerdings erleichtert, als sie mich gebeten hat, nur noch zwei Tage in der Woche arbeiten zu müssen – denn für mehr kann ich kaum noch das Geld zusammenkratzen. Die wiederholten Kassenstürze beweisen es: An keinem Tag nehmen wir mehr als 80 Euro ein.

Als die beiden endlich kommen, erzähle ich ihnen von meinem Aufeinandertreffen mit Gerda.

»Vielleicht solltest du die Kekse standardmäßig anbieten«, schlägt Tom vor. »Ich weiß zwar nicht hundertprozentig, ob es wirklich die roten Dinger waren, aber als ich Gerda neulich getroffen habe, wirkte sie wie aufgeblüht.«

»Das ist wohl eher ihrem Überbringer zu verdanken«, entgegne ich. »Gerda ist vorhin errötet, als sie Bob gesehen hat.« Ich muss an Effies Worte denken. »Im Ernst«, füge ich hinzu. »Ihr seid nicht die Ersten heute, die meinen, ich solle die Macarons als persönliche Note einführen.«

Triumphierend schaut Effie in die Runde, doch natürlich zollt keiner ihrem Genie Tribut.

»Aber?«, fragt Carlie.

»Wozu soll das gut sein, wenn die Gäste doch alle wegbleiben, weil sie Effies Backkünste vermissen?«

»Weil sie vielleicht nicht nur Effies Torten vermissen, sondern vor allem auch Effie und die Begeisterung und Liebe, mit der sie ihr Handwerk verrichtet hat.«

Verlegen sieht Effie auf den Tisch.

Ich seufze schwer. »Aber wie soll ich diese Lücke mit meinen Amateur-Macarons füllen?«

»Mach dich nicht kleiner als du bist«, sagt Carlie. »Sonst wird das wirklich nie etwas.«

Hocherhobenen Hauptes verschwindet sie ins Bad.

Tom, der denkt, wir seien nur unter uns, tritt näher an mich heran. »Keiner verlangt, dass du genau wie Effie bist. Ich am allerwenigsten«, erklärt er mit einem charmanten Lächeln. »Du solltest es nur in einem Punkt wie Effie machen: Sei einfach immer du selbst. Und erweitere das für ein Café notwendige Standardprogramm durch eine eigene Nuance.«

Es ist mir zu peinlich, ihn darauf hinzuweisen, dass ich als ich selbst wohl eher Gäste vergraule als anziehe.

»Was hast du eigentlich in die Macarons reingetan?«, fragt Carlie neugierig, als sie sich wieder zu uns gesellt. »Wenn ich nicht sowieso schon an Magie glauben würde, würde ich meinen, du hast Gerda irgendwie verzaubert. Sie wirkt wieder glücklich … und hat übrigens rumerzählt, dass sie es nett von dir fand, an sie zu denken. Vielleicht hast du ja doch bald mehr Gäste.«

Aufmunternd knufft sie mich in die Seite. Ein wenig verlegen erkläre ich mein Werk – eine Verbindung all jener Zutaten, die für Wärme und Liebe stehen.

»Na dann«, sagt Tom. »Von mir bekommst du deinen nächsten Auftrag. Finde heraus, was gegen erschöpfte Glieder hilft und back daraus ein paar von den Keks… Macarons. Einen ganzen Haufen Macarons. Wäre gut, wenn du sie morgen Nachmittag vorrätig hättest.«

»Ist das dein Ernst?«, frage ich belustigt.

»Mein völliger Ernst. Und nun, die Damen, muss ich mich leider verabschieden. Ich muss morgen ziemlich früh raus. Aber am Nachmitttag komme ich hierher, und dann sei besser vorbereitet, Lexi.« Er lässt es wie eine Drohung klingen, lächelt dann aber. Es gefällt mir ganz und gar nicht, dass ich dunkelrot anlaufe.

»Ich glaube, du tust besser, was er sagt«, meint Carlie und sieht ihrem Bruder liebevoll nach. »Ich kann dir leider nicht sagen, was er plant, aber er plant etwas.«

Mein Vorhaben, Toms Auftrag zu ignorieren, scheitert leider daran, dass ich immer noch keinen Fernseher habe. Nachdem Carlie gegangen ist und ich eine ganze Weile faul auf dem Sofa herumgelegen habe, wird es mir zu öde. Bevor ich gar nichts tue, kann ich genauso gut seine Herausforderung annehmen – und ihm beweisen, dass ich kein fantasieloser Langweiler bin. Obwohl mir das total egal sein sollte.

Ich stehe in der Küche und versuche, nicht zu viel über meinen neuen Elan nachzudenken.

»Was machst du da«, fragt Effie neugierig. Sie ist mal wieder so plötzlich hinter mir aufgetaucht, dass ich zusammenzucke. Sobald sie spricht, höre ich natürlich ihre Stimme, doch bringen ihre Füße keine Dielen mehr zum Knarren. »Was suchst du denn in deinem Kasten?« Sie zeigt auf meinen Laptop.

»Ich suche etwas gegen müde Beine.«

»Ach ja«, seufzt Effie. »Für die Venen ist so ein ganzer Tag hinter dem Tresen fatal. Ich weiß noch gut, wie sich die Beine am Abend anfühlen. Aber in deinem Alter hatte ich das Problem noch nicht.« Besorgt schaut sie mich an. »Du brauchst etwas mehr Bewegung.«

Beschämt wende ich den Blick vom Bildschirm ab und ihr zu. »Ich weiß. Aber ich suche gar nicht für mich. Es ist für Tom.«

Effie räuspert sich. »Eure Generation hat seltsame Schäker-Techniken. Dann lasse ich dich mal in Ruhe arbeiten.«

»Nein, warte«, rufe ich ein wenig verzweifelt, als sie schon fast wieder verschwunden ist. »Vielleicht kannst du mir ja helfen.«

»Na klar«, sagt Effie erfreut. »Ich kenne jedes Mittel gegen müde Beine. Ein Bad in Rosmarin, eine Massage mit

Öl, dem ein paar Tropfen Minze beigemischt ist und diese Wadenübung.« Sie stellt sich auf die Zehenspitzen und wippt auf und ab – mit so viel Elan, dass ich schon wieder lachen muss.

»Okay, und nun die Herausforderung, wie bekomme ich das in einen Kuchen?«

Verdattert starrt Effie mich an – und ist das erste Mal, seit ich sie kenne, ratlos. Aber sie fängt sich schnell wieder. »Wie sollen die Wirkstoffe denn dann in die Beine kommen? Nimm lieber die Öle. Carlie kann dir die tollsten Mischungen zusammenstellen!«

»Tut mir leid, Effie, aber das Mittel muss unbedingt essbar sein«, sage ich bestimmt und fasse zusammen, was Tom mir gesagt hat.

»Ah, jetzt verstehe ich.« Sie zieht wissend die Augenbrauen hoch. Mir gefällt ganz und gar nicht, was in ihrem Tonfall mitschwingt, aber ich denke gar nicht daran, mich provozieren zu lassen. Ich tippe einfach weiter meine Wortkombinationen in die Suchleiste.

»Mir fällt dazu leider nichts ein«, gibt Effie schließlich zu und zupft nachdenklich an den Falten ihres Rocks. »Oder doch! Was, wenn du die Sache mit den Beinen gar nicht wörtlich nimmst, sondern ganz allgemein etwas gegen Erschöpfung hineingibst.«

»Hm«, überlege ich laut. »Gar nicht so übel, Tante Effie. Du bist ein Genie! Und was für magische Zauberkräuter lindern denn Erschöpfung?«

»Das wird dir doch ganz sicher dein schlauer Kasten da verraten.« Sie zwinkert mir spöttisch zu und macht meine hektischen Tipp-Bewegungen nach.

»Effie«, rufe ich empört, muss aber dann doch mit ihr lachen. Doch plötzlich verschwimmen ihre Umrisse irgendwie. »Was ist los mit dir?«, entfährt es mir erschrocken.

»Was meinst du?«

»Du flackerst.« Ich weiß nicht, wie ich es anders beschreiben soll. Sie erstarrt und sieht erschrocken an sich runter. Sie flackert immer noch.

»Was bedeutet das?«, frage ich besorgt. »Geht es dir nicht gut?«

»Ich weiß es nicht«, gibt sie zu. »Aber vielleicht ist es an der Zeit für mich zu verschwinden? Zumindest für heute.«

Und weg ist sie. Enttäuscht bleibe ich alleine in der Küche zurück und fühle mich schlagartig sehr einsam. Die Furcht, sie könne irgendwann wirklich endgültig verschwinden, lässt mich eine Weile traurig dastehen.

Schließlich hole ich jedoch tief Luft und wende mich wieder meinem Laptop zu. Bevor ich anfange zu arbeiten, lade ich einer plötzlichen Eingebung folgend ein wenig Musik herunter, damit ich sie bei meiner Recherche hören kann. Ich entscheide mich für sanfte Klavierklänge von Schubert und muss kurz versonnen lächeln, weil sie mich an meinen ersten, denkwürdigen Ausflug mit Tom erinnern. Etwas gelassener nehme ich mir wieder die Suchmaschine vor. Bald finde ich heraus, dass eine Prise Yerba Mate und Ginseng die gewünschte Entspannungswirkung haben sollen. Nicht nur erfrischen sie den Geist, sondern reinigen und stärken den ganzen Körper. Nur schmecken tut das Zeug ganz sicher nicht. Deswegen entscheide ich, dass meine Mischung noch ein nussiges – Nüsse sind doch Nervenfutter – Aroma und ein bisschen grüne Lebensmittelfarbe braucht. Denn Grün steht bekanntlich für Hoffnung, und die kann ich bei diesem Projekt gut gebrauchen.

Nachdem ich am frühen Morgen durch Apotheken, Reformhäuser und Supermärkte auf der Jagd nach Zutaten gehetzt bin und mich wiederholt gefragt habe, was ich da eigentlich tue, beruhigt es mich sofort, wieder in der Küche zu stehen. Manche Handgriffe gelingen mir mittlerweile ganz leicht. Während ich die elektrische Kaffeemühle Pistazien fein mahlen lasse, schlage ich in einer silbernen Schüssel Eiweiß mit Zucker steif – natürlich vergesse ich auch die Prise Salz nicht. Dann kommt das Pistazienpulver hinein. Weil das noch kein schönes Grün ergibt, füge ich etwas Lebensmittelfarbe hinzu. Effie hat mir verraten, dass ich dafür ein Pulver nehmen muss. Die üblichen flüssigen Lebensmittelfarben richten ihrer Meinung nach schlimme Dinge mit der Konsistenz der Masse an. Als ich die schaumigen Baiserdeckel in den Ofen geschoben habe, wird es heikel. Die Füllung stellt mich vor echte Herausforderungen: Ich möchte so viel von den Kräutern untermischen, das ein leichtes Aroma wahrnehmbar ist, aber wie Medizin sollen die Macarons nun auch nicht schmecken. Bei meinem ersten Versuch gerinnt mir prompt beim Schmelzen die weiße Schokolade, und ich habe so viel Ginseng- und Matepulver untergemischt, dass ich beim Probieren einen Würgreiz in der Speiseröhre spüre. Aber der zweite Versuch ist ein Volltreffer, glaube ich zumindest. Mittlerweile sind auch die Deckel fertig gebacken und duften wunderbar. Erleichtert stelle ich fest, dass sie genauso sind, wie sie sein sollen: oben trocken und unten noch schön klebrig. Vorsichtig gebe ich die Füllung zwischen jeweils zwei Tuffs, damit ich nicht am Ende doch noch alles ruiniere und sie wie traurige Häufchen wirken, aus denen überall Schokoladenmasse quillt. Zwei stecke ich mir sofort in den Mund – und siehe da, sie sind verdammt lecker. Unglaublich, wenn mir jemand vor einem Monat gesagt hätte, dass ich mal glücklich und erfolgreich so filigranes Backwerk aus Zucker und Eiern zaubern würde, hätte ich es sicher nicht geglaubt. Was allerdings noch fehlt, ist das Urteil der anderen. Womöglich stimmt etwas nicht mit meinen Geschmacksknospen?

Nervös warte ich darauf, dass Tom eintrifft und mich aus meinen Befürchtungen erlöst. Als ich schon fast denke, dass er nicht mehr auftauchen wird, sehe ich ihn die Veranda betreten.

Ich widerstehe dem Impuls, auf ihn zuzustürzen, so sehr freue ich mich, ihn zu sehen. Und dann entdecke ich, dass er eine Meute von bestimmt 15 Personen im Schlepptau hat.

»Dies ist meine Wandergruppe des Tages, Mademoiselle«, sagt er mit einer galanten Verbeugung. »Isch `abe ihnen eine ganz besondere Stärkung mit einer Prise französischer Raffinesse versprochen, die sie woanders nischt bekommen. Offentlisch bist du vorbereitet.«

Völlig perplex sehe ich ihn an, bevor ich laut lospruste. So viele Menschen habe ich hier seit der denkwürdigen Eröffnung nicht mehr auf einen Schlag gesehen. Das ist wohl das Netteste, was seit Langem jemand für mich getan hat: Ich stehe vor einem Haufen Gäste, die sonst nie auf die Idee gekommen wären, zu mir zu kommen. »Danke«, flüstere ich deshalb. Ein wenig verzweifelt füge ich hinzu: »Aber hättest du mich nicht ein wenig vorwarnen können?«

Süffisant zuckt er mit den Schultern und grinst mich an. Mir bleibt nichts anderes übrig, als mich so schnell wie möglich ins eiskalte Wasser zu stürzen, wenn die Gäste nicht ewig auf ihren Kaffee warten sollen. Ich zapfe in Windeseile acht Tassen Kaffee, sechs Cappuccino und einen doppelten Espresso. Tom bekommt einen extragroßen Becher aus meinem Privatsortiment. Dazu drapiere ich meine Entspannungs-Macarons auf verschiedene Teller – als Extradreingabe zu den Kuchen, die sich die Gäste an der Vitrine ausgesucht haben. Was mir an Fähigkeiten zur Selbstvermarktung abgeht, erfüllt dafür Tom.

»Genießen Sie die«, ruft er und deutet auf die Macarons. »Die werden hier nach streng geheimer Rezeptur gefertigt. Alexandra hat für jeden die passende. Diese hier bringen müde Wanderer auf die Beine. Und Vorsicht, sie wirken wirklich!«

Ich wünschte, er würde sie nicht so laut anpreisen, den Erwartungen können meine Erzeugnisse ja kaum noch standhalten. Mit angehaltenem Atem beobachte ich, wie der Erste sich meine grüne Spezialität in den Mund schiebt, nicht ohne vorher misstrauisch die Farbe zu beäugen. Dann endlich die Erlösung.

»Das sind ja verdammt leckere Kekse«, ruft der mutige Vorkoster. Ich bin so erleichtert, dass ich ihm die »Kekse« verzeihe.

»Ungewöhnlich, aber verdammt gut.«

»Vielen Dank! Ich hoffe, die Wirkung lässt nicht lange auf sich warten«, sage ich erfreut.

Sofort greifen auch die anderen zu. Vom Tresen aus beobachte ich, wie die Gäste zufrieden an ihren »Keksen« knabbern, Kaffee trinken und mit ihrem Wanderführer scherzen und lachen. Falls ich noch eine Spur erstaunt darüber war, wie Tom sich für dieses Leben entscheiden konnte, kann ich mir nun nichts anderes mehr für ihn vorstellen. Die Leute lieben ihn, und er versteht es, sie richtig zu nehmen. Der Spaß ist ihm anzumerken. Und noch etwas kapiere ich: dass mir das Leben hier wirklich Freude machen könnte, auch wenn ich mich zuerst nur aus Trotz und Verzweiflung in dieses Abenteuer gestürzt habe. Die Stimmung ist so gelöst, dass mir sogar der ein oder andere Scherz gelingt, der von den Gästen wohlwollend angenommen wird. Als schließlich der Reisebus vor der Tür steht, um sie einzusammeln, bin ich erschöpft, glücklich und zugleich ein bisschen traurig, weil das Café gleich wieder leer sein wird.

»Ein wirklich schönes Café. Schade, dass Sie nicht verraten, was in den Keksen steckt, ich glaube, die haben mir wirklich neue Kraft gegeben«, sagt eine ältere Dame. »Verkaufen Sie die zufällig auch zum Mitnehmen?«

Verlegen bedanke ich mich für das Lob. »Aber leider gibt es die Kekse nur hier.«

»Wie schade.« Sie seufzt. An Tom gewandt fährt sie fort: »Aber wie nett, dass Sie den ganzen Raum nur für uns reservieren konnten.«

Mein Blick fliegt zu Tom, der ganz unschuldig dreinblickt. »Ja, der Andrang ist natürlich groß. Da habe ich noch mal Glück gehabt.«

»Und einen ganz besonderen Draht zur Chefin haben Sie wohl auch.« Sie bedenkt uns mit einem schelmischen Lächeln. »Ich sage Ihnen, Junge, bei ihr sind Sie in guten Händen.«

Tom lacht schallend, klärt den Irrtum aber nicht auf, sondern legt nur den Arm um meine Schulter. »Auf Wiedersehen.«

»Auf Wiedersehen«, schallt es uns fünfzehnfach entgegen. Gemeinsam sehen wir den Gästen hinterher. Erst als der letzte von der Veranda getrippelt ist, lässt Tom schnell meine Schulter los und sieht zu meiner Befriedigung endlich auch mal ein wenig verlegen drein. »Bevor du mich jetzt ausschimpfst, gib zumindest zu, dass es eine geniale Idee von mir war, die Wandergruppe hierherzuführen.«

An der Stelle wo sein Arm lag, kribbelt mein Rücken so angenehm. Ach, was soll's, denke ich und folge doch noch meinem Impuls, ihn zu umarmen. »Danke, das war echt toll von dir.«

Wir halten uns einen Tick länger fest, als es für ein Dankeschön notwendig wäre, dann räuspert Tom sich.

»Und du hast dich echt gut geschlagen, dafür dass du Überraschungen nicht magst.«

»Merci, Monsieur!«

Er lacht sein ansteckendes Lachen. »Die Herrschaften waren so beschwingt am Ende, dass ich mich schon gefragt habe, was du in die Macarons hineingetan hast. Das waren doch wohl nicht tatsächlich *magische Plätzchen*, wenn du weißt, was ich meine?« Verschwörerisch sieht er mich an.

»Unsinn, nur ein paar Kräuter. Und wohl kaum genug, um irgendetwas zu bewirken.«

»Weißt du nicht, dass Glauben manchmal alles ist?«, sagt er und reißt die Augen auf, die Hand auf der Brust, als hätte er eine Marienerscheinung.

Ich muss lachen. »Du sprichst wohl aus Erfahrung, oder?« Sofort ist seine gute Stimmung dahin. »Allerdings«, sagt er und klingt plötzlich bitter. Vielleicht denkt er an den Glauben, den er in seine Verflossene gesteckt hat. Oder er denkt an Carlie, die glaubt, sie könne Kontakt zu ihren verstorbenen Eltern aufnehmen. Beinahe hätte ich meine Hand auf seine gelegt. Das wäre eine typische Effie-Geste. Doch weil ich nicht aufdringlich sein will, tue ich so, als wäre mir nichts aufgefallen. Stattdessen probiere ich ein Ablenkungsmanöver. »Magst du dich noch einen Moment zu mir setzen? Ich habe vielleicht eine Idee.«

Sofort ist er wieder bei mir und sieht mich interessiert an. Wir setzen uns an einen Tisch und knabbern die übrig gebliebenen Macarons.

»Wie oft machst du solche Wanderführungen?«

»Zweimal die Woche. Ich biete eine eher naturkundliche Wanderung an und eine weitere auf den Spuren der Sagen und Märchen. Wieso?«

»Könnten wir nicht ein Geschäftsmodell daraus machen?«

Er lacht. »War ja klar, dass es gleich ein Modell sein muss. Na dann schieß mal los.«

»Du knöpfst jedem Kunden 5 Euro mehr für die Tour ab, die du dann mir gibst, und dafür ist dann die Bewirtung inklusive. Und du führst alle deine Gruppen zu mir. Sie bekommen einen Kaffee und eine kleine Portion Macarons. Außerdem dürfen sie sich zwischen einem belegten Brötchen und einem Stück Kuchen entscheiden. Wer mehr will, zahlt dafür extra.«

Die meisten wollten noch ein zweites Getränk, so dass sich das Angebot lohnen könnte. Und ein paar hübsche Stullen werde ich schon hinbekommen. Nichts Überkandideltes. Keine Bagels mit Ananas und Pute, sondern körniges Schwarzbrot mit deftigen, regionalen Spezialitäten wie Harzer Salami oder Käse und ein wenig Salat.

Nachdenklich sieht er drein. »Die Idee ist nicht schlecht.«

»Dann wären wir also Geschäftspartner?«

Feierlich schlägt er ein. Und schon ist da wieder dieses Kribbeln, diesmal in meiner Handfläche. Schnell ziehe ich sie weg.

»Ganz schön doof von dir«, sagt er grinsend. »Dafür dass du so gut mit Zahlen umgehen kannst, meine ich.«

»Wieso?«, will ich überrascht wissen.

»Na, sie werden am Ende genau das verzehren, was sie schon bezahlt haben. Leute sind da eher knauserig. Würden sie keine Pauschale zahlen, würden sie vermutlich sogar mehr Geld hierlassen. Ich hätte sie von nun an sowieso immer zu dir geführt, dir geht womöglich einiges durch die Lappen!« Ausgelassen strahlt er mich an und nimmt sich noch ein Macaron.

Irgendwann wird Tom mich in den Wahnsinn treiben. Ich möchte ihn erwürgen. Gleichzeitig würde ich ihn gerne küssen.

»Störe ich die traute Zweisamkeit?« Effie räuspert sich.

Hilflos schaue ich von einem zum anderen und zucke schließlich so unauffällig wie möglich mit den Schultern.

»Ich sehe schon, du bist voll ausgelastet«, sagt Effie kichernd und schwindet von dannen. Sie flackert immer noch.

»Könntest du nicht noch mehr von diesen Keksen erfinden?«, fragt Tom. »Für verschiedene Seelennöte? Das könnte der Renner werden.«

Darüber habe ich insgeheim auch schon nachgedacht. Vor allem, weil mir noch nie etwas so viel Spaß gemacht hat, wie das Erfinden der Macarons für Gerda und Tom. Überrascht merke ich, dass ich zum ersten Mal eine wichtige Entscheidung treffen möchte, nur weil mir etwas Spaß macht.

»Ich schaue mal, ob mir noch andere Kreationen einfallen.«

»Gut«, sagt er. »Carlie war zu beschäftigt, heute vorbeizukommen. Ich vermute, sie seziert gerade ein paar Raben, um die Augen als Kuchendeko zu verwenden – statt Cocktailkirschen. Aber sie hat mir aufgetragen, dich zum Abendessen mitzubringen, notfalls auch gegen deinen Willen.«

»Was gibt es denn?«, frage ich nüchtern, um meine Freude darüber, den Abend nicht allein verbringen zu müssen, zu verbergen. Effie macht sich neuerdings ein wenig rar.

»Keine Ahnung. Carlie wollte ein Überraschungsmenü kochen. Es wäre nett von dir, so zu tun, als würde es dir schmecken. Sie kocht leider längst nicht so gut wie ich.« Er verdreht die Augen.

»Eingebildeter Klotz. Du darfst mich gerne mitnehmen – gegen meinen Willen natürlich«, sage ich lächelnd.

Er lacht. »Du bist echt süß, wenn du nicht so steif bist, weißt du das?«

»Und du bist echt süß, wenn du mal die Klappe hältst. Wann war das eigentlich zuletzt? Hm … ich erinnere mich gar nicht.« Ich bin selbst ganz überrascht von meiner kratzbürstigen Dreistigkeit. Grüße von Lexi?

»Ruhig, Tiger, das sollte doch ein Kompliment sein. Wobei du mir auch so ganz gut gefällst.« Dabei schaut er mich so direkt an, dass mein Herz plötzlich viel schneller schlägt. Da hilft nur eines: Flucht.

»Ich hole nur mal eben schnell meine Jacke«, würge ich hervor und atme im Flur ein paarmal so tief durch, dass mir ganz schwindelig wird. Ruhig bleiben, Alexandra, du wirst dich jetzt nicht in diesen Mann verlieben, nur weil er der Einzige vor Ort ist, den du etwas besser kennst und dazu noch etwa in deinem Alter und halbwegs attraktiv ist. Na gut, sehr attraktiv ist. Aber wer Wert auf Sicherheit und Pläne legt, passt nicht zu einem lässigen Lebenskünstler wie Tom. Gegensätze mögen sich ja kurzfristig anziehen, aber jeder Mensch weiß doch, dass sich auf Dauer gleich und gleich besser gesellt. So einfach ist das. Mit einem etwas klareren Kopf gewappnet, kann ich ihm wieder entspannter unter die Augen treten.

»Also los«, sage ich.

Genial«, entfährt es Carlie, als wir ihr von unserem Geschäftsplan erzählt haben. Ich versuche standhaft, mir nicht anmerken zu lassen, dass ich pausenlos auf Sandkörnern im Salat rumkaue. Den ordentlich zu säubern, wäre vermutlich ein Verstoß gegen die Pflanzenrechte. Ich ermahne mich streng: Als ob Kochen zu meinen großen Gaben gehören würde! In letzter Zeit habe ich mich meist von Resten aus dem Café ernährt. Mein Herd war zu privaten Zwecken noch kein einziges Mal eingeschaltet.

»Iiih«, entfährt es mir dann doch, und ich ziehe vorsichtig eine winzige, nackte Schnecke von einem grünen Blatt.

Tom lacht, und Carlie sieht für einen Moment verlegen drein.

»Oh, den habe ich nur ganz schnell zusammengeschnippelt. Aber gezogen habe ich den Salat selbst. Ist also alles bio«, erklärt Carlie stolz.

»Der ist super, nur nicht so ganz vegan«, murmele ich.

Tom lacht laut.

»Nun«, sagt Carlie leicht beleidigt. »Jetzt wo Lexi ihren Humor wiedergefunden hat, kann sie ja vielleicht auch Macarons entwickeln, die dafür sorgen, dass das so bleibt …«

Gespielt böse funkle ich sie an.

»Oh, übrigens habe ich eine Band gefunden – für das Halloween-Fest.«

Ich dämpfe ihre Freude nur ungern. »Carlie, ich weiß nicht, ob ich mir das leisten kann.«

»Oh, kein Problem. Ich habe sozusagen schon im Vorfeld gezahlt. In Naturalien. Der Sänger ist mein neuer Freund, ich habe ihn auf einem Mittelalterfest kennengelernt.«

»Carlie!«, entfährt es Tom. Es gibt Dinge, die möchte wohl kein Mann aus dem Mund seiner kleinen Schwester hören – und sicher möchte er nicht über ihre »Naturalien« nachdenken.

»War doch nur Spaß. Aber Sebastian ist einfach perfekt.«

Mich beschäftigt etwas anderes. »Der Typ mit den ganzen Tattoos macht Mittelaltermusik?«

»Tattoos?«, Carlie sieht verwirrt aus. »Ach, du meinst Frank. Das ist ja nun schon Ewigkeiten her.«

»Na gut«, murmele ich ergeben, rechne aber trotzdem zurück: Sechs Wochen sind eine Ewigkeit? »Sollte deine Beziehung bis Halloween Bestand haben, freue ich mich sehr darüber, beim Fest eine Band zu haben.«

»Danke für dein Vertrauen«, sagt Carlie pikiert.

»Sag mir schon den Namen der Band, ich wollte nächste Woche die Plakate drucken lassen.«

»Die Brocken-Bande.«

Tom schüttelt belustigt den Kopf, verkneift sich aber jeden Kommentar.

»Das habe ich gesehen, Tom«, sagt Carlie, nun wieder ganz munter. »Falls der Partnerwahlexperte mir etwas zu sagen hat, möge er das jetzt laut tun oder für immer schweigen!«

Das hat gesessen. Tom widmet sich grummelnd wieder seinem Salat, während Carlie uns munter mit Anekdoten zu Sebastian, ihren Kunstwerken und Plänen für die nächste Zeit unterhält, zu denen gehört, Sebastian als Salbenmacherin auf Mittelalterfeste zu begleiten.

»Was hältst du davon, wenn wir den Laden umbenennen?«, fährt Carlie fort. »Ich dachte an ›Hexentanz‹. Das passt doch zum Harz. Da können wir deine zauberhaften Makronen anbieten, und ich könnte vielleicht noch ein paar Pflegeöle mit Heilwirkung beisteuern. Alles mit Kräutern aus dem Harz.«

»Und den Laden mit ein paar von diesen scheußlichen Brockenhexen, die hier überall als Souvenir hängen, dekorieren?«

»Unsinn. Wie stillos wäre das denn bitte? Wir bieten doch keine von diesen verkitschten Souvenirs an. Das wird etwas ganz Besonderes, nur dass wir eben unsere Region mit einbeziehen. Die Leute stehen auf regionale Angebote!«

»Hm, das klingt eigentlich … ziemlich großartig!«

Freudestrahlend sieht Carlie mich an.

Vergnügt und voller Tatendrang machen wir uns noch über ein paar »extraknusprige«, eigentlich eher angebrannte Maisbratlinge her. Und mit dem flüssigen Vanillepudding wird glatt ein vollständiges Menü daraus. Vielleicht ist es ganz gut, dass hier sonst Tom den Kochlöffel schwingt. Als es schließlich Zeit wird, nach Hause zu gehen, bietet Tom an, mich zu begleiten. »Man sollte nie eine Frau allein durch die Dunkelheit laufen lassen.«

»Was soll denn hier schon passieren?«, frage ich lachend.

»Prinzipien sind dafür da, dass man nicht von ihnen abweicht, Frau Steuerberaterin«, entgegnet er streng. »Ex-Steuerfachangestellte bitte!«, sage ich grinsend.

»Also dann«, Tom nimmt meinen Arm und führt mich hinaus in die Nacht.

»Es ist unglaublich, wie viele Sterne man hier sehen kann. In Hamburg gibt es nur selten welche.« Das fällt mir nicht zum ersten Mal auf, aber ich bin immer noch ganz beeindruckt von dem Phänomen.

»Lichtverschmutzung«, sagt Tom.

Fragend schaue ich ihn an.

»Die ganzen künstlichen Lichtquellen der Großstadt. Das Licht wird in den unteren Luftschichten der Erdatmosphäre gestreut«, erklärt er. »Die Zerstörung der Nacht hat auf den ersten Blick vielleicht nicht so verheerende Folgen wie die des Meeres, der Wälder oder des Klimas. Aber harmlos ist sie nicht.«

»Du nimmst mich auf den Arm, oder?«, frage ich.

»Ganz und gar nicht. Insekten und Zugvögel bekommen Orientierungsschwierigkeiten, fliegen gegen Gebäude und sterben. Die Wachstumszyklen der Pflanzen werden beeinflusst. Es gibt sogar Hinweise darauf, dass das Brustkrebsrisiko immens steigt, weil …«

»Hör auf, hör auf«, rufe ich halb amüsiert, halb entsetzt. »Das ist ja schrecklich. Woher weißt du so etwas?«

»Mein Vater war Hobby-Astronom, und als Junge habe ich ihm ein wenig nachgeeifert.«

Da ist er wieder, der Reflex, ihm meine Hand auf den Arm zu legen. Und diesmal folge ich ihm, auch wenn es mich meinen ganzen Mut kostet.

»Das mit euren Eltern tut mir echt leid. Was ist eigentlich passiert?«

»Meine Eltern waren für damalige Verhältnisse schon relativ alt, als sie mich bekommen haben. Dass es Carlie gibt, ist fast ein kleines Wunder. Meine Mutter bekam Krebs, als sie gerade einmal 60 war. Ich war damals 23 und Carlie erst 16. Zwei Wochen nach ihr ist mein Vater gestorben – an einem Schlaganfall.«

Genau deswegen meide ich solche Gespräche. Ich weiß einfach nicht, was ich sagen soll. Alle Sätze, die mir durch den Kopf gehen, klingen falsch und nach viel zu wenig. Soll ich sagen »Das ist ja furchtbar«? Natürlich ist es das, aber das ist ja so klar, dass man es nicht zu sagen braucht.

»Ich weiß nicht, was man in solchen Momenten sagt«, gebe ich verlegen zu.

»Das ist in Ordnung. Alles andere habe ich eh schon

gehört.« Er lächelt mir warm zu. Das ermutigt mich weiterzufragen.

»Und Carlie war dann ganz allein in diesem Haus?«

»Für was hältst du mich?«, fragt er empört. »Ich habe vier Semester ausgesetzt und Gelegenheitsjobs in der Gegend angenommen, um bei ihr sein zu können – eigentlich ganz so wie jetzt. Schon daran wäre meine Beziehung mit Sandra fast gescheitert. Vermutlich hätte ich da schon die Alarmglocken schrillen hören müssen.« Schweigend gehen wir weiter, bis Tom unvermittelt stehen bleibt. »Carlie nimmt es meinem Vater übel«, entfährt es ihm. »So als sei es eine Entscheidung von ihm gewesen, zu gehen und sie im Stich zu lassen. Im Prinzip stimmt das wohl auch. Aber ich glaube nicht, dass er uns im Stich lassen wollte. Er wollte nur unbedingt bei meiner Mutter sein.«

Das ist so schön und traurig, dass mir die Tränen kommen. Verlegen wische ich sie weg. Ich weiß, dass er mir gerade ein großes Geschenk macht: Vertrauen. Die beiden mögen ja offener und redseliger sein als ich, aber mit dieser Erfahrung geht er sicher nicht hausieren. Das merke ich an der Mühe, die es ihn kostet, sie über die Lippen zu bringen.

»Hey, ich wollte dich nicht traurig machen«, sagt er ein wenig verlegen und legt kurz den Arm um mich, wie um mich zu trösten.

Auch wenn sich das richtig gut anfühlt, entziehe ich mich. »Du musst mich nicht trösten, weil deine Eltern gestorben sind. Das wäre ja noch schöner.«

Verdutzt sieht er mich an. Meine Worte haben sich ganz falsch angehört, als wolle ich ihn zurückweisen. Dabei wollte ich doch nur sagen, dass vielleicht eher er derjenige ist, der ein wenig Trost verdient hat. Ich will gerade zu einer weitschweifigen Erklärung ansetzen, in der ich sicher noch mehr vermasseln würde, da fällt mir etwas Besseres ein. Langsam nähere ich mich ihm und gebe ihm einen ganz vorsichtigen, sanften Kuss auf die Wange und lege dabei kurz meine Hand in seinen Nacken. Es ist schwer, sich wieder von ihm zu lösen. Er ist so schön warm und riecht so gut. Ich zwinge mich, einen großen Schritt zurückzumachen.

»Danke«, sagt er verwirrt. »Das war nett.«

Oh je, das war nett … klingt nicht gerade begeistert. Peinlich berührt gehe ich weiter neben ihm her.

»Und da sage noch mal einer, du kannst nicht spontan sein«, sagt er plötzlich. Lächelnd hält er meinen Arm fest, zieht mich an sich und küsst mich sanft auf den Mund.

Als wir uns voneinander lösen, bin ich ein bisschen atemlos. »Darauf habe ich es gar nicht angelegt«, sage ich schnell.

»Ich weiß«, sagt er.

»Ich kann jetzt noch nichts Neues anfangen.«

»Alexandra, das war nur ein Kuss.«

»Na klar. Stimmt«, murmele ich verlegen. Wie bin ich nur auf die Idee gekommen, er könnte mehr wollen? Doch die Enttäuschung darüber, dass er es nicht tut, ist zu meiner Überraschung groß, dabei sollte es mich erleichtern. Ich bin so verwirrt, dass meine Verabschiedung knapp ausfällt. Nach einer letzten hastigen Umarmung eile ich ins Haus. Ich muss dringend in meine eigenen vier Wände, wo ich in Sicherheit bin.

»Ich habe euch gesehen«, sagt Effie, die ganz unvermittelt neben mir steht.

»Effie! Ich möchte lieber nicht darüber reden …«

»Na schön«, entgegnet sie leichthin. »Aber was ist eigentlich das hier?« Mit gespielter Strenge deutet ihr Zeigefinger auf die Ablage im Flur.

Verdattert entdecke ich dort einen Notizblock. Ganz zuoberst eine leere Seite. Dann dämmert mir was. Keine To-do-Liste. Ich habe seit Tagen keine To-do-Liste mehr gemacht. Keine Pläne! Was ist denn nur mit mir los?

Freudestrahlend sieht mich Effie an, sie flackert heftiger denn je. »Schau nicht so entsetzt, das ist eine gute Sache. Wie willst du denn dein Leben erleben, wenn du es komplett verplanst?«

Weil ich sonst das Gefühl hätte, dass mir alles entgleitet, denke ich erschöpft. »Was mache ich denn jetzt?«

Ich hatte die Liste einfach vergessen. Und ich habe sie keine Sekunde vermisst, stelle ich überrascht fest.

An diesem Abend verzichte ich darauf, meine Zähne zu putzen, mich abzuschminken und gründlich zu reinigen. Wenn schon, denn schon! Schnell schlüpfe ich ins Schlafzimmer in meinen Pyjama und lasse mich aufs Bett fallen.

Nur schlafen kann ich trotz aller Müdigkeit nicht. Meine Wangen brennen, und ich schäme mich fürchterlich. Was hat mich nur geritten? Ich kann nicht einmal entscheiden, was mir peinlicher ist: dass ich ihm einfach so einen Kuss aufgezwungen habe, oder wie ich nach seinem reagiert habe. Immer wieder gehe ich die Szene in Gedanken durch, wie ein verliebter Teenager. Abrupt stehe ich auf. Ich brauch eine Aufgabe. Notfalls muss ich mir eine suchen, und zwar ganz schnell. Ich tapere zurück ins Wohnzimmer, setze mich im Schneidersitz aufs Sofa und werfe den Rechner auf meinen Knien an. Warum sollte ich nicht direkt ein paar »Macarons mit dem gewissen Extra« ersinnen? Ich gehe verschiedene körperliche und geistige Notlagen durch, und natürlich fällt mir gerade nur Liebeskummer ein. Aber das Liebeskummer-Macaron habe ich ja schon für Gerda entworfen. Es sollten Emotionen sein, die jeder kennt und durchmacht, ähnlich wie bei Horoskopen, in denen man sich auch wiedererkennt, egal welches man durchliest. Zudem dürfen die Probleme nicht so peinlich sein, dass meine vornehmlich älteren Kunden nicht danach zu fragen wagen. Ich sollte also auf ein Kamasutra-Power-Cookie verzichten.

Ich recherchiere, sammle und verwerfe, bis ich am Ende der Nacht immerhin fünf verschiedene Sorten erdacht habe: »Liebesgabe« (rot, aphrodisierend), »Wärmespender« (orange, heizt von innen ein), »Energiespritze« (grün, macht wach), »Trostkugel« (blau, lindert Niedergeschlagenheit), »Traumzeit« (lila, lässt selig schlummern). Dann kommt mein vernachlässigter Notizblock zum Einsatz. Besorgt sehe ich, wie die Einkaufsliste immer länger wird. Ich werde unzählige Geschäfte abklappern müssen, um Rosmarin, Lavendel, Chili, Ingwer und alles andere zusammenzubekommen.

»Das kannst du fast alles selbst anpflanzen, der Garten ist schließlich riesig. Vieles davon gedeiht sogar auf der Fensterbank, wenn es im Winter draußen zu kalt wird«, sagt Effie plötzlich.

Ich schreie auf. Wieder einmal hat sie sich unbemerkt neben mich gesetzt und schaut nun über meine Schulter auf den Zettel.

Schuldbewusst schaue ich durch das Fenster in den Garten, den ich bislang sträflich vernachlässigt habe. Zum Glück ist es so dunkel, dass ich nichts erkennen kann. Sicher sind die Apfelbäume schon gramgebeugt. Würde Tom nicht von Zeit zu Zeit ungefragt ein paar Arbeiten erledigen, läge mittlerweile alles brach. Meine einzige Entschuldigung lautet: Manchmal fühle ich mich hier immer noch wie ein Gast bei Effie und ihren Freunden. Als gehörten

Haus und Garten viel mehr zu Carlie und vor allem Tom als zu mir, weil er die Pflanzen in die Erde gesetzt hatte, als ich noch nicht einmal von all dem hier wusste. Und das Merkwürdigste an meiner Situation ist, dass die eigentliche Besitzerin des Hauses ja hier noch herumgeistert. Deswegen muss ich mir immer wieder ins Gedächtnis rufen, dass ich hier nicht nur für sie die Stellung halte, bis sie alles wieder übernimmt.

»Tom hilft dir bestimmt, falls du deinen Pflanzkünsten nicht traust.« Aufmunternd lächelt sie mir zu. Hat sie seinen Namen in meinen Gedanken gelesen?

»Hm, ich weiß nicht, wie ich ihn das fragen soll«, entgegne ich nachdenklich. »Du weißt doch ganz genau, dass ich ihm gerade nicht unter die Augen treten will, Effie. Vielleicht mache ich es einfach im Frühjahr selbst.«

»Klingt nach einem vernünftigen Plan«, erwidert meine Tante belustigt.

»Ich mache immer vernünftige Pläne«, sage ich.

»Sicher. Und Leben ist das, was passiert, während du andere Pläne machst.« Triumphierend betrachtet sie mich.

Ich schnaube. »Klingt nach einem der Sinnsprüche, die auf Kaffeetassen verkauft werden.«

»Das ist von John Lennon. In den war ich ungeheuer verliebt.« Effie seufzt schwer. Plötzlich erhellt sich ihr Gesicht. »Vielleicht treffe ich ihn ja bald.«

Betroffen schaue ich an die Wand. Ich hatte ganz vergessen, wie gerne sie weiterziehen würde, um nicht in einer Welt zu leben, in der sie nicht gesehen wird.

Doch Effie lässt sich in ihrem Optimismus nicht bremsen. »Ich setze da ganz auf dich. Vielleicht muss ich ja nur noch sehen, dass es meinem Café gut geht, bevor ich zu John kann.«

»Bloß kein Druck«, murmele ich, und wir müssen beide lachen.

»So komm, mein Kind. Du musst jetzt ins Bett.« Zärtlich sieht sie mich an.

»Nein, ich bin gar nicht müde. Bleib noch einen Moment hier.«

»Ich habe vorhin Tom nach seinen Eltern gefragt, weißt du«, folge ich dann meinem überwältigenden Drang, über die Dinge, die mir im Kopf herumspuken, mit irgendjemandem zu reden.

»Oh«, sagt sie nur. »Ja, das war schlimm für die beiden.«

Ich nicke betroffen. »Wo ich schon mal dabei bin, in traurigen Ereignissen herumzustochern, würde ich dich auch gerne etwas fragen.« Noch viel lieber würde ich es aufschieben, aber was, wenn ich so lange damit warte, bis ich keine Gelegenheit mehr habe, Effie zu befragen? Zum Beispiel, weil sie dann viel zu beschäftigt ist, John Lennon zum Boogie-Woogie aufzufordern – oder was auch immer man damals getanzt hat.

»Kein Problem«, sagt sie erwartungsvoll.

»Was war eigentlich bei dir und Mama damals los?«

Sie starrt mich erschrocken an.

»Ich habe ein Foto gesehen von uns dreien. Wir sahen glücklich aus.« Ich knete hektisch an der Sofadecke herum und kann doch nicht zurück. Es ist, als hätte sich bei meinem letzten Gespräch mit Tom eine Blockade gelöst. Auch wenn es für mich quälend peinlich ist, mein Innerstes nach außen zu kehren oder anderen dabei zuzusehen, fühle ich mich bei aller Scham doch plötzlich so lebendig. So lebendig, dass ich spontan einen fremden Mann bei Sternenlicht geküsst habe. Und wäre ich betrunken gewesen, hätte ich es vermutlich nicht bei einem Kuss belassen. Doch Alexandra hat keine One-Night-Stands, die nirgendwohin führen. Nicht einmal wenn der Mann so gut duftet wie Tom. Zumindest pulsiert noch ein bisschen von der empfundenen Aufregung in meinen Adern.

Doch meine Tante sagt nichts. Ihr Blick rast durch den Raum, als erhoffe sie sich einen hilfreichen Fingerzeig aus irgendeiner Ecke. Und da ist er auch schon wieder hin, mein Mut.

»Falls es dir ganz schwerfällt, musst du es mir auch nicht erzählen …«, sage ich kleinlaut.

»Doch, das muss ich, aber ich weiß nicht wie. Meine Aufgabe sollte doch wohl sein, mich um dich zu kümmern und dich zu behüten und dich nicht noch mehr durcheinanderzubringen.«

Ich wünschte, ich könnte sie umarmen. So etwas hat meine eigene Mutter nie zu mir gesagt. Plötzlich möchte ich nichts lieber, als den Kopf in den Schoß meines Schutzengels zu legen, um in Selbstmitleid zu baden. Dabei dachte ich immer, ich sei nicht der Typ für körperliche Nähe.

Abgesehen davon, dass dies mit einem Geist nicht möglich ist, bin ich inzwischen auch eher der Meinung, dass es genau umgekehrt sein sollte, dass es vielleicht meine Aufgabe ist, ihr zu helfen – beim Absprung von dieser Welt. Auch wenn sich leider keine höhere Macht einschaltet, die uns verrät, was Effie hier festhält, muss es dafür doch irgendeinen Grund geben. Und auch dafür, dass nur ich sie sehen kann. Oder weiß sie etwas? Verschweigt sie mir, was ihr weiterhelfen könnte? Ihre Andeutung gerade eben klang doch ganz danach.

»Was ist passiert, Effie?«

Doch als ich aufsehe, ist Effie verschwunden. Ich schaue auf die Uhr. Es ist 6 Uhr.

Großartig, die Augenringe, mit denen ich heute herumlaufe, passen schon hervorragend zu unserer Halloween-Party. Doch auch wenn ich müde und traurig über Effies plötzliches Verschwinden bin, hat mich doch auch eine gewisse Energie gepackt.

Ich muss mehr Verantwortung für das Café übernehmen. Und damit meine ich nicht Pläne, Rechnungen und Excel-Tabellen, sondern echte Zuwendung. Bestürzt stelle ich fest, dass ich mit meinen Listen geglaubt habe, alle Fäden in der Hand zu haben. Nur habe ich dabei übersehen, dass eigentlich immer andere daran gezogen haben. Ich denke dabei an meine Entscheidung für einen Job, den meine Eltern zumindest gerade noch gutheißen würden. Ich denke an die Wohnung, die ich mit Lars geteilt habe. Wie ich beim Auszug feststellen musste, dass ich darin nur sein Leben geteilt habe und es keine Spur von mir gab.

Aufgeregt beschließe ich, von jetzt an ein paar Spuren zu hinterlassen. Als Erstes werde ich den von Tom so rührend gepflegten Garten viel mehr in meine Küchenangebote einbauen. Saisonale und regionale Kost ist schließlich der Renner. Ich schnappe mir eine Jacke und einen Korb. Dann eile ich zu den Obstbäumen, um zu sehen, was ich verwerten kann. Mit schlechtem Gewissen betrachte ich die vielen Äpfel, die vernachlässigt und verfault auf der Erde liegen. Aber an ein paar Bäumen hängen noch welche. Ich entdecke außerdem zwei Birnbäume, deren Äste von dem Gewicht der reifen Früchte tief nach unten gezogen werden. Und an einem Strauch gedeihen die Blaubeeren ganz prächtig. Die zu verwerten wird ganz einfach: Warum nicht mal lilafarbene Macarons? Die werden Carlie gefallen, schließlich gilt Lila doch als spirituelle Farbe. Und die Äpfel und Birnen kann man doch ganz bestimmt für eine Baisertorte verwenden, wie ich sie mit Effie gemacht hatte – unser erster gemeinsamer Versuch. Begeistert wirbele ich mit meinen Errungenschaften durch die Küche. Enttäuscht stelle ich fest, dass die Eier nicht mehr für Macarons und eine Torte reichen. Also beschränke ich mich vorerst auf die Macarons und kreiere mithilfe der Blaubeeren zweierlei Füllungen – zum einen eine herrliche Mascarpone-Frucht-Creme, die sicher mit 2000 Kalorien aufwartet, aber wirklich jede Sünde wert ist. Und dann gelingt es mir noch, mithilfe eines Rezepts aus einem von Effies Büchern, ein köstliches Blaubeer-Vanille-Gelee herzustellen. Viel bleibt davon allerdings nicht, weil ich den Topf nach dem Einkochen etwas zu großzügig ausgekratzt habe. Beim Werkeln habe ich gar nicht bemerkt, wie schnell die Zeit verflogen ist. Bis Carlie vor mir steht und entsetzt auf das Chaos in der Küche und mich starrt.

»Was ist denn hier passiert? Und wie siehst du aus? Frierst du? Deine Lippen sind so blau.«

Erschrocken fahre ich mir mit der Hand über den Mund: Blaubeergelee.

»Nein«, sage ich. »Ich fand nur, dass es an der Zeit war, etwas Neues auszuprobieren.« Schnell gebe ich mit einem Löffel etwas Gelee auf einen lilafarbenen Macarondeckel und halte ihn Carlie vor die Nase. »Probier mal.«

Carlie schnappt ihn mit den Zähnen direkt aus meiner Hand und seufzt kurz darauf schwer. »Oh Gott, ist der lecker.«

Dann gibt sie mir einen Kuss auf den Mundwinkel. »Da klebte noch etwas«, erklärt sie grinsend. »Und ich dachte, ich nehme, was ich kriege. Ich finde es toll, dass du dich so reinkniest.«

Carlies offensichtliche Begeisterung über meine neue Anteilnahme beschämt mich noch mehr. Nachdem ich alle Macarons gefüllt und das Chaos beseitigt habe, sitzen wir gemeinsam an einem der Tische und entwerfen die Flyer. Die Texte schreibe ich, und sie ergänzt sie mit einer wunderbaren Schwarz-Weiß-Zeichnung. Sie sieht aus wie ein sehr feiner Scherenschnitt, in dem das Häuschen zu einem verzauberten Anwesen wird und aus Kürbissen faszinierende Blumen wachsen. Irgendwie gibt das meiner eigenen Kreativität einen ungeahnten Schub. Auf meinen Wunsch hin zeichnet Carlie noch zwei Gastgeber – unheimliche Kreaturen mit langen, dünnen Gliedmaßen, die sich vorbeugen, um die Besucher willkommen zu heißen.

»Oh, Carlie, du bist ein Genie«, rufe ich begeistert. Wer hätte gedacht, dass wir so gut Hand in Hand arbeiten können? »Gleich morgen fahre ich in die Druckerei und werde die Plakate dann an so vielen Orten wie möglich aufhängen.«

»Ich helfe dir«, sagt sie spontan.

»Du hast schon genug getan!« Als sie mich enttäuscht ansieht, füge ich schnell hinzu: »Das war meine unbeholfene Art, Danke zu sagen.«

»Oh, na dann. Ich komme trotzdem mit, du hast dich hier doch noch gar nicht umgesehen und hast keine Ahnung, wo wir die Plakate am besten aufhängen.«

»Ich freue mich, wenn du mitkommst«, muss ich ehrlich zugeben. Und weil es kaum etwas Bezaubernderes gibt als Carlies Strahlen, füge ich hinzu: »Vielleicht können wir bei der Gelegenheit die Dinge kaufen, die du noch im Laden unterbringen wolltest – du weißt schon, hilfreiche Öle und was es da noch so gibt.«

Lachend fällt sie mir um den Hals. »Aber zu einem

Schutzzauber kann ich dich wohl nicht noch einmal überreden?«

»Lieber nicht, das letzte Mal haben wir Ratten heraufbeschworen«, sage ich naserümpfend.

»Wer weiß, wozu es gut war. Vielleicht musste genau das passieren, damit etwas noch Besseres eintreten kann.«

»So funktioniert wohl nur Magie«, sage ich lachend. »Wenn es funktioniert, ist es gut. Und falls es nicht funktioniert, hat auch das einen höheren Sinn.«

Beleidigt boxt sie mich in die Seite.

»Ich finde, du solltest aufhören, immer so misstrauisch zu sein«, sagt Effie missbilligend.

»Ich bin nicht misstrauisch, aber das macht doch einfach keinen Sinn!«

»... sagt die Dame, die mit einem Geist spricht.« Effie schnaubt. Ich muss kichern. Gleich darauf wird mir ganz heiß, und ich sehe erschrocken zu Carlie.

»Alles klar bei dir, Lexi?«, fragt sie besorgt.

»Sicher«, murmele ich.

»Mit wem hast du gerade geredet?«, fragt sie.

»Na, mit dir.«

»Und dabei schaust du die ganze Zeit auf den leeren Platz neben dir?«

Statt mir eine gute Ausrede einfallen zu lassen, wiederhole ich den gleichen Fehler und schaue Hilfe suchend auf den Platz neben mir. Doch Effie sieht ebenso erschrocken drein wie ich. Schnell wende ich mich wieder Carlie zu und denke fieberhaft nach. Gerne würde ich die Lüge so klein wie möglich halten, aber mir fällt nichts ein, das nicht noch verrückter klingt als die Wahrheit. Wie ein Fisch auf dem Trockenen öffne ich den Mund, um etwas zu sagen, und schließe ihn gleich darauf wieder.

»Sie ist immer noch da, oder?«, fragt Carlie aufgeregt.

»Wer?«, frage ich unschuldig.

»Na, Effie, wer denn sonst?« Sie verdreht ihre Augen. »Ich hab's gewusst. Mir ist hier immer so, als wäre sie nie ganz gegangen. Als könnte man immer noch ihre Wärme spüren.«

Ich sehe, wie Effie Carlie liebevoll ansieht.

»Und du hältst mich nicht für verrückt?«, frage ich zweifelnd. War ja klar, dass Carlie genau zu der Schlussfolgerung kommt, die eigentlich die abwegigste ist.

Carlie ignoriert meine Frage. »Die alte Frau, die du bei der Beerdigung gesehen hast. Das war Effie, oder? Du hast sie beschrieben, ohne sie zu kennen. Und als wir den Kuchen gebacken haben, hast du beim Nachdenken gar nicht so ausgesehen, als würdest du in deinem Gehirn nach einem auswendig gelernten Rezept kramen. Du sahst aus wie eine, die jemandem konzentriert zuhört.«

Angespannt schweige ich vor mich hin und sehe voller Entsetzen, wie sich Carlies Augen mit Tränen füllen. »Bitte, Lexi, du musst es mir sagen. Tom hat dir doch alles erzählt, von unseren Eltern, oder? Es wäre so tröstlich für mich zu wissen, dass sie noch irgendwo sind. Und wenn deine Tante noch da ist, können sie doch nicht einfach verschwunden sein, oder?«

Effie fängt neben mir an zu schniefen. Gnadenlose Überforderung macht sich in mir breit. Mit zwei heulenden Frauen an einem Tisch zu sitzen ist mehr, als ich derzeit verkrafte. Ich seufze und lege Carlie meine Hand auf die Schulter, etwas, das ich für Effie nicht tun kann.

»Bitte nicht weinen, Carlie. So etwas macht mich völlig hilflos. Du hast recht, okay? Effie sitzt neben dir und weint mit dir mit. Das könnt ihr nicht mit mir machen!«

Carlie schluchzt noch lauter auf. Effie tupft sich ihre Tränen ab und sieht ganz besorgt aus. Ich überlege fieberhaft, was begnadetere Tröster in diesem Moment sagen würden: »Deine Mami ist ganz bestimmt ein Engel im Himmel«, »Alles wird gut«? Ich glaube nicht, dass ich so einen Quatsch überzeugend über die Lippen bringe, außerdem ist Carlie nicht mehr drei Jahre alt.

Ich streichele ihr über das Haar und sage das, was ich selbst immer mehr glaube: »Du hast recht, Carlie, es wäre ganz und gar unlogisch, dass, wenn Effie hier ist, nicht auch alle anderen irgendwo und irgendwie weiterexistieren.«

Sie blickt hoch und seufzt. Dann umarmt sie mich, und ehe ich mich's versehe, liegen wir uns in den Armen, wobei auch mir die Tränen kommen. Als ich Effies gerührten Blick sehe, mache ich mich verlegen los.

»Nun muss ich nur noch eine Möglichkeit finden, sie zu sehen«, erklärt Carlie, die ihr optimistisches Strahlen wiedergefunden hat.

In diesem Moment erkenne ich meinen riesengroßen Fehler. Mir kommen die Worte von Tom in den Sinn und mir wird ziemlich unwohl. Genau diese Sehnsucht nach ihren Eltern, die mich schließlich dazu gebracht hat, ihr nachzugeben, hätte mich davon abhalten müssen. Es bringt nichts, wenn sie sich nun in alle möglichen Geisterseher-Geschichten stürzt, davon bin ich fest überzeugt. Nach allem, was ich hier erlebt habe, kann ich mir dessen natürlich nicht absolut sicher sein, aber es kann niemandem guttun, seine knappe Lebenszeit damit zu verschwenden, sie den Toten zu widmen. Und wenn ihre Eltern in Effies Zwischenwelt säßen, hätten sie sich sicher schon sehen lassen, oder?

»Vielen Dank«, sagt sie, küsst mich auf die Wange und

läuft hinaus. Über die Schulter ruft sie noch: »Hol mich morgen früh ab, wenn du losfährst, um die Plakate drucken zu lassen, ja?«

Verwirrt nicke ich, obwohl sie schon weg ist.

»Schöner Schlamassel«, sagt Effie mitleidig.

»Und du warst mir auch keine große Hilfe«, sage ich vorwurfsvoll.

»Was hätte ich denn tun sollen? Ich bin doch gar nicht mehr da. Du wirst in Zukunft mit diesen Menschen leben müssen. Und du musst entscheiden, wie du dieses Zusammensein gestalten willst.«

Zumindest wie die Zukunft hier mit Tom aussieht, kann ich mir jetzt lebhaft vorstellen. Er wird stocksauer auf mich sein, nie wieder mit mir reden und mich außerdem für vollkommen bekloppt halten. Auch wenn ich ihn noch nicht sehr lange kenne, ist mir eines sonnenklar: Seine Schwester liebt er über alles. Er würde alles tun, um sie zu schützen, denke ich fast ein wenig neidisch. Und nun wird er glauben, dass sie am dringendsten vor mir geschützt werden muss.

»Ich hätte auch nicht gewusst, wie ich mich entscheiden soll«, sagt Effie tröstend in die Stille. »Aber ich weiß, was ich nun tun würde.«

»Was denn?«, frage ich gierig.

»Zu Tom gehen und mit ihm reden. Er sollte vorgewarnt sein. Die beiden haben eine harte Zeit hinter sich.«

Und ich habe sie wieder mitten hineingeschubst. Großartig, Alexandra, wenn du einmal deinen Gefühlen freien Lauf lässt …

Warum nur muss ausgerechnet ich mit einem Geist zusammenleben? Sofort bereue ich diesen Gedanken. Ohne Effies Hilfe und ihre kleinen Provokationen wäre ich schon nicht mehr hier, sondern in Hamburg auf Jobsuche. Und auch wenn hier rein gar nichts so glattläuft, wie ich es mir erhoffte, hatte ich hier in sechs Wochen mehr Spaß als jemals zuvor. Jetzt, wo mir alles zu entgleiten droht, merke ich erst, wie sehr ich bereits daran hänge und wie gerne ich es erhalten möchte.

»Morgen«, sage ich erschöpft. »Ich kümmere mich morgen darum.«

Leider kommt der nächste Tag schneller als erwünscht. Nachdem ich wie eine Besessene gewischt, fünfmal umdekoriert und akribischer als in alten Zeiten notiert habe, welche Bestellungen anstehen, zischt Effie ungeduldig: »Tu es endlich.«

Wie bin ich am Tag zuvor nur auf die Idee gekommen, sie könnte recht haben mit ihrer Aufforderung, Tom aufzusuchen? Auf einmal scheint mir das eine riesengroße Schnapsidee zu sein.

Da ist Carlies Auftauchen eine gelungene Ablenkung. An diesem Tag macht sie ganz und gar nicht den Eindruck einer Geisterbeschwörerin. Vielleicht gibt es ja gar keinen Grund, Tom unnötig Sorgen zu bereiten oder mir Komplikationen einzuhandeln.

»Ich habe vielleicht eine Idee«, sagt Carlie genau in diesem Moment.

»Was für eine?«

»Eine Idee, mit der es klappen könnte. Du hast angefangen, deine Tante zu sehen, als du auf dem Tiefpunkt warst, oder?«

»Tiefpunkt« hätte ich meinen damaligen Zustand nun auch wieder nicht genannt. Aber mir dämmert etwas.

»Carlie, wenn du damit andeutest, dass du mutwillig dein

Leben ruinieren willst, um Geister zu sehen, vergiss es! Vielleicht sollte man die Toten besser ruhen lassen.«

»Und was ist mit Effie?«

Ich bin kurz davor zu behaupten, dass es diesen Geist gar nicht gibt, aber dafür ist es jetzt wohl zu spät.

»Das ist etwas anderes. Ich wurde ganz und gar gegen meinen Willen heimgesucht, nicht weil ich verzweifelt versucht hätte, ihren Geist zu beschwören. Also, egal, was du planst, um dich auf den Nullpunkt zu bringen, lass es einfach bleiben!«

Sie guckt mich an wie ein hochmütiger Teenager, der es nicht nötig hat, auf das überflüssige, verständnislose Gequatsche der Alten einzugehen.

»Pass auf, Carlie, ich muss noch einmal kurz weg. Kann ich mich darauf verlassen, dass du hier nichts in Brand setzt, um beispielsweise ein Menschenopfer darzubieten?«

»Oh, wieder ganz die alte hochmütige Alexandra, was?«, fragt sie mich mit funkelnden Augen. »Vielleicht ist es auch leichter, erhaben zu tun, wenn man seine Eltern noch hat!«

Ich schnaube. »Entschuldigung, aber ich glaube, du hast meine Mutter kennengelernt.«

Effie sieht mich schockiert an. Sofort schäme ich mich für meinen angreifenden Tonfall. Ich sollte hier der größere und weisere Mensch sein. Warum nur muss Effie unsichtbar sein? Genauso jemanden bräuchte Carlie jetzt, der sie an die mütterliche Brust drückt und tröstet. Und gegen eine Effie zum Anfassen könnte nicht einmal Tom etwas einwenden.

»Tut mir leid, Carlie. Ich wollte keinen Streit mit dir anfangen. Das war dumm, sei mir nicht böse, ja?«

»Schon in Ordnung«, sagt sie müde. »Und ich hätte nicht die Elternkarte ausspielen sollen.«

Wie blass sie aussieht. Was habe ich nur angerichtet.

»Soll ich dich zu Tom begleiten?«, fragt Effie mich.

»Nein, pass lieber auf Carlie auf.«

»Ist Effie da?«, fragt Carlie und strahlt plötzlich wieder über das ganze Gesicht. »Was tut sie?«

»Im Moment steht sie neben dir.«

Carlie dreht sich zur Seite und spricht knapp an Effie vorbei. »Wie schön, dass du hier bist, du fehlst uns allen sehr.«

»Und ihr fehlt mir auch«, murmelt Effie. Ich wiederhole ihre Worte für Carlie. Eine komische Situation.

Ich lasse die beiden nur ungern alleine, aber ich muss unbedingt mit Tom sprechen, deswegen mache ich mich auf den Weg.

In Gedanken gehe ich schon einmal verschiedene Gesprächsverläufe durch – mit einem sehr betroffenen Tom, mit einem unglaublich wütenden Tom, mit einem verständnisvollen Tom, der mir glaubt. Träum weiter, Alexandra.

Als ich im Hotel ankomme, treffe ich dort Beatrix Dallhaus. »Oh hallo, Alexandra«, sagt sie freundlich.

Vermutlich denkt sie so von Geschäftsführerin zu Geschäftsführerin in ein und demselben Dorf wäre es in Ordnung, sich einfach so zu duzen. Aber es ärgert mich. Auch wenn ich es nicht belegen kann, sagt mir mein Gefühl, dass sie nicht halb so erfreut ist, mich zu sehen, wie ihr Lächeln andeuten soll. Carlie zumindest kann sie nicht ausstehen, und das will etwas heißen, denn wenn jemand wohlwollend gegenüber schwierigen Kandidaten ist, dann sie.

»Hallo«, sage ich eher höflich als freundlich. »Ich wollte zu Tom. Ist er da?«

»Sicher. Er kümmert sich gerade um die Palmen, also halte ihn bitte nicht zu lange von der Arbeit ab, einverstanden?«

Ihr zutrauliches Augenzwinkern lässt mich wünschen, diese Frau würde noch mal vor Carlies Augen ein Tier quälen. Dabei hat sie mir gar nichts Schlimmes getan. Ich lebe offenbar nicht nur mit einem Geist, sondern bin auch noch von einem besessen – einem widerspenstigen Geschöpf namens Lexi. Was meine Eltern wohl dazu sagen würden?

»Sicher doch«, sage ich knapp und husche schnell zu der gläsernen Halle im Hinterhof, dem Palmengarten.

Auf den Bänken sitzen rüstige Rentner und genießen die feuchtwarme Luft. Mir würgt sie noch den letzten Atem ab.

Da entdecke ich Tom, der in ein angeregtes Gespräch mit einer älteren Dame vertieft ist. Ich bleibe stehen und überlege, wie ich nun am besten vorgehe, doch da lächelt sie mir schon aufmunternd zu.

»Wenn ich den Blick der jungen Dame richtig deute, bekommen Sie gerade Besuch«, sagt sie zu Tom.

Tom dreht sich überrascht um und strahlt übers ganze Gesicht. Ich versuche, mir diesen Gesichtsausdruck einzuprägen, nur falls es das letzte Lächeln sein sollte, das ich von ihm bekomme.

»Ich wollte ohnehin noch eine Runde in der Therme planschen«, sagt die alte Dame und verschwindet diskret.

»Hallo Lexi, was machst du denn hier?«

Ich hebe meine Handtasche hoch. »Ich habe Brötchen dabei für den Fall, dass du Mittagspause haben solltest.«

»Oh, das klingt gut. Womit habe ich das denn verdient?«, fragt er und lässt sich auf die Bank fallen.

Ich setze mich neben ihn und weiß nicht weiter. Deswegen schaue ich geradeaus und schweige.

»Wie gesagt, das ist ja echt nett von dir. Aber was ist denn nun mit den Brötchen?«, fragt Tom.

Wortlos reiche ich ihm die Tasche und konzentriere mich danach auf meine Schuhspitzen.

»Du isst nichts?«

Ich schüttele beklommen den Kopf.

»Also gut, du bist hier, weil du einfach nur ein netter Mensch bist, der sich Gedanken um meine Verpflegung gemacht hat und mir gerne beim Essen zugucken möchte?«

Ich bleibe stumm.

»Hast du etwas ausgefressen?«, fragt er belustigt. »Sag's mir, ich kann schweigen wie ein Grab.«

Irgendwann muss ich es ja doch hinter mich bringen. »Ich glaube, deine Schwester versucht, Kontakt zu deinen Eltern aufzunehmen. Und ich glaube außerdem, dass ich schuld daran bin.«

Er verschluckt sich und fängt heftig an zu husten. »Wie bitte? Entschuldigung, aber das musst du mir genauer erklären.«

Ich seufze schwer. »Sie denkt, ich hätte Kontakt zu Effie.«

Verdutzt schaut er wieder auf sein Brötchen. Dann hellt sich seine Miene auf. »Ach so, wegen deiner tollen Macarons? Ich gebe zu, die hätte ich dir anfangs auch nicht zugetraut. Sag ihr doch einfach: ›Carlie, so ein Blödsinn, ein bisschen was kannst du mir schon zutrauen.‹ Aber das hast du bestimmt schon getan.«

Ich räuspere mich.

»Hast du nicht? Was hast du ihr denn gesagt?« Seine Miene ist schon ein ganzes Stück ernster, aber noch sieht er nicht aus, als erahne er die unlösbaren Schwierigkeiten, die uns bevorstehen. Er ist so süß, ich hätte ihn an dem Abend unter Sternen doch mit reinbitten sollen. Wir hätten miteinander geschlafen, und ich hätte eine wunderbare

Erinnerung gehabt. Es wäre schön gewesen, dessen bin ich mir nun ganz sicher. Chance vertan.

»Erinnerst du dich an meine ersten Torten?«

»Na klar, die waren erstaunlich gut. Nicht ganz so perfekt wie die von Effie, aber für deine ersten Versuche … Du hattest Rezepte von ihr verwendet, oder?«

»Ja, nur dass sie nie Rezepte aufgeschrieben hat.«

»Was genau willst du mir hier eigentlich erzählen?« Er sieht verwirrt aus.

»Effie ist tatsächlich noch da«, sage ich so leise, dass es hoffentlich niemand hören kann.

Er schaut mich suchend an, vermutlich will er herausfinden, ob ich ernsthaft verrückt bin oder aus purer Boshaftigkeit mit Carlies Gefühlen spiele.

»Was meinst du damit?«, fragt er vorsichtig.

»Ich meine, ich sehe sie täglich, ich rede mit ihr und sie hat mir gesagt, wie ich die Torten zubereiten soll«, sage ich lauter als geplant und mittlerweile etwas genervt, weil er sich so begriffsstutzig anstellt. »Und ich bin nicht wahnsinnig!«, sage ich erbost.

Als keine Antwort kommt, schiebe ich schnell entschuldigend hinterher: »Ich verstehe, wenn du stocksauer bist, ich wollte es ihr auch gar nicht sagen. Sie hat es irgendwie selbst rausgefunden.«

»Gib mir bitte mal eine Sekunde. Ich weiß gerade nicht, was ich denken soll.«

»Dann gehe ich mal lieber«, murmele ich und bin fast ein wenig enttäuscht darüber, dass er mich nicht aufhält.

Dass ich für ihn jetzt jemand bin, für den man bestenfalls Mitleid empfinden kann und der eigentlich in eine Klinik eingewiesen gehört, ist mehr als ich verkrafte. Aus den Augenwinkeln sehe ich noch, wie er das Brötchen in den Papierkorb wirft. Langsam werde ich zur Heulsuse, geht es mir durch den Kopf, als ich die Tränen auf den Wangen spüre.

Ich bin nur milde erstaunt, als Carlie am nächsten Tag im Laden aufkreuzt, obwohl sie ihren freien Tag hat.

»Wieso musstest du meinem Bruder von der Sache mit Effie erzählen? Jetzt möchte er, dass ich aufhöre, hier zu arbeiten. Er behauptet, das sei nicht gut für mich. Manchmal geht er mir echt gewaltig auf die Nerven mit seinen Bevormundungen«, sprudelt es aus ihr hervor, bevor sie auch nur ihre Jacke aufgeknöpft hat. »Hallo, ich bin 28, ich kann selbst Entscheidungen treffen, auch wenn es mal die falschen sein sollten. Ich habe ein Recht auf meine Fehler.«

Kampflustig sieht sie mich an.

Ich schlucke mehrmals, doch der Kloß in meinem Hals verschwindet einfach nicht. Die Vorstellung, beide Geschwister zu verlieren, macht mich krank.

»Guck nicht so traurig. Glaubst du, ich lass dich hier im Stich? Der kriegt sich schon wieder ein. Und ich glaube übrigens nicht, dass du komplett irre bist.«

»Sehr tröstlich.« Ich schnaube, bin aber insgeheim wirklich getröstet. Bis mir aufgeht, dass »komplett irre« seine Worte gewesen sein müssen. Na, vielen Dank.

Irgendwie habe ich langsam das Gefühl, tatsächlich den Verstand zu verlieren. Die Welt ist total verdreht. Dass gerade ich der armen, elternlosen Carlie Hoffnungen gemacht habe, sie könne Kontakt zu den Toten aufnehmen. Das ist wirklich absurd, wenn man darüber nachdenkt.

»Carlie, vielleicht hat er ja auch recht, hast du darüber schon mal nachgedacht?«

Spöttisch blickt sie mich an.

»Nein, wirklich Carlie«, beharre ich. »Niemand außer mir hat Effie jemals gesehen. Woher wissen wir, dass ich nicht echt spinne? Ich kann dafür jedenfalls nicht garantieren.«

Ein beleidigtes Schnaufen kündigt an, dass Carlie und ich Gesellschaft bekommen haben. Doch ich ignoriere Effie beharrlich, alles andere wäre in diesem Moment absolut kontraproduktiv.

»Und die Torten? Du kannst doch gar nicht backen«, beharrt Carlie. Es ist fast zum Lachen, wie sie und Effie gleichzeitig die Arme vor der Brust verschränken und mich triumphierend ansehen.

»Niemand kann bis jetzt genau sagen, wozu das menschliche Gehirn in der Lage ist«, schwafle ich im Professorton. »Vielleicht habe ich Effie ja als Kind mal bei der Arbeit zugesehen und alles abgespeichert? Es ist doch komisch, dass ich keine bewusste Erinnerung an Effie habe. Vielleicht sitzt das alles irgendwo in meinem Unterbewusstsein.«

Für eine Sekunde schaut mich Carlie unsicher an. Und ich verfluche meine Situation, in der ich meine einzige Freundin hier davon überzeugen muss, mich für komplett wahnsinnig zu halten.

»Aber du hast sie genau so beschrieben, wie sie zuletzt aussah!«

»Nun, den Fotos nach hat sie ihren Kleiderstil in all den Jahren nicht gerade neu erfunden.«

Jetzt sieht Carlie wütend aus. »Das ist doch Blödsinn, und das weißt du auch. Dass gerade du dich von Tom einschüchtern lässt, hätte ich nicht gedacht.«

Und ich sag's doch. Es ist alles ganz verkehrt. Die verrückte Carlie denkt als Einzige noch ganz vernünftig, und mir fehlen die Worte. Langsam werde ich sauer, allerdings eher auf mich als auf Carlie. »Ich lasse mich nicht einschüchtern! Na gut, vielleicht ein bisschen. Ich denke nur, du solltest die Finger von den Toten lassen und dich ins Leben stürzen.« Bislang hatte ich den Eindruck, sie würde genau das tun. Niemals hätte ich gedacht, sie sei der Typ, der sich an Vergangenes hängt.

»Ins Leben stürzen? So wie du? Da kann man auch gleich selbst tot sein.«

Getroffen lass ich meine Schultern und meinen Blick sinken.

»Entschuldigung«, sagt Carlie hastig. »Das war gemein, das wollte ich nicht. Das ist ein schwieriges Thema für mich, weißt du.«

»Und genau deswegen denke ich ja, du solltest die Finger davon lassen«, sage ich ganz ruhig.

»Tom weiß nicht immer, was das Beste für mich ist«, entgegnet sie ebenso ruhig.

Und ich weiß es langsam auch nicht mehr. Was wäre denn, wenn es wirklich möglich wäre, Kontakt zu ihren Eltern aufzunehmen? »Wir machen so weiter wie bisher«, beschließt Carlie an meiner Stelle. »Ich werde mit dir einfach nicht mehr darüber sprechen. Brocken-Typ glaubt mir übrigens.«

Ich verkneife mir eine zickige Bemerkung, dass ein frisch verliebter Mann, der mit einer Frau ins Bett möchte, so ziemlich alles glaubt, was das Objekt der Begierde ihm auftischt. Das würde im Umkehrschluss bedeuten, dass Tom ganz und gar nicht dringend mit mir ins Bett möchte.

»Ich muss erst mal kurz ins Bad«, verschaffe ich mir eine Atempause.

Obwohl ich sonst in diesem Punkt nicht zwanghaft bin, wasche ich meine Hände sehr gründlich, selbst die Zwischenräume schrubbe ich minutenlang. Wissenschaftler haben herausgefunden, dass eifriges Händewaschen einen hilfreichen Effekt auf das Gehirn hat – es reinigt von moralischen Vergehen und allem möglichen anderen Ballast. Das habe ich irgendwo gelesen, doch leider bringt mir der kleine Psychotrick nicht den erhofften klaren Kopf.

Als ich zurückkomme, spricht Carlie gerade in den leeren Raum, während meine Tante ihr mit verzweifelter Miene zuhört. Es ist ein herzzerreißender Anblick.

»Sie will mich als Medium«, klagt Effie. »Aber ich wüsste wirklich nicht, wie ich ihr helfen sollte.«

»Carlie«, sage ich streng. »Effie kann dir nicht helfen.«

»Hat sie das gesagt?«, fragt sie mich eher neugierig als enttäuscht. Ich mache eine mannigfaltig interpretierbare Geste, die ein halbes Ja andeuten soll.

»Macht nichts«, sagt sie leichthin. »Ich finde schon eine Möglichkeit. Ich muss jetzt weg.«

Sie umarmt mich kurz und ich drücke sie an mich.

Erschöpft lasse ich mich auf einen der Stühle fallen.

»Ach, Effie, was soll ich nur tun?«

»Ich weiß es nicht«, gibt sie ehrlich zu. »Aber bitte sag mir, dass wir nicht wieder ganz am Anfang stehen. Du denkst doch nicht wirklich, dass du verrückt bist, oder?«

Ausweichend versenke ich den Kopf in meinen Händen.

»Erzähl mir etwas, das garantiert nur du wissen kannst, zum Beispiel, was bei Mama und dir passiert ist. Das würde mir helfen«, verlange ich erneut. Wobei das unfair von mir ist, denn nein, trotz allem, was ich Carlie erzählt habe, glaube ich an Effie. Es mag verschüttete Kindheitserinnerungen geben, die ihre Besitzer später heimsuchen, doch Tortenrezepte mit Maßangaben gehören sicher nicht dazu.

Effie sieht nachdenklich drein. »Kommen deine Eltern zum Halloween-Fest?«

»Ich denke schon.«

Tatsächlich habe ich fast alles getan, um sie davon abzuhalten. Ich glaube nicht, dass sie viel mit der Brocken-Bande und Kürbisfratzen anfangen können. Doch ihr Gefühl einer inneren Verpflichtung, sich anzusehen, was das Töchterlein macht, war zu stark – selbst wenn sie es zutiefst missbilligen und eigentlich auch gar nicht wollen.

»Das ist ja bald. Können wir bis dahin warten? Ich würde meine Schwester gerne noch einmal sehen, bevor ich eine Entscheidung treffe.«

»Wen willst du eigentlich schützen?«, frage ich misstrauisch. Sie zuckt mit den Achseln.

»Falls es dabei um mich geht: Ich lege absolut keinen Wert darauf, mit Unwahrheiten geschützt zu werden.«

»Hattest du das Gleiche nicht mit Carlie vor, als du behauptet hast, es gäbe mich gar nicht?«

»Das ist etwas ganz anderes. Ich hatte Angst, ihr Schaden zuzufügen.«

»Eben«, sagt meine Tante schlicht. »Und findest du es nicht etwas anmaßend zu denken, du hättest als Einzige die Weitsicht, für andere eine solche Entscheidung zu treffen?«

Wenn sie es so sagt, klingt es tatsächlich ein bisschen anmaßend. Aber was könnte denn so schlimm sein, dass man es mir verheimlichen muss?

Am Vorabend der Feier halte ich mir den vor Aufregung schmerzenden Magen, während Effie und Carlie mich abwechselnd mit Kräutertee und tröstlichen Ratschlägen abfüllen. Ich sehne mich nach Alexandra, die alles im Griff hat. Oder zumindest dachte, sie hätte alles im Griff – bis sie gekündigt und betrogen wurde.

Um mich abzulenken, schnitze ich aus unseren Kürbissen Blütenkelche noch sehr viel detaillierter, als es Künstlerin Carlie tut. Ich bin so dankbar, dass sie sich von Tom tatsächlich nichts vorschreiben lässt und mir hier zur Seite steht.

Bis zum Nachmittag des Festes, tue ich nichts, als ihre Anweisungen zu befolgen, wobei ich mein Augenmerk immer nur aufs kleinste Detail, nicht aufs große Ganze lenke. Das führt dazu, dass ich am Festabend selbst mehrmals heftig blinzeln muss, als ich den Raum fertig geschmückt vor mir sehe. Das alles haben wir vollbracht? Es ist wunderschön. Keine billigen Gruseleffekte weit und breit, ein wunderhübscher, schauriger Märchenzauber liegt über allem. In den Blütenkelch-Kürbissen schwimmen Seerosenkerzen. Auf den Tischen steht in Vasen roter Mohn und schwarze Rosen, von denen ich annehme, dass sie gefärbt sind. Tatsächlich gibt es Spinnweben, die aber statt mit Spinnen mit kleinen glitzernden Steinchen versehen wurden, die in dem Licht der unzähligen Kerzen funkeln wie Kristalle.

»Danke«, sage ich knapp zu Tom, der das Café betritt und noch mehr Blumen im Arm hält. Mein Herz schlägt dabei so laut, dass ich fast meine, er müsste es hören.

»Carlie hat so lange gebettelt, bis ich nicht mehr Nein sagen konnte«, sagt er achselzuckend.

»Trotzdem danke«, beharre ich, obwohl ich innerlich bei dieser Zurückweisung zusammenzucke.

»Dies ist jetzt sicher nicht der richtige Moment, aber …«, sagt er dann etwas leiser zu mir.

Das sieht doch schwer nach Beichte aus. So kündigt niemand eine Gemeinheit an. Mein Herz schlägt schneller. Sollte er mir verziehen haben? Denkt er vielleicht doch nicht, ich sei verrückt? Mag er mich vielleicht ein klitzekleines bisschen? Das würde ich wunderbar finden, stelle ich gleichzeitig hoffnungsfroh und über mich selbst erschrocken fest.

»Sag schon«, bitte ich und zupfe nervös an den eigentlich tadellos drapierten Blumen.

»Ich habe nachgedacht und bin zu dem Schluss gekommen, dass du das alles bestimmt nicht böse gemeint hast.«

»Na, da bin ich aber erleichtert«, sage ich mit einem Seufzen, das nur halb scherzhaft gemeint ist.

»Ich dachte, dass du dir vielleicht Hilfe suchen solltest.«

Ach so, von daher weht der Wind – kräftig genug, um meine ganze Stimmung umzupusten.

Als Tom meinen zornigen Blick sieht, fährt er fort: »Ich weiß, dass man ganz durcheinandergeraten kann, wenn etwas im Leben schiefgeht. Vielleicht solltest du es irgendjemanden geraderücken lassen.«

So viel dazu … für bekloppt hält er mich also immer noch. »Ich fürchte, dass ein Psychologe oder was immer du mir da nahelegen möchtest, meinen speziellen Problemen nicht gewachsen ist«, sage ich kühl und füge dann noch hinzu:

»Mach dir um mich mal keine Gedanken, ich komme schon klar.« Ich bin schon wieder den Tränen nahe und drehe mich um … vielleicht hilft das Händewaschen ja dieses Mal.

»Denk darüber nach. Ich mache mir Sorgen um dich«, ruft er mir hinterher.

Mein verräterisches Herz macht einen kleinen, unerwünschten Hüpfer. Meine Güte, ich habe neuerdings Stimmungsschwankungen wie ein Erdbebengebiet.

Ich widme meine Aufmerksamkeit entschlossen der Brocken-Bande, die sich gerade einspielt. Und wieder habe ich Carlie mit meinen Vorurteilen Unrecht getan. Es macht Spaß, den Jungs zuzusehen, die sich in altmodische Räuberhauptmannskostüme geworfen haben und Spielmannsmusik zum Besten geben, die direkt in die Beine geht. Als die ersten Gäste eintreffen, halte ich den Atem an, bis ich sehe, dass sich in ihren Gesichtern, die Begeisterung widerspiegelt, die ich auch empfinde, wenn ich mir den Raum ansehe.

Dass die Gesichter meiner Eltern ganz leer bleiben, kann die Freude nicht trüben. Alles andere hätte mich überrascht. Dankenswerterweise helfen Gerda und Bob mir, mit den anderen Gästen ins Gespräch zu kommen. Wenn sie denken, dass keiner hinsieht, halten sie Händchen, stelle ich erfreut fest.

»Gut gemacht«, sagt Effie, die nicht von meiner Seite weicht. »So sehr meine Torten auch gerühmt werden, sie haben noch nie zwei Menschen zusammengebracht. Damit hast du mir sogar schon etwas voraus.« Es tut so gut, wie stolz sie mich ansieht.

»Das ist lieb von dir, Effie«, flüstere ich leise und versuche, die Lippen dabei nicht zu sehr zu bewegen. »Bist du kein bisschen eifersüchtig? Ich dachte immer, du und Bob …«

Kurz zuckt sie zusammen, dann lächelt sie wieder gleichmütig. »Das ist eine lange und nicht sehr erfüllende Geschichte. Und sehe ich aus, als könnte ich noch einem Mann das Bett warm halten? Wohl kaum. Ich freue mich wirklich für die beiden. Sie haben ein wenig Liebesglück verdient.«

Sie lacht über mein peinlich berührtes Gesicht. Ich denke über Effies Liebesglück nach. Hat sie jemals welches erlebt? Nie war von einem Mann die Rede. Und ich scheine ihrem Beispiel nachzueifern. Für diesen Blick in die Zukunft brauche ich nicht einmal eine Kristallkugel.

Schließlich lässt es sich nicht vermeiden, auch meine Eltern willkommen zu heißen. Im allerersten Moment erscheinen sie mir wie Fremde, bis ich unter ihren kritischen Blicken wieder zu der Alexandra werde, die sie sich so mühsam erzogen haben: brav und lenkbar.

»Wie schön, dass ihr gekommen seid. Ich hoffe, ihr hattet eine angenehme Fahrt. Die Deko ist sehr hübsch geworden, findet ihr nicht auch?«, plappere ich und versuche, ihnen dabei nicht in die Augen zu sehen. Ich sülze noch eine ganze Weile vor mich hin, bis mir Carlie hilfreich zur Seite springt. Sie sieht aus wie eine wunderschöne Prinzessin der Nacht. Ihr dunkelblaues Kleid überzieht ein dezentes Funkeln. In ihr offenes Haar hat sie kleine silberne Libellen eingeflochten. Höflich reicht sie meinen Eltern die Hand. »Wie schön, Sie zu sehen. Sie sind sicher sehr stolz darauf, wie Lexi das alles hier weiterführt?«

Am Blick meiner Eltern sehe ich, dass auch sie die Drohung herausgehört haben, die ihnen Unheil verspricht, wenn sie sich nicht ein wenig beeindruckter zeigen. Es nützt nichts. Sie ergreifen nacheinander ohne große Begeisterung ihre Hand. Fast bin ich beeindruckt, wie resistent sie gegen Carlies Charme sind. Fast. Mein Vater schaut ihr auf eine Art ins Dekolleté, die mir peinlich ist und sicher nicht dazu führt, dass meine Mutter am Ende doch noch warme Zuneigung zu Carlie fasst. Das kann doch wohl nicht wahr sein. Wer hätte das von meinem Vater gedacht? Aber wie ich so darüber nachdenke, geht mir auf, dass ich ihn noch nie in Gesellschaft von anderen Frauen als meiner Mutter beobachtet habe und gar nicht weiß, wie er sich üblicherweise durch die Damenwelt bewegt.

Als sich auch noch Bob und Gerda zu uns gesellen, kommt es mir so vor, als würde sich eine Armee um mich versammeln, dabei sind dies doch nur meine Eltern.

»Hallo, Robert«, sagt meine Mutter gelangweilt. Bevor ich darüber nachdenken kann, warum mein Vater plötzlich so rot im Gesicht ist und auch Bob seinen Zorn nur schlecht verhehlen kann, ergreife ich die Flucht. Wie in einem schlechten Film laufe ich direkt gegen Toms Brust. Er stand wohl direkt hinter mir. Anders als im Film passiert daraufhin aber nichts weiter, als dass ich meine schmerzende Hand halte, die ich beim Zusammenstoß verdreht habe. Er macht keinerlei Anstalten, mich wieder an seine Brust zu ziehen.

»Entschuldigung, Alexandra«, sagt er stattdessen in einem nervtötend neutralen Tonfall, der mir den Rest gibt. Ich baue wohl besser nicht mehr auf die Menschen, die ich kenne, sondern begrüße lieber mal die übrigen Gäste. Dazu setze ich ein strahlendes Lächeln auf. In diesem Moment ist mir sogar die Hotelbesitzerin mit ihrem falschen, honigsüßen Lächeln sympathisch, die immerhin meine Hand nimmt und mehrmals wiederholt: »Gut gemacht, wirklich gut gemacht. Das sieht alles toll aus.«

Als ich meine Runde gedreht und mich vergewissert habe, dass zumindest die Gäste, die mich nicht näher kennen, einen magischen Abend genießen, bin ich schon wieder einigermaßen obenauf. Ich halte nach Carlie Ausschau und lege meinen Arm um ihre Schulter, als ich sie finde.

»Danke, Carlie. Es ist wirklich alles sehr schön.«

»Ja, das haben wir toll hinbekommen, oder?« Sie sieht

glücklich aus. Verliebt blickt sie immer wieder zum Sänger der Brocken- Bande, der trotz seines merkwürdigen Berufs ein netter, lustiger Kerl zu sein scheint. Vielleicht gelingt es ihm ja, Carlies Blick mehr in die Zukunft zu richten.

Da entdecke ich meine Eltern, die mir für einen Moment ungeheuer leidtun. Wenn ich so in die freudigen Gesichter der anderen gucke, die sich mit unseren Häppchen der besonderen Art und den blutroten Cocktails bestens vergnügen, denke ich, dass es doch schrecklich sein muss, an nichts wirklich Freude zu haben. Wider besseres Wissen folge ich diesem Impuls, fülle den Blutorangen-Cocktail in zwei Martini-Gläser und bringe sie ihnen. Auch wenn sie es nicht zu schätzen wissen. Erst als ich direkt vor ihnen stehe, sehe ich, dass eine todunglückliche Effie hektisch und flackernd um sie herumgeistert. Ihr verzweifelter Gesichtsausdruck und die sauertöpfische Miene meiner Eltern sind eine explosive Verbindung, die schließlich doch wieder meine Lexi-Seite hervorbringt, so sehr ich mich auch erwachsen und erhaben geben wollte.

»Zu schade, dass Effie nicht hier sein kann, oder?«, sage ich honigsüß, während ich ihnen die Gläser hinhalte.

»Ja, wirklich, ich denke, dieses Spektakel würde ihr gut gefallen«, sagt mein Vater in einem abfälligen Tonfall.

Beharrlich unterdrücke ich die Alexandra-Seite, die ganz leise in mir wispert: »Bitte, bitte nehmt mich in den Arm und sagt, dass ihr ein ganz klein wenig stolz auf mich seid.«

Meine Mutter sieht in erster Linie vollkommen verwirrt drein, dabei hätte ich von ihr als Erstes einen zickigen Kommentar erwartet. Stattdessen streicht sie sich über die Oberarme, als würde sie frösteln. Dabei ist es hier wegen der vielen Kerzen eher heiß. Vielleicht spürt sie etwas Unheimliches, die Anwesenheit ihrer toten Schwester zum Beispiel?

»Ich erkenne sie nicht mehr«, sagt Effie traurig zu mir.

»Was meinst du?«, frage ich gespannt.

Mein Vater, der sich angesprochen fühlt, guckt mich indigniert an. »Na ja, dieser ganze frivole Kitsch hier.«

Ich ignoriere ihn.

»Sie sieht so traurig und verhärmt aus«, sagt Effie leise.

Traurig? Ich schaue meine Mutter genauer an. Es stimmt, wenn ich mal vergesse, dass sie mich in letzter Zeit ständig vor den Kopf stößt, und sie unvoreingenommen betrachte, wirkt sie wie eine zutiefst unglückliche Frau. Wieso ist mir das nie aufgefallen? Weil du genauso unglücklich warst, antwortet die Lexi-Seite.

Ich muss daran denken, wie ich sie auf der Beerdigung zum ersten Mal durch die Augen anderer gesehen habe: trotzig, arrogant und einsam inmitten der Gesellschaft. Gerne würde ich Effie noch fragen, wie sie meinen Vater in Erinnerung hat, und ob er sich in ihren Augen auch so stark verändert hat wie meine Mutter. Doch das verschiebe ich auf später. Mir ist nach ein wenig Wärme. Deswegen überlasse ich meine Eltern und Effie vorerst ihrem Unglück und mische mich wieder unter die anderen Gäste.

Bob und Gerda tanzen eng umschlungen und auch Carlie und Tom legen einen Schieber aufs Parkett. Schade, dass ich Geister sehe und mich deshalb für eines der Geschwister entscheiden musste. Und auch wenn jedes Mal mein Blut in Wallung gerät, wenn ich an Tom oder seinen Kuss denke, kommt es mir irgendwie richtig vor, dass es Carlie ist, deren Freundschaft ich erhalten habe. Schließlich war und ist sie der erste Mensch, der mich so nimmt wie ich bin. Egal, ob ich sie steif wie ein Bambusrohr zur Erstbelehrung nach Infektionenschutzgesetz 30 B schleppe, oder ob ich mir von einem Geist das Backen beibringen lasse.

Mir schwirrt der Kopf von dieser Mischung aus Glück und Melancholie, obwohl ich doch so brav die Finger vom Alkohol gelassen habe.

Lange hält dieses merkwürdig beschwingte Gefühl nicht an. Etwas unfassbar Schreckliches passiert. Ich sehe, wie meine Freundin bleich wird, ihren Kopf nach vorne beugt und sich auf Toms Hemd übergibt. Tom macht erschrocken einen Schritt zurück. Die Menschen um sie herum machen angewiderte Geräusche. Auf fatale Weise erinnert mich dies an das Ratten-Desaster.

Schnell eile ich zu Carlie. Sie mag ja ein wenig leichtfertig sein, doch nie hätte sie sich an einem Abend wie diesem bis zur Besinnungslosigkeit betrunken. Nicht, dass sie krank ist. »Komm, wir bringen sie ins Wohnzimmer«, sage ich zu Tom, der mir mit Carlie im Arm folgt.

»Setz dich hin, Carlie«, befehlen wir ihr dort gleichzeitig. So ein Kommandoton bleibt nicht aus, wenn ein Einzelkind und ein großer Bruder aufeinandertreffen.

»Ist ja schon gut«, brummelt sie. »Mein Magen tut nur so weh.« Egal wie tapfer sie zu sein versucht, sie wird sich gleich wieder übergeben. Schnell hole ich einen Eimer und fülle ihn mit ein wenig Wasser. Den stelle ich zu Carlies Füßen.

»Geh du mal lieber wieder zu den Gästen. Ich kümmere mich um sie«, sagt Tom in seinem neutral-freundlichen Tonfall, an den ich mich wohl besser langsam gewöhnen sollte.

So ganz wohl fühle ich mich nicht dabei, sie im Stich zu lassen, aber Tom hat recht, ich sollte mich um meine Party kümmern.

Als ich in den Raum zurückkehre, bietet sich mir ein unglaublicher Anblick. Überall stehen Gäste, halten sich die Bäuche und erbrechen sich – mitten im Raum. Abgesehen von denen, die es noch ins Bad oder in den Vorgarten geschafft haben.

Ich schlage mir die Hand vor den Mund. Ich weiß gar nicht, zu wem ich zuerst laufen soll. Die Brocken-Bande spielt ganz professionell weiter, von ihnen scheint keiner die plötzliche Epidemie gepackt zu haben. Dies hat definitiv etwas vom Untergang der Titanic. Nur dass zum Glück alle das sinkende Schiff verlassen können – mit ihrem Leben, hoffe ich. Davon machen sie auch regen Gebrauch. Nach und nach lichten sich die Reihen.

»Unfassbar«, sagt Effie ungläubig.

»Weißt du, was hier los ist?«, frage ich sie verzweifelt.

»Das sah nach Lebensmittelvergiftung aus.«

»Lebensmittelvergiftung?«, rufe ich entsetzt. Mir ist plötzlich ganz egal, wer mich hören kann. Das hier ist das Ende, erst die Ratten und dann sterben die Gäste beinahe an meinem Essen. Ich kann einpacken. Mir steigen die Tränen in die Augen. Wild fahre ich mir durch die Haare. »Aber wir haben doch gar nichts Außergewöhnliches gemacht«, ächze ich hilflos.

Die Hotelbesitzerin, die ihren blassen Mann an der Seite hat, zischt mir zu: »Das hat Folgen. Wer sich mit Kräutern nicht auskennt, sollte damit nicht experimentieren.«

Entsetzt starre ich sie an.

»Tom hat mir von deinen Versuchen erzählt. Um ehrlich zu sein, war ich da schon überrascht von deiner Leichtfertigkeit. Bislang war meine Sympathie trotzdem auf deiner Seite. Auf der Seite einer jungen Frau, die antritt, um ein Unternehmen zu führen. Aber das hier geht zu weit. Du kannst froh sein, wenn du einfach nur deinen Laden verlierst und nicht auch noch wegen Körperverletzung eingebuchtet wirst.« Auch wenn ich denke, dass sie sich ihr vertrauliches Du in den Allerwertesten schieben sollte, weiß ich, dass mich das nicht vor den angekündigten Strafen bewahren wird.

Unter Aufbietung all meines Stolzes unterdrücke ich jede Träne, während sie mich weiter wortreich an den Pranger stellt. Leider lässt sich auch Effie nicht mehr blicken, dabei könnte ich sie jetzt wirklich gebrauchen.

»Jetzt wollen wir uns alle mal wieder beruhigen«, sagt da eine angenehme Stimme hinter mir. Es ist Tom. Dankbar, dass er mich trotz des Zustands seiner Schwester nicht auch noch beschimpft, lächle ich ihm zaghaft zu.

»Entschuldigung«, sagt die Hotelbesitzerin und schafft es tatsächlich, ihre Stimme ein wenig zerknirscht klingen zu lassen. Dabei sieht sie allerdings nur Tom an. »Ich habe mir nur Sorgen um meinen Mann gemacht.«

Als die beiden abgezogen sind, greift Tom meinen Arm und drückt etwas unsanft zu. »Jetzt mal ehrlich, Lexi. Was hast du in diese drolligen Gewürzkekse reingetan, die wie kleine Gespenster aussehen?«

»Denkst du, ich habe absichtlich meine Gäste vergiftet?«, frage ich empört und reiße mich los.

»Natürlich nicht«, entgegnet er, sichtlich um Fassung ringend. »Aber wenn du mir sagst, welche Pflanzen du verwendet hast, weiß ich vielleicht, was hier los ist.«

»Stimmungsaufhellende Vanille, appetitanregenden Koriander, anregende Muskatnuss …«, rattere ich mechanisch die Gewürze und ihre Wirkung runter.

»Hm«, sagt er. »Muskatnuss wirkt in einer Überdosis halluzinogen.«

»Ich habe eine halbe Nuss gerieben, für alle Plätzchen zusammen«, rechtfertige ich mich. Denn natürlich hatte ich mich vorher wegen der Anwendung schlaugemacht. »Du weißt doch, dass ich eine von diesen langweiligen Verkopften bin, die sich erst mal zu Tode recherchieren, bevor sie aktiv werden.« Den letzten Teil habe ich fast geschrien. An einem Abend wie diesem kann es mir nun wirklich keiner verdenken, dass ich nicht mehr die Herrin meiner Emotionen bin. Nichtsdestotrotz wünsche ich mir nur eine Sekunde später, ich wäre nicht laut geworden oder er würde zurückbrüllen. Aber nein, er bekommt wieder diesen besorgten Blick, den er sich wohl extra für leicht bekloppte Frauen reserviert hat, die Gespenster sehen.

»Ich glaube, Carlie und ich gehen jetzt auch besser. Kann ich dich hier allein lassen?« Zweifelnd betrachtet er mich.

»Aber sicher doch«, sage ich und recke mein Kinn empor. Und dann bin ich alleine mit der zauberhaften Deko, dem Mageninhalt von Dutzenden von Gästen – und meinen Eltern.

Zumindest sitzen sie noch aufrecht auf ihren Stühlen, denn natürlich haben sie keines der schaurigen Häppchen angerührt und im Nachhinein damit recht behalten. Mit gerümpften Nasen schauen sie auf das ein oder andere Malheur um sie herum.

»So, Alexandra, ist jetzt Schluss mit diesem lächerlichen Quatsch? Wenn du willst, können wir dich gleich mit nach Hamburg nehmen. Dein Auto kannst du ein anderes Mal holen. Wenn du wieder etwas gefestigter bist …« Eindringlich sieht mein Vater mich an, als könne er mich so hypnotisieren.

Ich schaue zu meiner Mutter, die aber nicht so ganz bei sich zu sein scheint.

»Ich räume hier noch auf. Fahrt also bitte ohne mich«, murmele ich, ohne die beiden noch einmal anzuschauen.

»Wie du meinst«, sagt mein Vater. »Deine Mutter und ich fahren jetzt. Sybille, kommst du?«

Sie folgt ihm auf dem Fuße.

»Tschüss, Mama«, rufe ich ihr noch hinterher, doch sie antwortet nicht.

Nun endlich lasse ich mich auf einen Stuhl sinken, um wie ein Schlosshund zu heulen, ohne dabei umzufallen. Erst als ich keine einzige Träne mehr im Körper habe, hole ich mir einen Eimer voller Wasser, Putzmittel sowie einen Feudel. So schnell wie möglich will ich alle Überreste des Abends beseitigen. Es gelingt mir, den immer wieder auftauchenden Würgreiz im Zaum zu halten. Ich versuche aber, jede Berührung zu vermeiden, indem ich den Feudel unter der Dusche immer wieder mit so viel klarem Wasser abspüle, bis nichts mehr dranhängt.

Erst als der Boden wieder unschuldig glänzt, räume ich die Tische auf und den Geschirrspüler ein. Die Essensreste wandern vorerst in die Küche. Gerne würde ich auch sie entsorgen, aber wer weiß, ob sie nicht noch für Untersuchungen gebraucht werden, sobald ich wegen fahrlässiger Körperverletzung oder etwas Ähnlichem verhaftet werde. Die Dekorationen reiße ich am Ende einfach nur unsanft von Wänden und Tischen, bis der Raum wieder so aussieht, als wäre nie etwas passiert. Es ist fünf Uhr morgens und ich sitze mit einem Baldriantee am Tisch mit vom Weinen und der Erschöpfung brennenden Augen, als Effie auftaucht.

»Es tut mir so unendlich leid, meine Kleine. Ihr hattet euch so viel Mühe gegeben, und ich war so stolz auf dich.«

»Und nun werden sie mich zu Recht mit Schimpf und Schande verjagen. Ich habe alles vermasselt. Mir tut es leid um dein Café«, sage ich mit einem dicken Kloß im Hals.

»Dich werden sie ganz sicher nicht verjagen«, sagt meine Tante und richtet sich kampflustig auf.

»Ach, Effie, das war das Hinterletzte. Ich habe die Hälfte der Gäste vergiftet.«

»Nein, du warst das nicht.«

Fragend schaue ich sie an.

Triumphierend springt sie auf. »Was meinst du denn, wo ich die ganze Zeit war? Ich war unterwegs, um deine Unschuld zu beweisen.«

»Oh, Effie, das klingt sehr ritterlich, aber … «

»Du weißt ja noch nicht, was ich gesehen habe. Ich habe Beatrix Dallhaus, diese widerwärtige Schlange, dabei ertappt, wie sie heimlich Kuchenreste in ihre Handtasche gesteckt hat. Und soweit ich weiß, hast du gar keinen Kuchen gebacken, sondern nur so drollige Grusel-Leckereien. Sie hat die Reste bei sich im Garten entsorgt, vergraben unter dem Kompost. Dabei hat sie sich immer wieder umgesehen, wie jemand, der Dreck am Stecken hat. Was sagst du nun?«

Ich versuche, ihren Ausführungen zu folgen, aber mein müder Geist verarbeitet die Informationen nur sehr langsam. »Du meinst, sie hat vergifteten Kuchen mitgebracht?«

Effie nickt eifrig. »Ich wünschte, ich könnte meine Hände noch gebrauchen. Dann hätte ich den Kuchen sofort gesichert. Jetzt musst du ihn selbst holen und bei der Polizei abgeben.«

»Und wie soll ich beweisen, was du gesehen hast?«

»Nun, vielleicht hat irgendjemand gesehen, wie sie den Kuchen aus- oder wieder eingepackt hat.«

»Ich weiß nicht, Effie. Was, wenn jemand anderes den Kuchen mitgebracht hat und daran überhaupt nichts giftig ist, sondern Beatrix Dallhaus ihn nur mitgenommen hat, weil sie ihn so lecker fand?«

»Ja, klar. Und dann ist ihr beim Nachdenken aufgefallen, dass das gute Stück Kalorien hat, weswegen es in einer Nacht- und Nebelaktion beseitigt werden musste. Sicher doch erst mal die Beweismittel. Dann können wir immer noch überlegen, was du damit anstellst.«

Wie so oft halte ich Effie nicht lange stand und schleiche am Ende durch die Nacht – eigentlich ist es schon halb sechs –, um das Indiz zu sichern. Werde ich jetzt wohl wegen Hausfriedensbruchs verhaftet, frage ich mich, als ich schließlich im Hinterhof des Hotels mit den Fingern in Teebeuteln und Eierschalen grabe.

»Darunter muss der Kuchen gleich sein, sie hat sich nicht viel Mühe gegeben«, ermuntert meine Tante mich und ignoriert geflissentlich meine angewiderte Miene. Doch sie behält recht, da ist der Kuchen. Ich wickle ihn in ein Stück Alufolie, das ich zu diesem Zweck mitgebracht habe und komme mir sehr albern vor, als ich mich mit Effie und meinem Beweisstück im Schlepptau von dannen schleiche. Wie ein Detektiv spielendes Kind, das den Nachbarn zu Unrecht verdächtigt, die verschwundene Ehefrau ermordet zu haben, die bloß mit einer Freundin im Wellnessurlaub weilt. Viel wahrscheinlicher als ein Verbrechen erscheint mir, dass ich einen Fehler gemacht haben könnte. So wenig, wie ich mich mit den Zutaten auskenne, die ich verwendet habe.

Ich sehe wieder die zusammenbrechenden Menschen vor mir und den angewiderten Blick meiner Eltern. Ich kann das hier nicht weiter durchziehen. Mir fehlen die Puste und das Geld, mir noch einmal in einem Laden ohne Gäste die Beine in den Bauch zu stehen. Ich will nicht auf einen weiteren, genialen Einfall warten, der sich dann wieder als totales Desaster entpuppt.

»Was ist los mit dir, Alexandra?«, fragt Effie besorgt.

Ich fass mir an die dröhnende Stirn. »Ich weiß nicht, Effie. Mir wächst das hier alles über den Kopf.«

»Und was hast du jetzt vor?«

»Ich fahre für ein paar Tage nach Hamburg. Ich brauche ein wenig Abstand.«

Effie sieht aus, als hätte ich sie geschlagen. »Das hat deine Mutter damals auch gesagt. Danach habe ich sie nicht wieder gesehen«, murmelt sie.

Ich blinzele zweimal, bis mir aufgeht, was sie gerade gesagt hat. »Warum brauchte sie Abstand?« Die Frage duldet keinen Aufschub mehr. Möglicherweise bleibe ich nämlich in Hamburg und sehe Effie nie wieder. Mir steigen die Tränen in die Augen.

Vielleicht ist es das, was Effie in die Knie zwingt. Sie erzählt mir die ganze Geschichte. Wie mein Vater sie immer so seltsam angesehen hat, sie immer häufiger wie aus Versehen berührt hat. Aber immer so, dass es nicht eindeutig als Übergriff erkennbar war. Dies und der Blick, mit dem mein Vater Carlie bedacht hat, machen Effies Geschichte für mich glaubwürdig. Noch vor einem Monat hätte ich ihr kein Wort davon abgenommen. Mein perfekter Vater, den ich niemals zufriedenstellen konnte. Doch jetzt glaube ich es. Auch dass er Effie schließlich noch geküsst hat, weil er ihre Signale ganz falsch gedeutet hätte. Ja, auch an Selbstbewusstsein hat es ihm noch nie gemangelt.

»Dabei fand ich ihn abstoßend«, zischt Effie. »Entschuldigung«, fügt sie gleich darauf leiser hinzu, als ihr wieder einfällt, dass es sich immerhin um meinen Vater handelt.

Und dann war das Leben wieder wie in einem schlechten Film. Meine Mutter hat die beiden erwischt. Ich kann mir gut vorstellen, wie sie sich gefühlt haben muss. Und ausgerechnet sie wollte mich überreden, bei Lars zu bleiben, der es gar nicht erst bei einem Kuss belassen hat, sondern fast das Bett zum Einsturz bringen musste?

Meine Mutter entschied sich, meinem Vater zu glauben, dass die kleine Cafébesitzerin sich an ihn rangemacht hätte, den repräsentablen, finanzstarken Mann von Welt. In der Überzeugung, mein Vater sei überrumpelt worden und hätte den Kuss gar nicht erwidert, war es natürlich leicht, bei ihm zu bleiben.

Ungläubig starre ich Effie an. »Das ist ja schrecklich.«

In meinem Kopf rattert es. »Meinst du, es könnte dein Auftrag sein, dich mit meiner Mutter zu versöhnen und dich zu rehabilitieren?«

Effie lacht bitter. »Siehst du wirklich einen Sinn darin, sie mit einer Toten auszusöhnen und so womöglich die Beziehung zu ihrem lebenden Mann zu stören? Sie scheint ja zu funktionieren, seit immerhin 32 Jahren. Was soll das bringen?«

Nun ist es an ihr zu schniefen, bis auch mir wieder die Tränen hinunterlaufen. Ich bin froh, dass sie es mir erzählt hat. Es ist fast befreiend für mich, meine Eltern nicht mehr als perfekten Maßstab aller Dinge zu sehen. Doch meine Mutter tut mir ein bisschen leid. Eine andauernde Beziehung, die auf einer fiesen Lüge basiert. Das hat die lächelnde junge Frau auf dem Foto, das ich gesehen habe, nicht verdient. Was wäre wohl gewesen, wenn sie Effie geglaubt hätte? Vielleicht wären wir im Harz geblieben und hätten ein chaotisches, lustiges Leben geführt? Nur wir drei Frauen?

Meine Mutter hätte weiter so gelacht wie auf dem Foto, und ich wäre in dem kleinen Haus aufgewachsen. Doch die 32 Jahre an der Seite meines Vaters haben wohl alle interessanten Ecken und Abweichungen bei ihr abgeschliffen. Sicher wäre Tom mein bester Spielkamerad geworden. Wir hätten uns beieinander ausgeweint und schließlich unsere Gefühle füreinander entdeckt … Meine romantischen Fantasien werden jäh unterbrochen.

»Es war egoistisch von mir, dir das zu erzählen, oder?«, sagt Effie mit Verzweiflung in der Stimme.

»Wieso?«, frage ich überrascht.

»Ich wollte so gerne, dass ein Familienmitglied mir glaubt. Dass du mir glaubst. Ich hänge ziemlich an dir, weißt du?«, sagt sie mit einem kläglichen Lächeln. »Aber es sind deine Eltern. Ich möchte eure Beziehung nicht stören.«

Welche Beziehung? Es ist ja nicht so, dass wir uns alle pausenlos in Knuddeleien und aufmunternden Worten ergangen hätten. Dieser verflixte Bruchteil einer Sekunde, in dem meine Mutter sich entschieden hat, meinem Vater zu glauben …

»Effie, die Zeit hier mit dir hat sich für mich mehr nach einem Familienleben angefühlt, als alles, was ich bisher hatte. Da ist nicht viel, was du zerstören kannst. Und ich bereue ganz sicher nicht, dass du in mein Leben geschneit bist.«

Effie schluchzt mittlerweile so laut, dass sie den letzten Satz vermutlich gar nicht mehr gehört hat. Doch auch wenn ich ihn ernst meinte, brauche ich jetzt etwas Abstand. Ich muss endlich wieder einen klaren Kopf bekommen. Entschlossen male ich ein »Geschlossen«-Schild und hänge es ins Café. Ich versichere Effie mehrmals, dass meine Abreise nichts mit ihr zu tun hat. Und obwohl sie mir nicht glaubt, wünscht sie mir schließlich mit einem tapferen Lächeln eine gute Reise.

So aufgelöst ich bei meiner Abreise auch war – als ich mit Betty zwei Tage später an den Landungsbrücken spazieren gehe, fühle ich mich, als wäre ich aus einem dieser seltsamen Träume erwacht, deren Stimmung noch länger nachwirkt. Die, die einen vollständig gerädert zurücklassen, obwohl man doch geschlafen hat. Als hätten sie gar nichts mit mir zu tun, erscheinen mir die Szenen, die durch meinen Kopf spuken, ganz und gar unwirklich. Der Geist, die Hexerei mit Carlie, das aus dem Ruder gelaufene Halloween -Fest. Den letzten Tritt in die echte Welt wird mir das Gespräch mit meinen Eltern geben, bei denen ich heute Abend zum Essen eingeladen bin. Ich fühle mich ganz beklommen, wenn ich daran denke. Das Scheitern nimmt kein Ende. Beziehung in den Sand gesetzt, Job verloren, Effies Café ruiniert. Mittlerweile trifft mich nur noch der letzte Punkt wirklich hart, vielleicht weil ich dort am meisten darangesetzt habe, es zu erhalten.

»Ich verstehe nicht, warum du jetzt alles hinschmeißen willst«, sagt Betty. »Du kannst natürlich gerne wieder bei mir wohnen und versuchen, einen Job als Steuerfachdingsbums zu bekommen, aber eigentlich klingt dein Cafè nach einem wunderbaren Ort. Du kannst dich von so einer alten Hexe doch nicht einfach vertreiben lassen.«

Wunderbar? Das denkt sie aber auch nur, weil ich meine Begegnung mit Effie und die aufkeimenden Gefühle für Tom unterschlagen habe. Die Beobachtung mit dem angeblich vergifteten Kuchen habe ich als meine eigene verkauft.

»Ich weiß ja nicht mal, ob sie wirklich schuld ist«, wehre ich Bettys Eifer ab.

»Dann würde ich alles daransetzen, das rauszufinden.«

»Das ist aber noch nicht alles«, gebe ich mit einem Seufzen zu. Betty hebt fragend die Augenbrauen.

»Ich habe erfahren, dass mein Vater sich an meine Tante rangeschmissen hat. Meine Mutter dachte, es sei Effies Schuld gewesen, und hat nie wieder mit ihr gesprochen.«

Eigentlich hätte ich erwartet, dass Betty mir auch hier die Konfrontation vorschlägt, doch sie kommt zu einem anderen Schluss. »Deine Eltern leben, deine Tante ist tot. Warum also das alles noch mal ausgraben?«

Abgesehen davon, dass meine Tante nicht so tot ist wie andere Beerdigte, hat Betty natürlich recht. Wozu das alles noch mal aufarbeiten? Die kindische Befriedigung, meinen selbstgerechten Vater ein wenig in Bedrängnis zu bringen, würde wohl nur kurz anhalten. Und von überwältigender Scham gefolgt werden. Klar, Effie wäre rehabilitiert, aber meine Mutter würde es weder ihr noch mir danken. Und weil Effie zu den guten Menschen gehört, die lieber unter falschem Verdacht stehen, als andere unglücklich zu sehen, sollte ich einfach auch meine Klappe halten. Aber ich glaube nicht, dass ich mit dieser himmelschreienden Ungerechtigkeit stillschweigend leben und meinen Eltern weiter in die Augen sehen könnte.

»Vielleicht hast du sogar recht«, sage ich knapp. »Ich wünschte trotzdem, du könntest mitkommen zu meinen Eltern«, seufze ich.

»Soll ich?«, fragt sie und zieht maliziös ihre Augenbrauen hoch. »Deine Mutter freut sich bestimmt, wenn sie mich sieht.«

Wir müssen beide lachen.

»Nein, schon gut. Aber ich freue mich, wenn ich wieder auf deiner Couch liege. Das wird keine Dauereinrichtung, versprochen.«

Betty lacht und winkt ab.

»Im Ernst«, sage ich. »Was sagt denn dein neuer Freund dazu?«

»Den stört das nicht. Ich schlafe heute sowieso bei ihm. Wir müssen unbedingt noch etwas gemeinsam unternehmen, bevor du abreist, damit du ihn kennenlernst. Ich hätte ja auch zu gerne Tom kennengelernt. Tut mir leid, dass ich bei der Feier schon wieder keine Zeit hatte. Bei der nächsten komme ich aber bestimmt, versprochen!«

Ich bin ihr nicht böse. Ihr Vater hatte am Tag der Halloween-Feier Geburtstag. Soweit ich weiß, haben die beiden ein sehr inniges Verhältnis. Beneidenswert

Steif sitze ich an der Eichenholztafel meiner Eltern. Meine Mutter hat aufwändig gekocht. Einen Braten mit zwei Beilagen und Kartoffeln – alles so wie es sein soll. Doch ich bekomme nichts hinunter. Sehnsüchtig denke ich an das ausgelassene Coq-au-Vin-Essen bei Carlie und Tom, an die nicht zusammenpassenden Teller und das Gewusel. Auch wenn die Spuren getilgt und mein Kinder- längst ein Arbeitszimmer ist, war dies doch mal mein Zuhause. Dennoch lebe ich in ständiger Furcht, den Abdruck eines Daumens auf der glatt polierten Tischfläche zu hinterlassen. Und ja, ich habe eine Serviette auf dem Schoß platziert und lege nicht mal aus Versehen meinen Ellenbogen auf der Platte ab.

»Das ist die richtige Entscheidung«, sagt mein Vater gerade.

»Welche Entscheidung?«, frage ich und merke, dass dies beinahe provokativ klingt. Denn natürlich weiß ich, worauf er hinauswill.

»Sehr vernünftig von dir, wieder nach Hamburg zu kommen. Bei diesen Dorfhippies wärst du auf Dauer verkümmert.«

Mein Bauch zieht sich wieder zusammen. »Sie waren sehr nett zu mir, und ich habe noch gar nichts entschieden.«

»Du wärst doch dumm, wenn du dahin zurückkehrst. Es wird Zeit, dass du dich endlich mal wieder einkriegst und dein Leben nicht mit solchem Unsinn vergeudest.«

Meine Mutter nickt zustimmend. Für eine Sekunde hasse ich alle beide. Dafür, mit wie viel Energie sie aus Lexi die brave, langweilige Alexandra gemacht haben.

Die ganze Schuld kann ich ihnen aber auch nicht zuschieben. Einiges geht auch aufs Konto meiner Bequemlichkeit. In den letzten zehn Jahren, in denen ich nicht mehr unter ihrer Fuchtel stand, habe ich keinerlei Anstalten gemacht auszuscheren, obwohl sie mich kaum noch daran hätten hindern können.

»Verkauf die Hütte, solange es geht. Um ein Geschäft zu führen, braucht man Format. Man muss knallhart sein. Das bist du nicht, das warst du nie. Dabei hatte ich so sehr gehofft, du hättest den Biss zu einem Jurastudium.«

Irritiert schaue ich ihn an. Ich hoffe, ihm ist klar, dass es sich bei meinem »Geschäft« nicht um ein riesengroßes Aktienunternehmen handelt, sondern ein lauschiges Wohlfühl-Café.

»Das macht ja nichts, Schatz«, sagt meine Mutter schnell. Selbst ihr waren die letzten Sätze wohl eine Nummer zu hart. »Wenn alle Chefs wären und niemand mehr Angestellter, wo kämen wir denn da hin?« Sie kichert nervös und unschön.

Ich bin aber bereits so sauer, dass ich jede Vorsicht sausen lasse. »Effie hatte also Format?«, frage ich gespielt überrascht. Damit bringe ich meinen Vater endgültig zur Weißglut. Auch meine Mutter funkelt mich wütend an.

»Deine Tante war ein durchtriebenes Miststück«, ruft mein Vater und läuft rot an. Sofort richtet sich der zornige Blick meiner Mutter auf ihn, was mich verwundert. Sollte sie etwa doch noch zarte Gefühle für ihre missratene »Hippie«-Schwester hegen?

»Ach ja? Musstest du sie deshalb begrapschen? Du wirfst mir vor, nicht genug Biss zu haben, und bist selbst zu feige zuzugeben, dass du Effie liebend gern näher kennengelernt hättest, wenn sie dich nur genommen hätte!« Sofort beiße ich mir auf die Lippe. Meinen neu entdeckten Jähzorn muss ich wirklich schleunigst wieder in den Griff kriegen.

»Woher hast du das?«, brüllt er noch lauter.

Ich zucke höhnisch mit den Achseln. »Eingebung.«

»Hört auf«, sagt meine Mutter erschöpft. Überrascht schauen wir beide zu ihr und da ist sie, die siedend heiße Scham. Was für ein Pyrrhussieg! Darauf kann nichts Gutes folgen, für keinen von uns.

»Entschuldigung«, sage ich zu meiner Mutter und meine es ganz ehrlich. Sie sagt nichts. Irgendetwas an ihrem flackernden Blick irritiert mich, und dann dämmert mir eine schreckliche Erkenntnis. »Du wusstest es?« Entgeistert sehe ich sie an. Dass sie nicht widerspricht, überzeugt mich davon, dass ich richtigliege.

Vor Schreck vergisst sogar mein Vater, mich weiter anzubrüllen. Ungläubig schaut er zwischen meiner Mutter und mir hin und her.

Ich bin so froh, dass Effie nicht hier ist, um die ekelhafte kleine Szene zu erleben. »Ihr seid solche Feiglinge. Alle beide«, sage ich. »Und ihr wagt es, Effie ein durchtriebenes

Miststück zu nennen? Lieber möchte ich so sein wie sie, als eure Vorstellung von Biss zu übernehmen.«

Ich springe auf und laufe zur Tür, bevor mir die Tränen über die Wangen laufen. Doch in diesem Moment steht meine Entscheidung fest. Ich werde das Café retten. Nicht, weil mir nichts anderes übrig bleibt, oder ich nichts Besseres finde. Ich möchte es, weil ich gar nicht anders kann. Ich habe mich dort eingelebt. Und mit diesem Menschen, an diesem Ort möchte ich meine Zeit verbringen, bis ich irgendwann umfalle wie Effie. Ich steige in mein Auto und fahre zurück zu meinem Haus in den Harz, das ich gestern noch inserieren wollte.

Richtig durchatmen kann ich erst wieder, als ich die Tür geöffnet habe und dort meine Tante entdecke.

»Oh, Effie.« Noch nie war es so schlimm, dass meine Begleiterin der letzten Wochen körperlos ist. So kann ich meinem unbändigen Drang, sie ganz fest in die Arme zu schließen, nicht folgen.

Überrascht und glücklich sieht sie mich an. »Du bist wieder zurückgekommen?«

»Ja«, sage ich und schniefe. »Ich habe mit meinen Eltern geredet. Sie wissen nun, dass ich es auch weiß.«

»Oh nein«, ruft Effie erschrocken aus. »Dann habe ich das Leben meiner Schwester zum zweiten Mal aus den Fugen gebracht.«

»Beim ersten Mal konntest du doch gar nichts dafür … Außerdem muss ich dir etwas sagen. Meine Mutter wusste die ganze Zeit, dass mein Vater gelogen hat. Es tut mir leid, Effie«, sage ich traurig.

Lange Zeit sagen wir nichts. Dann seufzt Effie. »Ich habe so etwas schon geahnt. Sie wollte so sehr dieses privilegierte Leben mit deinem Vater. Und damit es funktioniert, musste sie in dem Moment eine Entscheidung treffen.«

»Und zuzugeben, dass sie ihm nicht glaubt, und trotzdem bei ihm zu bleiben, wäre ihr sicher als nicht angemessen erschienen«, beende ich die wenig rühmliche Geschichte. »Warum hast du eigentlich keine Kinder, Effie?«

Traurig sieht sie mich an. »Es hat sich nicht ergeben ...«

»Ich dachte ja wirklich, du und Bob ...«

Sie lächelt versonnen. »Und damit liegst du gar nicht mal so falsch. Beinahe wären wir wirklich mal ein Paar geworden.«

»Und was ist dann passiert?«, frage ich neugierig.

»Die Geschichte mit deinem Vater ist ihm zu Ohren gekommen.«

»Wie meinst du das?«

Sie räuspert sich. »Deine Mutter hat es ihm erzählt.«

»Aber warum?«

»Ich vermute, sie war nach dem Vorfall zornig auf die ganze Welt und hätte am liebsten alle bestraft. Menschen im Ausnahmezustand machen solche Sachen.«

Wenn sie boshaft genug sind, ergänze ich in Gedanken betroffen.

»Aber hast du Bob nicht gesagt, dass das alles Blödsinn ist?«

»Er schien die Geschichte zu glauben, und das hat mich so getroffen, dass ich zu stolz war, sie richtigzustellen. Menschen sind doch ziemlich blöd und albern, oder? Aber dass er dachte, ich würde mich an den Mann meiner Schwester ranwerfen, ihn Bob vorziehen, weil er ein Großverdiener ist – das hat mich tief gekränkt. Es sind ziemlich böse Worte gefallen.«

»Aber er redet doch immer nur warm von dir.«

»Wir haben uns über die Jahre wieder angenähert, aber es ist bei einer tiefen Freundschaft geblieben. Es schwang immer die Aussicht auf mehr mit, aber irgendwie haben wir es nie auf die Reihe bekommen ...«

Das ist so traurig, dass ich schreien möchte.

»Aber ich freue mich wirklich für ihn und Gerda«, sagt sie mit einem sanften Lächeln. »Schlimm genug, dass wir beide uns von einer echten Beziehung haben abhalten lassen. Nicht, dass es nicht ein paar kurze Geschichten mit anderen gegeben hätte, aber ...« Sie zuckt mit den Achseln und wechselt dann schnell das Thema. »Und was ist mit dir und Tom?«

»Das kann man ja wohl nicht vergleichen, wir waren nie auch nur ansatzweise davor, eine Beziehung zu beginnen.«

Neckend hebt sie die Augenbrauen. Offenbar hat sie ihre melancholische Stimmung abgeschüttelt. Mit einem Fuß im Jenseits gehört Loslassen wohl zu den Grundübungen.

»Ich glaube, er ist nicht mehr sauer auf mich wegen Carlie«, erkläre ich. »Aber auch nur deswegen, weil er denkt, ich könne nichts dafür. Er hält mich für komplett verrückt, seit ich ihm von dir erzählt habe.«

»Das war womöglich ein Fehler«, gibt meine Tante zu und versucht augenscheinlich, sich ein Kichern zu verkneifen.

Um mich nicht in meinen Frust reinzusteigern, klatsche ich in die Hände und rufe »Aber es gibt auch so genug zu tun!«

»Was denn?«, fragt meine Tante interessiert.

Ich habe während der Fahrt große Pläne für das Café geschmiedet und hoffe, dass Effie sie gutheißt. Eigentlich ist es eine Kombination aus Carlies Wünschen und meinen eigenen Ideen, die ich gerne umsetzen würde. Wir werden tatsächlich alles anbieten, was Körper und Geist stärkt – meine Macarons und ihre Öle. Und spezielle Gedecke für Wanderer – neben dem Standardsortiment für Cafés. Und weil das eine so große Umstellung ist, bekommt das Café einen passenden Namen. Aber den soll Carlie zuerst erfahren.

»Natürlich mache ich das alles nur, wenn du einverstanden bist«, sage ich.

Sie lacht. »Das klingt doch wunderbar. Ich möchte wirklich, dass du es zu deinem Café machst. Nur dann wirst du echte Freude daran haben.«

Nach diesen ermutigenden Worten rufe ich sofort Carlie an und gebe ein paar hübsche Kräuteröle in Auftrag. Dann kratze ich meine letzte Kohle zusammen – für Werbeaushänge, Flaschenetiketten und ein neues Schild. Außerdem werde ich gleich morgen den Kuchenrest, der immer noch in Alufolie verpackt im Kühlschrank liegt, irgendwo analysieren lassen. Ich habe nur noch keine Ahnung, wo das möglich ist. Falls tatsächlich etwas Giftiges darin sein sollte, gehe ich zur Polizei.

»Und weißt du, wozu ich jetzt Lust habe?«, frage ich und bin selbst ganz überwältigt von meinem Elan.

Effie schüttelt den Kopf.

Während ich meine Ärmel hochkrempele, entgegne ich: »Einen ganzen Haufen magischer Kekse zu backen. Und dann mache ich der Hotelbesitzerin die Hölle heiß.«

»Wunderbar, dann lass uns anfangen«, ruft Effie und vollführt einen kleinen Tanz. Ich reiße sämtliche Schränke auf, krame unzählige Utensilien heraus und Effie klatscht dazu in die Hände. Doch gerade als ich anfange, Eier, Milch und Mehl in einer großen Schüssel zu vermischen, sehe ich, dass sie mich nachdenklich anschaut.

»Ich finde, du solltest mit Tom darüber sprechen«, sagt Effie.

»Warum das?«, frage ich verblüfft.

»Zum einen kennt er viele Leute und kann dir bestimmt sagen, wo der Kuchen am besten aufgehoben ist. Zum anderen kennt er sich mit Grünzeug aus, nur falls es sich um ein Pflanzengift handeln sollte.«

Ich denke darüber nach. Wahrscheinlich hat Effie recht und er kann mir tatsächlich einen guten Tipp geben. Nur bin ich womöglich nicht so weit, mich Tom zu stellen. Obwohl ich zugeben muss, dass mein Herz ein ganzes Stück höher schlägt bei dem Gedanken, ihn wiederzusehen. Wiederhole ich womöglich Effies Schicksal und gehe eine andauernde platonische Bindung zu einem Mann ein, der mir nicht glaubt?

Am Abend hat Effie mich dann so weit: Ich mache mich mit dem Stück Kuchen auf zu Carlie und Tom. Als ich klingele, bete ich, dass Carlie die Tür öffnet. Das würde mir ein wenig von meiner Befangenheit nehmen. Aber so viel Glück habe ich natürlich nicht. Tom steht vor mir und mir fällt kein guter Anfang für diese Geschichte ein, die ihm sicher genauso unglaubwürdig vorkommt, wie dass ich mit dem Geist meiner Tante kommuniziere. Hilfe suchend schaue ich zu Effie, die mir unbedingt den Rücken stärken wollte. Ausgerechnet jetzt flackert sie besorgniserregend.

»Carlie ist nicht da«, sagt Tom.

»Ich wollte eigentlich auch zu dir«, entgegne ich und verfluche das Zittern in meiner Stimme.

»Dann komm rein«, sagt er – nicht unfreundlich, aber auch nicht so einladend, wie ich es mal von ihm gewohnt war.

»Ungläubiger Hornochse«, murmelt meine Tante genervt in seine Richtung.

Um nicht unkontrolliert zu kichern, beiße ich mir auf die Unterlippe. Ich folge Tom in die Diele. Nachdem wir uns auf gegenüberliegende Stühle am Esstisch gesetzt haben, halte ich ihm den eingepackten Kuchen hin.

»Was ist das?«, fragt er.

Mir bleibt nun nichts anderes mehr übrig, als von dem Verdacht gegenüber seiner Chefin zu berichten. Dieses Mal verschweige ich Effies tatkräftige Mithilfe bei dem Detektivspiel nicht – für verrückter kann er mich ohnehin nicht mehr halten.

»Lexi, ich glaube nicht, dass …«

Langsam geht mir der vorsichtige Tonfall, den er neuerdings ständig mir gegenüber anschlägt, gewaltig auf den Geist. »Egal, was du denkst, kennst du jemanden, der einen Blick darauf werfen könnte? Um weitere Gefallen werde ich dich in diesem Leben nicht mehr bitten«, rufe ich aufbrausend.

Für eine Sekunde war es wieder da. Das Funkeln in seinen Augen, das mich verleitet hat zu glauben, er fühle sich auch zu mir hingezogen. Doch dann sieht er mich wieder gleichmütig an.

»Sie ist übrigens gerade da«, sage ich trotzig.

Schnell gleitet Toms Blick auf den Stuhl neben mir, um mich dann wieder streng zu fixieren. Fast macht es mir Spaß, ihn zu provozieren – ich ahne jetzt, was mit Narrenfreiheit gemeint ist. Wenn man ohnehin für verrückt gehalten wird, muss man keine Rücksicht mehr nehmen, oder wie heißt es noch so schön: Ist der Ruf erst ruiniert …

»Tut mir leid, ich denke immer noch, du solltest ärztliche

Hilfe aufsuchen.« Die abweisende Kälte in seiner Stimme dämpft meinen Übermut sofort.

»Jetzt reicht es aber«, ruft Effie empört und schlägt an meiner Stelle mit der Hand gewaltig, aber dennoch geräuschlos auf den Tisch. Dann scheint ihr ein Einfall zu kommen. Spitzbübisch sieht sie ihn an. »Wir machen es so wie du beim letzten Mal. Sag ihm, dass er dich etwas fragen soll. Etwas, das nur ich wissen kann.«

Ich lächele und folge ihrer Aufforderung.

»Alexandra, du bist ja schlimmer als Carlie, das ist doch albern, ich werde ganz sicher nicht …« Fast könnte er einem leidtun, so verzweifelt wie er jetzt dreinblickt.

»Bitte, Tom. Schalte einmal kurz deinen Kopf aus und denk nicht so viel nach. Dazu hast du mir doch auch immer geraten«, sage ich und erschrecke selbst über meinen flehenden Tonfall.

»Ich weiß wirklich nicht«, sagt er.

»Dieser olle Sturkopf! Sag ihm Folgendes …«, schimpft Effie, doch als sie anfängt zu erzählen, wird ihre Stimme sanfter.

»Kurz nachdem deine Eltern gestorben sind, und Carlie mit ihren Recherchen über das Jenseits angefangen hat«, wiederhole ich langsam, was Effie mir vorsagt.

Überrascht starrt er mich an.

»Was soll das?«

Wenn ich das wüsste. Hilfe suchend sehe ich zu Effie, ich hoffe, dass sie etwas echt Gutes in petto hat. Ich spreche ihr nach, ohne richtig auf das zu hören, was ich sage.

»Als Carlie einmal nicht zu Hause war, bist du in ihr Zimmer gegangen, hast dich hingesetzt, ihre Bücher gewälzt und mit ihrem Kassettenrekorder experimentiert, mit dem sie versucht hat, die Stimmen von Verstorbenen aufzuzeichnen. Es war dir zwar peinlich, aber du konntest nicht widerstehen. Du hast dich kurz gefragt, ob es doch möglich ist, mit den Toten zu kommunizieren. Es ist aber nichts passiert. Deswegen warst du stocksauer, vor allem auf dich selbst. Du hast das Gerät an die Wand geworfen und die Kassette kaputt gestampft. Du hast Carlie ein neues Gerät gekauft und behauptet, du wüsstest nicht, was mit dem alten passiert ist, aber mir hast du dich anvertraut, wie du es schon als kleiner Junge getan hast.«

Ungläubig fixieren Tom und ich einander.

»Das hast du getan?«, frage ich verblüfft. »Du bist in Carlies Zimmer gegangen und …«

Sein Blick bringt mich sofort zum Schweigen. Wieder liegt eine gewisse Unentschlossenheit darin, aber diesmal scheint er sich nicht entscheiden zu können, ob er mich lieber erwürgen oder vierteilen soll.

»Ich glaube, du wolltest gerade gehen«, sagt er knapp. Abrupt steht er auf und geht zur Tür, um sie mir aufzuhalten. Also schön, denke ich betrübt.

»Das tut mir leid, Lexi«, murmelt meine Tante.

»Ist schon gut, du kannst ja nichts dafür, Effie«, antworte ich laut und betont langsam. Wenn schon, denn schon.

»Bitte sage Carlie, dass ich sie in zwei Stunden abholen komme«, schiebe ich noch hinterher, bevor ich durch die Tür gehe. Und bitte wirf den Kuchen jetzt nicht einfach weg, lautet mein letztes stummes Flehen.

Mit verbundenen Augen führe ich Carlie vor das Haus und nehme ihr erst dort die Binde ab. Verdattert betrachtet sie den Eingang, dann kreischt sie los und fällt mir um den Hals.

»Lexi, ich weiß gar nicht, was ich sagen soll. Das ist großartig. Danke, danke, danke.«

»Hexenwerk« ist der neue Name des Cafés, und es hat sogar ein Logo bekommen. Nach einem Foto, das bei der Halloween-Feier entstanden ist, habe ich Scherenschnitt-Karikaturen von Carlies und meinem Profil anfertigen lassen.

»Nun ja, wo wir doch schon einmal im Harz sind und ich ohnehin schon als Hexe verschrien bin«, brummele ich gerührt von ihrer grenzenlosen Begeisterung. »Da ist es wohl das Mindeste, was ich tun kann. Ich habe nämlich vor, noch ganz lange hierzubleiben.«

Die Tränen, die plötzlich über Carlies Gesicht kullern, sind zu viel für mich. Ich schlucke und schleife sie schnell ins Haus, bevor ich mich noch anstecken lasse. Viel verändert habe ich im Innenraum nicht. Zwei der dunklen Holzregale aus dem Wohnzimmer stehen nun hier an der Wand, weil ich Platz für Carlies Produkte brauche. Noch sind sie fast leer, aber bald werden mehr von den wunderschönen schlichten Glasfläschchen mit ihren Ölen sie zieren. An ihrer Hand ziehe ich Carlie zum Regal, damit sie die Etiketten betrachten kann. Auch darauf habe ich unseren Namen und das Logo drucken lassen.

»Du musst mir noch kleine Listen machen, auf denen die Inhaltsstoffe deiner Rezepturen stehen. Die muss ich mit auf die Etiketten bringen, sonst dürfen wir sie eigentlich gar nicht verkaufen.«

Sie schüttelt den Kopf. »Es ist wirklich toll geworden!«

Ich schleife sie weiter zu der Vitrine, in der nun fünf verschiedene Sorten Macarons hübsch aufgetürmt liegen. Daneben habe ich Pappschildchen gestellt – mit unserem Logo sowie dem Namen und der Wirkung meines französischen Wundergebäcks. Jeweils fünf Macarons einer Sorte habe ich in Klarsichttütchen verpackt und sie mit farblich passendem Geschenkband verschlossen zum Mitnehmen auf der Vitrine aufgereiht.

Carlie klatscht begeistert in die Hände. Ich stemme die Hände in die Hüfte und sehe mich um. Die Gäste werden kommen! Ich bin mir sicher! Auch wenn die Einwohner länger brauchen, um mir zu vergeben, gibt es immer noch genügend Reisende, die noch nichts von unserer Vorgeschichte gehört haben und ein hübsches Café mit zwei Harzhexen wie uns bestimmt zu schätzen wissen.

Carlie und ich fallen uns in die Arme vor Stolz über das Ergebnis unserer Mühen. Effie steht gerührt am Tresen und flackert so stark, dass sie kaum noch zu sehen ist.

»Nun gibt es nur noch ein Problem.«

»Na, das kann ja kein großes sein«, sagt Carlie zuversichtlich.

»Ehrlich gesagt wundert mich, dass noch niemand den Laden geschlossen hat. Zumindest die schreckliche Beatrix Dallhaus hätte doch längst die Gewerbeaufsicht benachrichtigen müssen.«

»Ich dachte, du findest sie gar nicht so schlimm.«

»Das dachte ich auch, aber Effie und ich glauben inzwischen, dass sie hinter all den Desastern steckt. Die Ratten, die kranken Gäste …«

»Wie kommt ihr denn darauf?«

Kurz fasse ich Effies und meine Nacht- und Nebelaktion zusammen.

Carlie pfeift. »Ganz schön praktisch, so ein Geist.«

»Danke, danke«, sagt Effie und verneigt sich.

»Da fällt mir ein, dass ich dich noch etwas fragen wollte«, sagt Carlie kleinlaut.

»Alles, was du willst.«

»Vielleicht können wir ja ein paar meiner Bilder hier aufhängen? Das macht die Wände hübscher, und für mich ist es auch Werbung.«

Ich habe zwar noch nie eines von Carlies Werken zu Gesicht bekommen, aber manchmal muss man einfach ein wenig Vertrauen haben. »Gute Idee«, sage ich. »Nur Torten und Brötchen – das ist doch für Anfänger. Wir haben das Komplettpaket – eine Hexen-Kunst-Naturheilkunde-Gebäck-Werkstatt.« Ich zwinkere ausgelassen in Effies Richtung.

Genau in diesem Moment betritt eine Frau den Laden, deren Gesicht mir bekannt vorkommt. Ich denke, sie war auch auf der Party. Ich muss schlucken. Worüber ich noch gar nicht nachgedacht habe, sind mögliche Schadensersatzforderungen der Gäste.

»Hallo Sabine«, ruft Carlie fröhlich.

Erleichtert sehe ich, dass unser Besuch das freundliche Lächeln erwidert. Nachdem wir einander vorgestellt wurden, sagt Sabine: »Ich wollte mich hier mal umsehen. Ich war neugierig wegen des neuen Schilds.«

»Wir haben unser Konzept ein wenig geändert«, sage ich in meinem professionellsten Tonfall, der Carlie ein Kichern entringt.

»Schau dir gerne in Ruhe alles an. Sag einfach Bescheid, wenn du Fragen hast«, ergänzt sie meine nüchterne Erklärung.

Sabine schaut sich neugierig die Macarons an.

»Du kannst ruhig die Liebeskekse nehmen«, erklärt Carlie ausgelassen. »Meine Lexi hier ist ein Musterbeispiel an Diskretion, und ihre Kreationen wirken Wunder.«

Hoffentlich findet unsere Kundin das nicht dreist. Sie

ist schließlich nicht mehr die Jüngste, ich schätze sie auf etwa 50.

Zu meiner Erleichterung lacht sie schallend und wählt am Ende tatsächlich das Liebes-Massageöl und die entsprechenden Kekse. Vielleicht sollten wir auch noch Geschenksets anbieten?

»Dies ist wirklich ein sehr schöner Laden. Effie wäre sicher stolz auf dich«, sagt Sabine, bevor sie winkend den Laden verlässt.

»Da hat sie vollkommen recht«, sagt Effie.

Wieder habe ich einen Kloß im Hals.

»Jetzt werd bloß nicht rührselig«, sagt Carlie und knufft mir in die Seite.

»Du hast es gerade nötig.« Ich knuffe sie zurück.

»Du weißt, dass sich dein Leben nun komplett ändern wird!«, ruft Carlie mit der für sie typischen Euphorie aus. »Du verkaufst nun Produkte mit echtem Mehrwert. Was meinst du, wie viel du dadurch über deine Gäste erfahren wirst! Oh nein, hoffentlich kommst du damit klar – so viele Emotionen.« Sie greift sich dramatisch ans Herz und rollt wild mit den Augen.

Ich muss lachen. »Keine Sorge, ich werde üben. Was weiß ich nun also über Sabine? Sie hat gerade einen neuen Mann kennengelernt?«

Carlie stöhnt gespielt verzweifelt: »An deiner Intuition musst du echt noch arbeiten, wenn du das durchziehen willst. Sabine ist seit 20 Jahren glücklich verheiratet und hat am Freitag Hochzeitstag. Anscheinend möchte sie den ganz besonders romantisch verbringen.« Sie kichert wieder.

»Als ob du das jetzt spontan gewusst hättest, wenn du sie nicht kennen würdest«, entgegne ich ein wenig beleidigt.

»Ich bin ja schon froh, dass du nicht eine Kartei mit den

einzelnen Dorfbewohnern führst, auf der du alles genau notierst.«

Gute Idee eigentlich, denke ich insgeheim.

»Vergiss es«, sagt Carlie, die meinem nachdenklichen Blick wohl alles ablesen konnte. Plötzlich schaut sie überrascht Richtung Tür. Ich folge ihrem Blick und entdecke einen völlig unerwarteten Gast: Tom.

Dafür, dass er fast immer Herr der Lage zu sein scheint, sieht er fast ein wenig hilflos drein. Zum Glück ist Carlie da, um die Lage zu retten.

»Hallo, Bruderherz!«, ruft sie begeistert. Dann wendet sie sich an mich: »Es ist ja gerade niemand da, ich gehe mir mal kurz draußen die Beine vertreten.« Und schon ist sie verschwunden.

»Sehr diskret, Carlie, vielen Dank«, murmelt Tom. Der liebevolle Blick, mit dem er ihr hinterhersieht, straft seinen genervten Ton allerdings Lügen. Er wirkt so entspannt wie lange nicht mehr in meiner Gegenwart, auch wenn sein Lächeln ein wenig schief sitzt.

»Hi, Tom«, sage ich vorsichtig. Nur falls er sich gleich wieder in den Rächer der Enterbten verwandeln sollte.

»Hallo Lexi.« Er hält kurz die Luft an. »… Ich wollte mich entschuldigen.«

Dafür, dass du mir die Tür vor der Nase zugeschlagen hast? Mich für eine geistesgestörte Irre hältst? Denkst, ich wolle deine Schwester in den Wahnsinn treiben? Weil mir keine Bemerkung einfällt, die nicht zickig klingt, schaue ich ihn einfach nur erwartungsvoll an. In der Hoffnung, dass es ermunternd aussieht, ziehe ich meine Augenbrauen ganz leicht hoch.

»Wofür?«, frage ich schließlich, nachdem er auf keine meiner stummen Aufforderungen reagiert hat.

»Dafür, dass ich vielleicht ein bisschen grob mit dir umgegangen bin.« Zerknirscht schaut er auf einen Punkt zwischen meinen Brauen.

»Hast du etwa eingesehen, dass ich keine durchgeknallte Lügnerin bin?«, frage ich so lässig wie möglich.

»Um ehrlich zu sein, ich weiß es nicht. Es kommt mir alles so unwahrscheinlich vor.« Enttäuscht blicke ich zu Boden, aber er war noch gar nicht fertig. »An einem Punkt hattest du aber auf jeden Fall recht. Ich habe den Kuchen analysieren lassen. Ein Freund von mir … eigentlich ist er Veterinärmediziner … Na, auf jeden Fall ist er zu dem Schluss gekommen, dass der Kuchen eine beinahe lebensgefährliche Menge Aaronstab enthält.«

»Aha«, sage ich und fühle mich kein Stück schlauer.

»Das Zeug habe ich im Hotelgarten gepflanzt.«

»Da kann es ja jeder gepflückt haben. Kein guter Beweis«, sage ich enttäuscht.

»Nur auf den ersten Blick nicht«, erwidert er mit triumphierendem Lächeln. »Aber wenn man bedenkt, dass meine Chefin hinter deinem Grundstück her war wie der Teufel hinter der lieben Seele und mich vor gar nicht allzu langer Zeit über Pflanzenbücher ausgefragt hat und genau diesen Aaronstab wollte, weil er angeblich so hübsch ist, dann liegt der Schluss doch nahe, dass sie den Kuchen vergiftet hat.«

Mir schwirrt der Kopf. Doch nun ist er nicht mehr zu bremsen.

»Der Aaronstab ist kein bisschen hübsch«, erklärt er. »Verstehst du? Zuerst dachte ich, sie hätte einfach einen schlechten Geschmack. Denn nur dann würde man diese Pflanze wählen – oder aber man hat einen perfiden Hintergedanken. Ich habe diese Infos an die Polizei weitergegeben und die ist nun bei Beatrix Dallhaus.«

Mein Puls geht vor lauter Erleichterung sofort ein paar Schläge runter. Ich war es also wirklich nicht. Sondern Beatrix Dallhaus, und sie hat es mit Absicht getan. Wie perfide zu riskieren, dass die Bewohner unseres Ortes samt ihres eigenen Mannes reihenweise zusammenbrechen.

»Danke. Vielen Dank!«, sage ich überschwänglich zu Tom.

»Und was die Sache mit Effie angeht …«, setzt er hinterher.

»Ja?«, frage ich aufgeregt.

»Sag ihr vielen Dank. Und dass ich sie vermisse.«

»Du glaubst mir?«, rufe ich erfreut und strahle ihn an.

»Ich habe über jede noch so absurde Möglichkeit nachgedacht, wie du an die Info gekommen sein könntest. Mir fiel aber keine ein. Denn ich weiß, dass Effie die Sache mit meinen Eltern niemals jemandem erzählt hätte. Zumindest nicht zu Lebzeiten!«

»Ganz sicher hätte sie das nicht«, sage ich leise in Effies Richtung.

»Und wenn ich davon ausgehe, dass ich mich weder in ihr noch in dir vollständig täusche, dann ergeben viele Dinge auf einmal einen Sinn. Zum Beispiel, wie jemand wie du zu Beginn auch nur einen halbwegs essbaren Kuchen hinbekommen hat.« Wie sehr ich dieses freche Grinsen vermisst habe.

»Du glaubst mir wirklich? So richtig und ganz und gar?«

»Ja. Es widerstrebt mir. Ich finde den Gedanken immer noch merkwürdig. Und es bringt mich in eine echte Bredouille. Wie soll ich nun Carlie guten Gewissens davon abhalten, ihre Zeit im Reich der Toten zu verplempern?«

Wie gerne würde ich ihm helfen, er sieht so verzweifelt drein. Und trotz meiner eigenen Erlebnisse teile ich seine

Meinung, dass Carlies Versuche, Geister zu beschwören, die reine Verschwendung von Lebenszeit sind. Nur eine gute Lösung habe ich nicht parat.

»Ich weiß, wie ich ihr helfen kann!«, sagt da Effie bestimmt. »Wirklich?«, frage ich überrascht.

»Ja«, sagt Effie.

Tom kneift mehrmals ganz fest die Augen zusammen, als versuche er, ebenfalls die Geisterscheinung wahrzunehmen. »Ist sie da?«, fragt er dann fast widerwillig neugierig.

»Ja«, sage ich und kann mir ein Grinsen nicht verkneifen. »Effie sagt, sie hat eine Lösung für dein Problem mit Carlie«, berichte ich gehorsam.

»Ach ja?«, fragt er interessiert.

Schicksalsergeben hebe ich meine Hände. »Leider weiß ich auch noch nicht, was sie vorhat.«

Bevor wir es aus Effie herausquetschen können, betritt Carlie wieder den Raum. »So, genug gequatscht, draußen wird es mir zu kalt. Habt ihr euch schon geküsst, oder muss ich mir erst die Zehen abfrieren?«

So sehr ich sie auch mag, manchmal könnte ich sie erwürgen.

»Wieso sollten wir uns küssen?«, frage ich und merke, wie ich knallrot werde.

»Ja, warum?«, fragt Tom unschuldig seine Schwester.

Ich wünschte, er würde nicht so klingen, als sei der Gedanke ganz und gar abwegig.

»Ich muss jetzt los«, sagt er, als Carlie statt zu antworten nur einen verführerischen Augenaufschlag probt. »Bis später, Carlie. Bis bald mal, Lexi.«

Diesen Tag muss ich im Kalender markieren: Das Lächeln, das er mir zum Abschied schenkt, ist an diesem Tag wesentlich breiter. Das scheint Carlie nicht zu stören. Ganz im Gegenteil, sie grinst mich beinahe triumphierend an. »Scheint, als hätte er sich beruhigt.«

»Vielleicht auch, weil du bislang noch keinen Geisterjäger angeheuert hast.«

»Geisterjäger noch nicht«, sagt sie zögernd.

»Carlie?«, frage ich streng.

»Ich habe mir nur ein paar Bücher bestellt. Nicht wundern, wenn du in nächster Zeit häufiger Päckchen bekommst. Ich habe sicherheitshalber den Laden hier als Adresse angegeben. Sollte Tom nämlich zufällig einen Blick auf die Absender erhaschen, weiß er gleich, was los ist. Das ist doch in Ordnung, oder?«

Was mögen das für ominöse Absender sein? Die »Ruhe nicht mehr in Frieden GmbH« und die »Auferstanden aus Eichensärgen KG«?

»Ich werde dir sicher nicht verbieten, dir alles hierherschicken zu lassen, was du möchtest, aber denk nicht, dass ich damit einverstanden bin. Ich bin ganz Toms Meinung. Ich halte es immer noch für gefährlich, seine Zeit mit Toten verbringen zu wollen.«

»Das hast du gerade nötig«, braust Carlie auf.

»Es ist nicht so, dass ich eine Wahl gehabt hätte.« Verzweifelt schaue ich mich nach Effie um. Dies wäre der ideale Zeitpunkt, um ihren geheimnisvollen Plan in die Tat umzusetzen. Dafür müsste sie mich allerdings erst mal einweihen.

»Also gut«, sagt Effie. »Bitte, setzt euch zu mir.«

Ich gebe die Anweisung an Carlie weiter. »Effie möchte dir etwas sagen.«

Als wir sitzen, räuspert sich Effie ein paar Mal. »Sag ihr, ich habe ihre Eltern gesehen. Es geht ihnen gut, und sie freuen sich darauf, sie irgendwann wiederzusehen, aber bitte erst nach einem langen glücklichen Leben. Sie selbst haben die Zwischenwelt hinter sich gelassen und können nicht zurück.«

Ist das die Lösung? Eine barmherzige Lüge? Ich glaube nicht, dass ich Carlie damit von ihrer Suche abhalten kann, versuche es aber trotzdem. »Effie sagt, du kannst deine Eltern nicht finden.«

»Warum nicht?«, fragt sie.

»Sie sind schon weitergegangen. Sie hatten ein glückliches Leben und wissen, dass du eines haben wirst, also hält sie nichts in der Zwischenwelt.«

Carlie scheint darüber nachzudenken.

»Das denkt ihr euch jetzt aus, um mich davon abzuhalten, weiter nachzuforschen«, sagt sie dann bestimmt.

»Nein«, krächze ich.

Effie tut so, als stoße sie mir in die Rippen. »Etwas glaubhafter, bitte.«

Es erscheint mir ganz falsch, meiner Freundin etwas vorzugaukeln, dennoch tue ich es. »Du musst mir glauben, Carlie. Ich wäre doch gar nicht in der Lage, so etwas zu erfinden. Dafür habe ich gar nicht die Fantasie.«

»Du vielleicht nicht, aber Effie.« Sie schaut mit einem wissenden Lächeln in die Richtung, in der sie meine Tante vermutet, und sieht ihr tatsächlich fast in die Augen.

Effie schüttelt mit dem Kopf, was natürlich niemandem weiterhilft.

»Sie war sehr überzeugend«, versichere ich.

Carlie sieht immer noch zweifelnd drein. Dann scheint sie nachzugeben. »Geht es ihnen gut?«

Effie nickt.

»Ja, sehr«, übersetze ich. »Sie freuen sich sehr darauf, dich irgendwann wiederzusehen.«

»Gut«, haucht Carlie. »Ich hab die beiden sehr lieb und vermisse sie jeden Tag. Kannst du ihnen das sagen, wenn du ihnen begegnest, Effie?«

»Ja«, sage ich an Effies Stelle. »Das wird sie ihnen sagen.«

Meine Tante hört gar nicht mehr auf zu flackern. Dann werde ich wohl die Nächste sein, die einen lieb gewonnenen Menschen loslassen muss, denke ich betrübt.

Der Abschied, an den ich gar nicht denken mochte, kommt schneller als befürchtet. Schon am Abend setzt sich Effie zu mir aufs Bett und hat diese sanfte Melancholie im Lächeln, die Menschen haben, wenn sie etwas hinter sich lassen.

»Ist es so weit?«, frage ich bang.

»Ich weiß nicht«, gibt sie zu. »Aber es fühlt sich so an, als würde etwas immer stärker an mir zerren.«

»Aber das kann doch nicht alles gewesen sein«, begehre ich auf. »Wir wissen nicht wirklich, wie es mit dem Café weitergeht, und Mama und du habt euch auch nicht ausgesöhnt. Es muss doch irgendeinen höheren Sinn gehabt haben, dass du aufgetaucht bist.«

»Nun, ich würde nicht sagen, dass es so keinen Sinn gehabt hat«, sagt Effie bedächtig. »Du bist hier. Das Café wird laufen. Bob hat jemanden gefunden. Und ich weiß, dass meine Schwester mich nicht für eine Betrügerin hält. Ich für meinen Teil kann zufrieden von dannen ziehen.«

»Aber müsste sich nicht alles vorher ganz eindeutig klären und in Wohlgefallen auflösen?«, beharre ich trotzig.

»Wer sagt das?« Schon wieder dieses nachsichtige Lächeln. Da gibt es nichts zu leugnen, sie ist einfach nicht von dieser Welt. »Ein bisschen spannende Ungewissheit gehört zu jedem Leben dazu.«

Ich stiere unglücklich vor mich hin. »Aber …«, setze ich unbeirrbar an.

»Lexi«, sie lacht über meine gereizte Miene, »du brauchst mich gar nicht so böse angucken. Obwohl mich dein Blick jetzt gerade wieder an die kleine Lexi von früher erinnert. Hast du nicht eben Carlie erklärt, dass man sein Leben nicht mit den Toten verbringen sollte?«

Ich hasse es, wenn ein anderer vernünftiger ist als ich.

Beklommen schüttele ich den Kopf. »Ich würde dich jetzt so gerne umarmen«, gebe ich ehrlich zu und versuche, die Tränen wegzublinzeln.

»Oh, Spatz, das würde ich auch gerne.« Gerührt sieht sie mich an. »Ich habe eine Idee. Wir schließen jetzt beide ganz fest die Augen und stellen es uns vor. Einverstanden?«

Ich nicke. Und obwohl ich eine böse Ahnung habe, was das angeht, kneife ich meine Augen ganz fest zusammen. Ich versuche, mir Effie vorzustellen, als sie noch warm und aus Fleisch und Blut war. Wie sie geduftet haben muss – nach Lavendel und frischem Teig bestimmt. Fast kann ich ihre Arme um mich spüren, aber es reicht nicht. Schnell öffne ich die Augen wieder. Sie ist fort.

Als Tom ein paar Tage später vorbeikommt, um mir die Neuigkeiten über Beatrix Dallhaus mitzuteilen, bietet sich ihm ein ungewohntes Bild. An meinen Tischen sitzen Gäste, die nicht zu einer seiner Wandergruppen gehören. Nicht nur Bob und Gerda, auch einige andere Dorfbewohner und wechselnde Reisegäste schlürfen Kaffee und knabbern dazu an ein paar meiner Macarons. Lächelnd schaue ich ihnen zu und staune, wie sich alles gefügt hat.

»Hast du Zeit, ein paar Schritte mit mir zu gehen?«, fragt Tom mich.

Ich sehe mich nach Carlie um, die sich angeregt mit einem der alten Herren unterhält. Schade, dass ihre Beziehung zu dem Hauptmann der Brocken-Bande das Fest nicht lange überdauert hat. Ich fand ihn ganz nett. Aber so bleibt sie mir vielleicht noch ein wenig länger erhalten.

Sie hält ihren Daumen hoch. »Keine Sorge, ich lass keinen raus, der nicht gezahlt hat.« Sie ahmt meinen gelegentlich immer noch etwas strengen Tonfall nach. Alle lachen und ich mit ihnen.

»Na gut«, sage ich und folge ihm nach draußen.

Dort gibt er seinen Lagebericht. »Ich habe mich erkundigt, wie man in solchen Fällen üblicherweise vorgeht. Nicht, dass solche Fälle sonderlich üblich wären. Leider wird sie nicht von der Bildfläche ins Gefängnis verschwinden. Aber für Körperverletzung wird sie zumindest ordentlich bluten müssen. Und du solltest eine einstweilige Verfügung erwirken, dass sie sich deinem Haus nicht nähern darf. Obwohl ich nicht glaube, dass sie das versucht. Davor habe ich sie in einem netten Gespräch gewarnt«, er zwinkert mir zu. »Offenbar wollte sie das Grundstück unbedingt. Zusammen mit ihrer eigenen Wiese wäre es dann groß genug für einen Golfplatz als letzten Schliff für ihr Hotel.«

Erleichtert lächele ich ihm zu. Dann fällt mir etwas ein: »Aber deinen Job bist du jetzt wohl los, oder?«

Er zuckt gleichgültig mit den Achseln. »Ich finde schon etwas Neues. Dein Garten müsste ja auch mal auf Vordermann gebracht werden …«

Natürlich.

»Was war das eigentlich für eine Nummer, die ihr mit Carlie abgezogen habt?«, fragt er.

Bitte nicht, ich möchte mich nicht schon wieder mit ihm streiten! Doch da sehe ich, dass er lächelt.

»Du weißt schon, dass Carlie erwachsen ist und du nicht bei jeder Gelegenheit den großen Bruder rauskehren musst? Ich finde, sie kommt extrem gut im Leben klar. Besser als ich, denke ich manchmal …«

Er packt mich an meinen Schultern und unterbricht so meine Tirade. »Ach, Lexi, wenn du eines bei dieser Geschichte gelernt haben solltest, dann ist es, dass es kein Schwarz und Weiß gibt und die Welt unberechenbar ist. Ich beanspruche nicht für mich, die Lösung für alle Fragen zu haben.«

»Schön gesagt«, murmele ich. »Das hätte Effie gefallen.«

»Dann ist sie jetzt fort?«, fragt er sanft.

»Ja«, sage ich halb traurig und doch für sie halb glücklich. »Ich glaube, sie hat jetzt Frieden gefunden.«

»Schade. Aber Hauptsache, du bleibst hier.«

Mein Herz schlägt schneller, und ich lächle ihn an. »Du meinst, weil du sonst nicht wüsstest, wo du mit deinen Wanderern hingehen sollst?«

Er lacht schallend und lässt mich los. »Genau deswegen.«

Ich starre den Boden an und hoffe, dass er mir meine Enttäuschung nicht ansieht.

Zärtlich hebt er mein Kinn an.

»Komm schon, Lexi, stell dich nicht dumm. Was ich hier gerade versuche, dir zu sagen, ist, dass ich meine Wanderer nicht wegen belegter Brötchen zu dir bringe. Das habe ich nie getan. Ich habe einfach nur nach einer Möglichkeit gesucht, dich zu sehen.«

Mein Herz rast. Ich versuche nicht daran zu denken, wie leicht sich dieses pumpende Organ brechen lässt. »Hm … Vielleicht möchtest du ja mal einfach so auf einen Kaffee bei mir vorbeikommen?«

»Unbedingt«, sagt er und grinst. »Vielleicht solltest du dir diesen Termin auf deine To-do-Liste schreiben …«

»Wenn du mich nicht ernst nimmst, ist das schon mal ein ganz schlechter Start«, fauche ich ihn an.

Wieder greift er meine Schultern und schaut mir so tief in die Augen, dass sich mein Verstand abschaltet. »Ich nehme dich sehr ernst, aber ich mag es einfach, wenn deine Augen so wütend funkeln. Deswegen kann ich nicht dafür garantieren, dass ich dich nie wieder aufziehen werde.«

»Aber ich bin langweilig und berechenbar«, wende ich ein, nur damit er sich nicht unter falschen Voraussetzungen mit mir einlässt.

»Das würde ich so nicht sagen. Du redest höchstens ein bisschen zu viel Unsinn«, stöhnt er und küsst mich.

Es fühlt sich wunderbar an, ich drücke mich ganz fest an ihn und erwidere seine sanfte Zärtlichkeit so stürmisch, dass es mich selbst erstaunt.

Er macht sich von mir los und sieht mich ernst an.

»Was ist?«, frage ich besorgt.

»Ich wollte dich nur daran erinnern, dass du erst mal einen Kaffee trinken wolltest.« Da ist es wieder, sein freches Grinsen, in das ich so vernarrt bin und das mich gleichzeitig in den Wahnsinn treibt.

Ich knuffe seine Schulter, dann ziehe ich ihn wieder an mich. »Du redest zu viel Unsinn«, sage ich und küsse ihn erneut.

Das Glück in seinem Gesicht, als ich mich wieder von ihm löse, rührt mich und überzeugt mich, die richtige Entscheidung getroffen zu haben, in dieser Sekunde, in der ich alle Vorsicht über Bord werfe.

Ich schaue in den Himmel, während wir ganz langsam zurück zum Café schlendern. Nur für den Fall, dass Effie uns frohlockend zusieht, zwinkere ich ihr zu. »Manchmal muss man eben einfach etwas riskieren«, flüstere ich und hoffe, dass sie es hört. »Danke.«

Jana Seidel

Jana Seidel wurde 1977 in Hannover geboren. Nach ihrem Studium in Kiel volontierte sie bei einer Tageszeitung. Anschließend schrieb Jana Seidel zwei Jahre als freie Journalistin für diverse Medien. Mittlerweile lebt sie in Hamburg und arbeitet in einer Zeitschriftenredaktion.

Außerdem von Jana Seidel bei Goldmann lieferbar:
Über den grünen Klee geküsst. Roman
(nur als E-Book erhältlich)
Eigentlich bin ich eine Traumfrau. Roman
(auch als E-Book erhältlich)
Mich gibt's übrigens auch für immer. Roman
(auch als E-Book erhältlich)